问骨2

骨惑

尹剑翔　著

SPM 南方出版传媒　广东人民出版社

·广州·

图书在版编目（CIP）数据

问骨2：骨惑 / 尹剑翔著. — 广州 ：广东人民出版社，2017.6
ISBN 978-7-218-11477-4

Ⅰ. ①问… Ⅱ. ①尹… Ⅲ. ①长篇小说—中国—当代 Ⅳ. ①I247.5

中国版本图书馆CIP数据核字(2016)第299043号

Wen Gu 2 : Gu Huo
问骨2 ：骨惑
尹剑翔著

出 版 人：肖风华

选题策划：李　敏
责任编辑：李　敏
装帧设计：刘焕文
责任技编：易志华

出版发行：广东人民出版社（广州市大沙头四马路10号　邮政编码：510102）
电　　话：（020）83798714（总编室）
传　　真：（020）83780199
网　　址：http://www.gdpph.com
印　　刷：珠海市鹏腾宇印务有限公司
开　　本：787 mm × 1092 mm　1/16
印　　张：15.5　　**字　　数：**220千
版　　次：2017年6月第1版
定　　价：38.00元

如发现印装质量问题，影响阅读，请与出版社（020-83795749）联系调换。
售书热线：（020）83791487　83790604　邮购：（020）83781421

目录
CONTENTS

序章

《问骨》出版后，我就一直在思考着各种奇奇怪怪的问题。

比如，我的性格是否存在缺陷呢？我总是试图找到人类存在的真相，但我知道那是上帝才应该思考的问题！我一直信奉着只要专心做事，就会有意外惊喜的人生信条，但是现实的残酷却往往让我有些困惑。

大周已经走了整整两年时间，我也老老实实地做了两年上班族，虽然我们时常联系，但是那段刺激而又真实的岁月似乎已经离我越来越远了。寂寞和无聊时常侵袭着我的身心，我一遍遍地问自己，是不是再也没有机会看到大周拿给我的那些打印整齐的验尸报告，还有那些被切割、焚烧、解体或腐烂的尸骨呢？

《问骨》的畅销让我声名鹊起，报纸连载，电台广播，甚至还有制片人找我买电视剧的版权，但我知道那本书的成功应该归功于大周。对我这么一个资质平庸的作家来说，能够得到那么多与尸骨有关的一手资料，全部是拜他所赐，我所做的只不过是把那些故事记录下来而已，至此我本应该满足，不该再奢望那个人还能够回来。

但是我是作家，没有人比我更需要真实的素材。我真的不知道还有什么样的故事，能够让我再次提起兴趣，去写出打动读者的推理小说。为了给自己的推理小说寻找新的素材，大周走后，我发疯似的在电视、报纸上寻找那些公开发表的疑案故事，我仔细阅读，从不遗漏。

但曾经沧海难为水！被渲染过的报纸专栏报道或者电影胶片上忽隐忽现的画面，已经难以激发我的灵感。这些资料连我都打动不了，又怎么奢望能打动读者呢？这段时间我一个字都写不出来。我在心里一遍遍祈祷着我还能看到那些未经艺术处理过的真实案件和那些看似恐怖却从不撒谎的尸骨。

真相是多么的宝贵而稀有！只有站在黑暗中，才能洞悉光明的所在。也许，真的是那段每天都能跟尸骨打交道的经历，让我看清了那些隐藏在尸骨背后的谎言和龌龊，而也正是那些经历，让我产生了对真相无限渴求的欲望，这一切都是那个人带给我的。那些日子，我想起了孙楠的那首歌，《你快回来》！大周，我真的想对你唱起那首歌来。

也许是我的祈祷感动了上帝，奇迹就在一年前发生了，但是对我大幸的事，却依然伴随着不幸的事件而来。从这点上来说，法医，真的像是死神派来的使者！

第一章
银色子弹

1

人生自古谁无死，只不过死的时间我们无法确定，就连人的生命怎样结束也没个准儿。比如说生命好像是钟表里不断磨蚀的石英，又或是宛如一支逐渐熄灭的蜡烛，这就是自然死亡的贴切形象，这里说的自然是指生命缓慢地消逝。

但是死亡有时也具有一些异于常态的节奏，一些生命戛然而止，那是一种极快的节奏，让人很难反应。雪崩、雷击、车祸造成的丧命叫做事故；斧劈、刀砍、枪击、毒药等导致的死亡谓之谋杀；除此之外还有自杀，这三类死亡的节奏是非自然性的。

无论是上述哪一类非自然死亡，都必然有凶手存在，事故和自杀都不例外！有凶手就得捉拿归案，即使事故没有原因，倘若死因不消除，死亡的威胁必然还会危及他人性命。

从某种意义上来讲，法医正是为了追寻死亡的真相而存在的职业。但是，死亡往往被圈套、错觉，还有恶意笼罩着，这就需要法医的睿智和精明。

还好，大周就是这样一个人，他总能够有条不紊地拨开所有的迷雾，找出最后的真相。但即便是这样，法医还是有很无奈的时候。

2011年5月27日，我市体育中心附近举行了一场大型的马戏表演。据说这个马戏团要在我市逗留一个月，所以我很兴奋地约上了大周和葛程来观看表演。

大周带上面色冰冷的葛程坐在我的旁边，虽然有些不自然，但是我的注意力还是很快被精彩的节目抓住了，没工夫去理会葛程的冷淡。

空中飞人表演完了，观众们报以了热烈的掌声，而葛程却一动不动地坐在那里。

下个节目即将开始，舞台工作人员此时正在忙着将舞台的背景布置成蒙纸的白墙，把一张漆得铮亮的小桌子置于电灯前。我能清楚地看到那张桌子上摆着两支左轮手枪和一支枪管很长的手枪。

报幕员此时站在了台子中央，说道：“下一个节目是一个惊天绝技，有请神枪手罗杰！”观众此时已经开始议论纷纷，据说很多观众不是为了来看狮子大象，也不是来看空中飞人的，而是就奔着罗杰的表演来的。

罗杰在小乐队演奏的轻快插曲的伴奏下，缓缓走入，对观众做了一个单手弯腰的礼节后，便站在了台中央。他是个极富魅力的老男人，更是这个马戏团的副团长，他精湛的特技在全国都闻名。而他多年的搭档，也就是他的妻子王辛叶女士，也就是这个马戏团的团长，也和他一同走上台，对观众行了礼，场内顿时爆发出了一阵又一阵热烈掌声。就连大周此时也随着大家的兴奋劲拍了两下手，不过葛程仍旧没有反应，眼睛死死盯着舞台。

王辛叶站到了白色的墙幕前，然后对罗杰微笑着点了点头，示意可以开枪了。罗杰神速地从桌子上抓起两把手枪，这个举动使得全场顿时鸦雀无声，紧接着罗杰左右开弓，连续扣动了扳机，哒哒哒哒哒哒，仅几秒钟的时间，左轮枪弹槽里的子弹就被他打空了。

枪响结束后，只见王辛叶缓缓挪动着身体，把白幕亮了出来，原来在白幕有上十二个弹孔清晰地勾勒出了她美妙的身材，观众顿时掌声雷动。

少顷，全场又安静了下来，所有人都知道，刚才并不是这个表演的高潮。

王辛叶从一个助手手中接过了一个搁着三支蜡烛的三柄金属烛台，她把这烛台慢慢举过头顶，定在了自己的头上，烛台晃晃荡荡，半天才被固定好。四周的光线突然暗了下来，这几支蜡烛像是在舔舐着黑暗一样。罗杰拿起了小桌上的那支长筒手枪，我还以为他将射击王辛叶头顶上的蜡烛，因为那样已经足够惊险了，但是很快我就知道，我想错了。

罗杰竟然背对着王辛叶站立，要借助摆在他面前的一面镜子瞄准目标。射击即将开始，罗杰拿着长筒手枪笔直地站立着，他看着镜子，将手枪的枪筒搭在了自己的右肩上。我终于知道罗杰要干什么了，但是他要怎样逆向射灭闪烁的烛光呢？我的心中有着这样的疑问。

枪响了，第一发子弹准确命中了目标，最左边的蜡烛熄灭了。又一声枪响，第二支蜡烛也熄灭了，现在只剩下最后一支蜡烛了。观众中有的啧啧称赞，有的高声呐喊：神了！神了！

罗杰似乎没有受到观众们热情的影响，仍然异常镇静地站在那里，准备射出最后一发子弹。

意外就在这时发生了，第三声枪响后，蜡烛只是闪动了一下，并没有熄灭，随之而来的却是一声女子可怕的惨叫声，这声音响彻了整个场馆。我永远也无法忘掉那一刻发生的事情，烛台从王辛叶的头上倒下来，摔在地上，烛光也跟着熄灭了，台上只有微弱的灯光，依稀可辨人的影像。

我看到王辛叶慢慢倒下了，随后罗杰跪在他的妻子面前，不管怎样用力都没能把她扶起来。而此时，乐队本来高昂而热烈的节奏也中止了，台上台下的人在这一刻都不知所措。

“作家，出事了！”全场第一个反应过来的是大周，他快步拨开观众，跳入了场地中央，直奔事发地点，而我也跟着跑了过去，没有想到的是这次葛程没有袖手旁观，也跟着我们跑了过来。

“对不起，请让开一点，我是医生！”大周用有力而坚定地声音对还在一直摇晃王辛叶的罗杰说道。

“她怎么了？还能恢复过来吗？”罗杰的声音里带着颤音！

大周没有说话，先查看了王辛叶的伤情，发现她的左眼上有一个撕裂的无规则的入射伤口，子弹已经射入大脑，由于灯光昏暗，大家并不知道，此时舞台上已经满地血泊。子弹贯穿了王辛叶的头骨，使其脑浆迸裂。大周抬起头，冲我摇了摇头，我知道王辛叶不可能得救了！

此时，葛程却在一边死死地盯着被罗杰扔在地上的那把长筒手枪，口中喃喃说道：“柯尔特手枪，很少见的品牌啊！”

工作人员和演员们此刻已经形成了一个巨大的包围圈，把我们五个人围在其中，而观众们已经开始躁动起来。

在警方赶来前，舞台上的一切被原封不动的保留着。大约过了十五分钟，警方便赶到了，为首的仍然是副大队长。

“周法医，你发现的尸体？你都快变成毛利小五郎了！”副大队长一脸郁闷，看了看大周，又看了看旁边的我，那表情像是在责怪我为什么又出现在凶案现场一样。

大周点了点头：“我希望你们尽快把现场的照片拍下来，这很重要。”

副大队长点了点头，安排刑侦人员立即展开工作。

大周走到我和葛程面前，问道：“作家，你怎么看？”

“怎么看也不像是事故，怕是谋杀！”我耸了耸肩膀说道。

葛程在一旁冷笑了一声，指了指地上的手枪说道：“作家，你还是先不要臆断了，这个案子的重点是这个特技表演到底是怎么实施的！”

2

在随后的审讯中，我的想法被进一步认证了，罗杰确实有杀妻子的动机，不止一个人听到过最近他和妻子之间时常爆发出争吵，但是为什么争吵，却说法各异。有的马戏团成员说，是因为王辛叶把钱握得太紧，罗杰甚至拿不到一分零用钱；还有的人说是罗杰和另一个女助手发生了婚外情；也有人说是因为马戏团的经营出现了问题，入不敷出，两个人心烦所致。

副大队长似乎已经把这起案件定性为伪装成事故的谋杀案，他在现场的询问带有很明显的倾向性。

“我没有杀我妻子！”罗杰听出了副大队长口气中的怀疑，所以提高了嗓门。

“可是王女士确实是你打死的！”副大队长的语气越来越强硬。

罗杰满头是汗，因为当时的情境真的是百口莫辩，他犹豫了半天，才开口：“我真的不理解事情是怎样发生的，非常不理解！因为这个表演只是个魔术而已，我从来没有使用过真正的子弹。”

“你的意思是，子弹并非是从你的枪里射出来的喽？”

罗杰像是抓到了救命的稻草：“不是！绝对不是！”

当时，我和大周就在审讯室的隔壁，大周听完这话后，笑了笑。

副大队长哼了一声：“罗先生，你最好老实点，之前发现尸体的那个医生，是个法医，他当天就用硝烟试纸对你表演时候所穿的那件衣服进行了检查，他发现了硝烟反应，也就是说你开枪的时候，枪里确实有子弹。”

我很奇怪：“大周，什么是硝烟反应？”

大周的语气依旧不紧不慢：“所谓硝烟反应，是指子弹发射时子弹的触及部弹壳中的火药随着子弹一起喷出而形成的，火药残留物会一直留在射击人的衣物上。一般用硝烟反应试纸就能测试出这个人是否开过枪，原理也很简单，用比硝更活泼的金属化合物取代硝产生颜色的变化，只要试纸的颜色一发生变化，就代表着这个人曾经触发过手枪的扳机。”

“原来如此！”

大周指了指眼前的玻璃，那是一面我们能看到那边，那边却看不到我们的玻璃，玻璃那头的罗杰这会正在咆哮！

“我实话跟你说吧！这根本不是什么特技，而是魔术！魔术你懂吗？就是骗人的。”

“魔术？我倒愿闻其详。”副大队长的嘴角露出了一丝不屑。

罗杰还是有些犹豫，魔术揭秘，就如同砸了魔术师的饭碗一样，不到迫不得已是不可能说出口的，但眼下事关人命和自己的清白，他也只能吐露出这个节目的机关：“我使用的根本不是真的子弹，而是假子弹，这种子弹的弹头是用蜡混合物制成的，那东西一出膛就已经融化了，根本不会伤人。”

“那观众们看到的弹孔是怎么回事？”

“那不是弹孔，而是蜡弹碰到白幕后留下的黑色印迹，所以说，我是不可能打死人的！”罗杰一脸无辜地看着副大队长。

“对不起，罗先生，我们随后可能对你的房间进行搜查，您也暂时不能离开本市。”

“随你的便！”罗杰的语气强硬了起来。

大周叹了一口气说道：“他说的是实话，所有的鉴定结果，跟他说的是一致的。不过，还有一点需要确认！”

“什么？”

“跟我来吧，作家！”

“去哪？”

“回法医研究所！”

3

大周要验证的事情是，那颗杀害王辛叶的子弹，到底是不是从那支柯尔特手枪中射出的？

大周先在实验室中将那支柯尔特手枪拿了起来，左右看了看。

“葛程好像认识这种手枪，叫什么来着？”我突然想起葛程那天一下子就叫出了枪的名字。

“柯尔特！是美国西部牛仔当年枪战时常用的枪。”

“这种枪的枪管好长！”

“手枪这种东西不同于步枪，由于枪管很短，子弹出膛的初速度就很小，所以子弹飞行路线的稳定性不高，这种枪正是想加大子弹出膛的初速度而这么设计的，出膛的子弹比起一般的手枪更稳定，威力也更大。”大周说着，将一张滤纸卷成纸筒插入枪管内，然后将实验台上的一小瓶试剂倒入了一个试管内，开始加水稀释。

我抓了抓腮帮子，问道：“你这是在干什么？”

“这叫手枪的印模实验，可以用来判定子弹是不是就是从这支柯尔特手枪中射出的。”

“什么是印模实验？”

大周一笑，道：“就是对枪管里的残留物进行提取的过程。我现在要倒入含量百分之十的氨水，等氨水全部浸湿滤纸后，再将其取出，枪管内的射击残留物就被提取到滤纸上了。然后再提取子弹里的残留物进行比对，可以证明子弹是不是从这支枪的枪膛里射出来的。”

“听起来蛮复杂的！”

“嗯，确实不容易，不过美国现在已经有了简洁的方法。”

“什么？”

“一种很先进的仪器，只要测试子弹上的划痕就可以了，简单地说就是每一颗子弹在射出时都会和膛线产生摩擦，而形成特定的划痕，就像人的指纹一样，每一支枪射出的子弹划痕都有各自的特点。根据这种归纳原理，在美国只要拿着那支枪朝着一台特定的机器开一枪，再用电脑进行比对测试就可以了。不过我们的科技还达不到这种程度，我们只有继续用这种土办法。”大周的语气非常沮丧。

“黄猫黑猫，只要捉住老鼠就是好猫！土办法只要能准确推断出结果，不放过凶手就可以了。”

大周笑了笑，说道：“话是这么说，但是先进的科技对法医鉴定上的帮助还是很大的，我们需要更多更先进的技术，应用到刑事犯罪的调查中才好。”

当天下午鉴定结果就出来了，射入王辛叶头部的子弹，被确定就是从罗杰的枪里射出的。警方也随后在罗杰的弹药箱里发现了两种不同的子弹，一种是罗杰所说的蜡丸弹，而另一种是实弹，和打死王辛叶的子弹型号相同，这证明罗杰有重大杀人嫌疑。

罗杰随后承认，在他的工具箱里，确实有实弹，那是他平常做射击练习用的子弹，也就是射击运动员用的专业子弹，这些子弹都是经过国家安全局备案登记过的，每一发的使用都有着记录。

副大队长查阅了安全局的档案，发现确实如此。但是，杀死王辛叶的子弹就是出自这支弹药箱中，也就是说有人故意更换了两种子弹。

除了罗杰之外，还有谁能这么做呢？

我突然想到了那几个传言。有人说，罗杰和一个女助手发生过婚外情，这件事到底有没有发生过呢？

副大队长随后仔细调查了这件事。罗杰也承认了这件事，说自己确实和一个叫刘小萍的助手很要好，但绝不是妻子想象的那种关系，妻子吃醋后，刘小萍也知趣地辞去了马戏团的工作，现在正在北京的一家酒吧里表演魔术。刘小萍确实有不在场证明，很多人都在案发当晚看到了刘小萍的现场表演。

现在唯一具有作案动机和条件的人，就只有罗杰了。在案件研讨会上，副大队长提出准备向检察院申请，正式逮捕罗杰。

“能不能再等一等？”大周此时又拦住了副大队长的话。

“周法医，你还有何高见？”副大队长有些不耐烦。

“能不能给我和作家一点时间，我们想去见一次罗杰，问他一些问题。”大周很少参与案件的问询，我倒是有这个意愿，不过我的身份却不允许我这么做。

副大队长有些犹豫，最后还是同意了：“现在罗杰还是自由身，你们的问话，不算在正常的司法程序中，请你们抓紧时间吧！”

大周点了点头。

问询在当天下午展开，是在马戏团的后台，由我提问。问题很简单：“请问，在上台时，王辛叶女士有没有什么反常之处？”

罗杰沉思良久，终于说道：“我不知道她那个猝然的动作是不是和这个案件有关系。”

我往前探了一下身子：“无论有没有关系，请先说来听听。”

“我在打第三枪前，她突然动了一下，我当时小声喊她要站稳，因为魔术这种事情，马虎不得的！一点点失误都会造成魔术失败或者给演员造成生命危险。不过我发誓，我在打她第三枪的时候，她又动了一下，说实话，我一直认为，我打中她，是因为她在射击时突然站了起来。”

“开玩笑！我们也一直在观看着节目，当时王女士一直就这么站着的，怎么还会站了起来？而且我们也没有听到你的声音啊！”我看了看旁边的大周，想获得他的同意，但是大周却陷入了沉思。

“那种声音很微弱，只有舞台附近的人才能听到，否则不就穿帮了吗？那是演员间的一种默契，在演员的台步或者站位出现问题时一些特有的提示，观众是不可能听到的。我说的当时她站了起来，是指她突然踮起了脚尖。”罗杰的眼神已经陷入了绝望，他恐怕已经知道了自己被列为头号嫌疑人的事。

我把这个情况反映给了副大队长。后台中的几个驯兽师，表示确实听到了罗杰让王辛叶站稳的话。

听到这件事后，大周如释重负地叹了口气：“凶手果然不是罗杰！”

我问道：“那是谁？”

“作家，你要跟我再回一趟法医研究所，做一次实验。”

4

大周将从王辛叶头部取出的子弹，放在一个强光聚集的仪器中，把仪器的探头伸了进去，随后他就坐在电脑前仔细地分辨着什么。

“大周，这又是什么秘密武器啊？”

“光谱分析仪！”

“这是干什么用的啊？”

“用来测量这颗子弹上的微量金属元素的，现在看来在这颗子弹上有黄铜的痕迹。”

“黄铜？”

“你还记得吗？王辛叶头上顶着的那个烛台，就是黄铜的！我对这个案件一直都有怀疑，是因为子弹的入射角度。解剖尸体时，我就认为子弹入射角度过大，入射伤口比平常所见要宽且不规则，子弹的形变也和之前我遇到过的案件有很大的不同，不过之前我没敢妄下结论。现在我知道了，弹头应该是在飞行的原有方向上遇到了障碍，从而碰击障碍物后跳弹，才击中了王辛叶的前额，故而撕开了一条大口子。”大周又用背书的语气说出了自己的分析。

“你的意思是说，子弹是碰到了烛台，跳飞后又射入了王辛叶的头颅，那烛台上应该会有碰撞后的痕迹才对啊。”

大周点了点头：“我检查过了，烛台上确实有反射的痕迹，而且有很多，这可能是之前罗杰在练习这个魔术时留下的，我一直没有往这个方面去想，直到听到了罗杰刚才那番话。”

我松了一口气：“看来，罗杰不是蓄意要谋杀王辛叶的，像罗杰这样的射击高手，如果真的要杀她，那他就直接瞄准她的前额就行了，用不着弄这个不可控制的反弹路线来杀人。看来这是一起意外，罗杰只是过失杀人！”

大周的表情变得严峻起来，说道：“作家，真的是这样吗？你想过还有别的可能性没？比如，王辛叶为什么要突然踮起脚来？”

听到大周的话，我突然感到了一丝凉意，拍了拍自己的脑门，说道：“王辛叶是一名训练有素的女演员，她不可能不知道在表演的过程中稍微一动就会有危险，况且之前罗杰已经提醒过了她一回。难道是……王辛叶是自杀，子弹是她偷换的！”我越想越可怕！

大周没说话，已经开始收拾他的实验台了。

这起看似事故的案件后来又被警方怀疑是谋杀，但刑警和法医最终认为神秘的死亡纯属被害人王辛叶的自杀行为，这样的戏剧性结局让很多人感到了意外。

后来，王辛叶自杀的动机也被确认了，是为了陷害罗杰，当然理由并非是罗杰搞什么婚外情，而是罗杰打算解散这个马戏团。

原来，很多民间的马戏艺人，开始将国家级的马戏团承包，到全国各地甚至是世界各地巡演。在20世纪八九十年代，中国马戏红极一时，王辛叶的父亲就是当时绰号“狮虎王”的著名驯兽师王元。

这个马戏团在最红火的时候，曾经养过17只老虎，6头狮子，还有猴子、灰熊等很多动物，是全国最大的民营马戏团之一。罗杰进入这个马戏团的时候，正好二十出头，当时还是个名头并不怎么响的魔术师，不过他常常锐意创新，总是能创造出惊险而富有新意的魔术来，渐渐成为了这个马戏团一个不可或缺的角色，同时也赢得了王辛叶的芳心。

罗杰和王辛叶结婚后，马戏团在这对夫妻的经营下更加红火了，这令王元很高兴。可到了新世纪后，马戏团的生意却急转直下。

马戏本就是个烧钱的行业，单就一只狮子，一天的牛肉摄入量就要十公斤，随着物价的飞涨，马戏团的运营成本大大增加。而近些年来，国家政策不再支持这个行业，将动物放归民营团体的动物监管部门，却不再下发任何的补助，很多大城市由于动物保护主义者的阻碍，马戏团难以进入，再加上马戏团的节目表演单调，内容乏味，还保持着几十年前的老套路，观众流失十分严重。

很多马戏团已经到了破产的边缘，王元在这样的环境下，忧郁成疾，最后被诊断为癌症。弥留之际，他把女儿叫到身边，让她无论多难都要把马戏团坚持下去，因为这是王家几代人的信仰，也是王家唯一可以立足于世的资本。王辛叶含泪答应了父亲的要求。

王元病逝后，罗杰夫妇苦苦支撑马戏团，好在罗杰的魔术当时已经在全国有了很大的名气，甚至有了中国的“大卫科波菲尔”的称号，近些年来，罗杰又创新出多种惊险刺激的高端魔术，深受观众的爱戴。与其说观众买票是来看马戏，倒不如说是想看罗杰的魔术，这个马戏团才勉强支撑到了现在。

即便是这样，马戏团也难以摆脱入不敷出的现状，王辛叶甚至已经开始大举举债，来支撑马戏团的经营。罗杰萌生了退意，和妻子商量，想要解散马戏团，他们夫妻二人日后可以专攻魔术，这样他们既甩掉了大包袱，也可以变富裕。

没想到这成为他们夫妻矛盾爆发的开始，解散马戏团，那动物如何安置呢？这些动物并非是猪狗之类的小动物，有一些动物已经年龄很大了，只能小心供养，普通的动物园根本不肯接收。还有马戏团的一百多号员工，他们日后的生活怎么办？这些人除了会驯养动物，别无长技，轻易解散马戏团，会使得这些人遭遇灭顶之灾。

但是，如果不解散，又能怎么样？国家政策上没有支持，这些动物又退不掉，员工还要薪水，罗杰夫妇的矛盾越来越大。

随后，便有一些马戏之外的演员出走了，比如杂技演员和魔术演员，罗杰最得力的助手刘小萍就是其中之一，她本是罗杰的徒弟，因不能忍受马戏团这种清苦的生活而离开了。

当然，王辛叶不肯解散马戏团的最重要的原因，就是她永远也忘不了父亲临终前的话，还有父亲的眼神。罗杰却不这么想，他已经开始主动联系可以接收动物和各类驯兽师的团体，暗中转让马戏团里的动物。马戏团每走到一个地方，动物就会少一些，而罗杰的说法是，他给这些老龄的动物找到个颐养天年的地方。

王辛叶起初认可了这种做法，但是一个偶然的机会，当她看到网上的一张照片后，她的心彻底凉了，照片里显示一个年轻人把一只猴子的皮都割掉了，然后展开给大家看，情景非常恐怖。她认得，那只猴子，就是他们马戏团的功勋元老“猴将军”。她真的急了，跟丈夫大吵了一架，质问他到底把动物卖给了谁。

罗杰不置可否，王辛叶也彻底对丈夫失望了。

此后，马戏团没再转出任何一只动物，她希望给这些动物一个说法，希望它们能够善始善终。

而罗杰在来我市演出前，又联系了一个大的动物商人，商人答应收购马戏团的所有动物，并给罗杰合理的价格，而那些员工，他也一并给予工作的机会。罗杰把这件事告诉了王辛叶，没想到王辛叶断然拒绝了。在她的脑海里，涌现出的是被活着取胆的黑熊，是被饿得没有精神的老虎，还有那只被人剥了皮的“猴将军”！但罗杰坚持，并提出如果她不答应，两个人就离婚！他再也不想过这种负债累累的生活了。

王辛叶哭了，哭得很伤心，她最后答应了，她说在我市演完最后一场，就把动物们都卖了，解散马戏团，她和他一起去演魔术！罗杰欣然答应了。

结果悲剧就在我市演出的那个晚上发生了，王辛叶偷换了子弹，并且踮起了脚尖。她倒下了，她几乎成功地陷害了罗杰。罗杰要结束她的信仰，而王辛叶就想把她深爱的男人连同她的梦想一起带走，这起悲剧终于以这样的结局落幕了。

5

“无辜者有时只有使用自然科学方法的验证才能免遭冤枉。”我兴奋地说道。旁边的大周喝着咖啡没有说话，葛程似乎根本没有听我说话，低头看着一本书。咖啡馆里气氛怪异。

“喂喂！二位有没有在听我说话啊？”我故意提高嗓门，想调节一下气氛。

大周终于接过了话茬：“案件本身倒不是重点，我总是觉得国家制度的不健全，才是造成这起悲剧的原因。把动物转手给民营马戏团，然后又不能给予足够的政策保障，动物的生命随时会受到威胁。从这点上来说，王辛叶对动物和驯兽师们负责，没有错，而罗杰想要摆脱这种状态也没有错，错在我们国家还没有建立完整的动物保护政策，对动物和民营动物团体的保护都不到位。”

“大周，我发现你最近变了很多啊，不仅越来越感性，现在竟然对政治也感兴趣了！”我说着，故意看了葛程一眼，她仍旧没有反应，我干脆举起咖啡杯，“好啦，好啦！不管怎么说，破案是件令人高兴的事，咱们也应该庆祝一下！”

“庆祝？有什么好庆祝的？”葛程终于说话了，“你们真的认为这个案件破了吗，就我看来，这里边还有一个很大的疑点。”

“疑点？”我有些不解，故意拉长了声音。

葛程抬起头来，说道：“你们想过吗，案发现场为什么只有一支枪是柯尔特手枪，而其他的两支都是普通的左轮手枪？”

“大周说过，柯尔特手枪的精度比其他手枪的精度要高，背对死者射击恐怕需要更准确的射击角度吧。”我说出了自己的看法。

“是吗？但是你看过罗杰在其他地方表演这个节目时的照片吗？”

我摇了摇头，大周似乎也对这个话题很感兴趣，把咖啡杯放在了桌子上。

葛程这时从包里掏出了iPad，寻找着什么，不一会把iPad放在了我们的面前，那是一张网上的照片，照片里正是罗杰背对王辛叶射击的动作。她说道：“你们来找找照片上的亮点？”

我仔细看了一遍，顿时冷汗直冒：“根本没有柯尔特手枪。”

葛程点了点头：“这是一个月前罗杰在其他省市演出的照片，这样的照片我找了很多张。”葛程说完，用右手在iPad上滑动着，一张张照片展现在面前，全都没有发现那支柯尔特手枪的踪影。

大周的眼神空前的严肃：“罗杰是在这次演出前不久才开始使用这支手枪的！”

葛程点了点头：“原因你应该也知道了吧，柯尔特手枪的子弹出膛速度更快，威力更大，触碰铜烛台的时候，反弹杀死王辛叶的可能性也就更大。”

“那为什么有人听见罗杰说让王辛叶站稳呢？”我知道，案情此时正在戏剧化的反转中。

“他们只是听到，可王辛叶动没动，你们谁看到了？只是罗杰一个人在说而已。我现在没有更多实质性的证据，但是我想，这个杀人的实验恐怕在一年多之前就已经开始实施了，否则那个烛台上为什么会留下这么多的痕迹呢？一般做这种射击练习，用那种蜡丸弹就可以了吧？不至于去使用实弹吧！”葛程说完，就不再说话了，而是收起了iPad，继续看她的书。

我想起在现场时葛程就一直盯着那支手枪不放，还准确说出了那支手枪的名字，看来她从那时起就开始怀疑罗杰了。

但是，之后的事情也让我很意外，大周拒绝将我们这次谈话中的推断提供给警方，因为法医提供主观臆断是很危险的事情，他的工作也做完了，剩下的事是警方的工作了。

最终，这起杀人事件以王辛叶自杀而告终，一场轩然大波也随即平静了下来。

不久前，有个本市的朋友和我谈及此事时，我对他说出了我们当时的推断，最后我对他说：“我现在才知道，法医最大的敌人，不是别的，而是人心叵测！科学推断最终能够还原现场的一切，包括现场所有人的每一个动作，但却永远不能测出人心到底如何所想。”

我对这起案件至今还耿耿于怀，时常会把一张照片拿出来看，那是当时一个摄影师在案发现场抓拍的，照片几乎把当时的细节都展现出来了，照片上罗杰背对王辛叶表情深邃，而王辛叶的脸上充满了惊慌和对死亡的恐惧，这起神秘的死亡事件的真相到底是怎样的呢？这是个连法医都不能解释的问题，我更不敢妄加断言了。

第二章
倩女幽魂

1

2011年，由于经济的不景气，公司给我多开了一个月的工资，并告知不能与我续签劳动合同了，也就是说，我再次成为一个无业游民。这样的打击对于较早独立的我来说，并不是什么世界末日，我早已习惯了这样脱离体制下的生活状态。那段时间，我一边靠写作为生，一边寻找着新的工作。

令人郁闷的是，这一年的霉运还没有结束，我的写作也陷入了瓶颈，起初的几篇稿件都被出版社退了稿，之后的几周，我竟然一个字都写不出来，比起丢掉工作，这显然要更痛苦。

就在这时，我接到了久违的电话，是大周打来的，在那种状态下，这个电话真的像是给我打了一剂强心针。

“作家，我要回来了！”大周这句话瞬间唤起了我的情绪，我听到了电话那头依旧是吸吮液体的声音，显然他在喝着咖啡……

新的故事缘起于2011年5月7日，夹杂着巨大的噪音，一架波音客机在我市机场缓缓降落。

机场出行的人流不断，我瞪大了眼睛，生怕错过了什么，好在大周辨识度高，即便是在熙熙攘攘的人群中，我也绝对可以一眼把他认出来。

而那一天大周的出现真的是有些灼人眼球，他本就高大帅气，无论到哪都有很高的回头率，而那天他的身边偏又跟着一个惊艳的女人。

那个女人的装扮实在是特别，她的身材并不高挑，披着黑色风衣，里边是雪白的罗拉衬衣，右手拉着旅行箱。让人眼前一亮的是，她头上戴着黑色的短筒礼帽，左手竟然持着一条文明棍，俨然一副英国绅士的打扮。

这样另类的打扮，还不是最让人印象深刻的。让人一见难忘的是她白皙的皮肤，那是任何美白化妆品产品广告中的美女都不曾有过的嫩白肤色，再配上她那精致的五官，那副画面呈现出的是足以打动任何男人的女性魅力。

当我们三个人走到一起的时候，我们的表情各自不同。

大周，依旧沉着自信。

我，惊喜外加惊愕。

礼帽女，冷若冰霜。

她的出现，竟然让我来不及与大周拥抱、寒暄。

“大周，这是？”

“我来简单介绍一下，这位是葛程，她是日本早稻田大学毕业的社会学博士，这次是回国任教的，我们正好搭乘一班飞机回国。”大周礼貌地向我介绍了葛程，又向我摆了摆手，“葛程，这是我常跟你提起的作家！”

我伸出了右手：“你好，葛小姐！”

葛程接下来的动作让我大吃一惊，她竟然抬起文明棍指了指我，脸上面无表情：“握手吗？西方的礼仪规范一定是要女士先伸手才行！”说完，她便拉着箱子从我的身边走过，之后她也并未和我们搭乘一辆车。

大周算是我认识的人中，最难以接近的那种了，而我是那种和任何人都可以打得火热的类型。但是葛程的出现让我知道了我的定义出现了偏差，大周绝不是最难以接近的人，而我也不是可以轻易接近任何人的。

我没敢询问他们之间的关系，在葛程的冷漠态度中，我依稀嗅到了一种不和谐的味道。

新的故事，就在这场有些奇怪的会面中展开了。

2

两天后，我们又回到了熟悉的法医研究所。

虽然离开了两年，但是大周仍旧有着极高的人气，特别是对于法医研究所的未婚少女来说，他简直是神一般的人物，而我给她们的印象最多就是个神父，只能谈谈心，却不能被崇拜。

像为退役球星封存球衣一样，大周的办公室被贴上了封条，甚至连他用过的工具都被封存了起来，这也算是对一个法医的最高礼遇了。

当大周打开那扇贴着封条的大门时，一切都像是回到了两年前。他按动墙壁上的开关，办公室一下子重现了光明，那两具骨架依旧一左一右站在大周办公桌的两旁，像是在欢迎它们的主人一样。

大周穿上白色的大褂，坐在办公桌旁，两具骨架配上他的严肃表情，那是一种说不上来的滑稽感。

“作家，有新的案子喽！”大周的语气有些无奈。

“刚刚回来就接到案子了？”

“法医更希望自己失业，但是罪犯可不这么想！”

大周所说的案件发生在我市治下的独山县境内。独山县地处山区，此地最著名的景观就是溶洞。几日前，一个山坡突然发生了塌陷，两个联防队员去该地段检查是否有泥石流的可能，没有想到，就在被当地人叫做神仙洞的一个溶洞中，他们发现了人的遗骨。

“遗骨？”我有些吃惊！

“嗯，骨架并不完整，现在只发现了两个头骨，两根脊骨，还有若干碎骨。现场有一堆长约22公分的散乱头发，还有两根52公分长的发辫，以及两个花布的乳罩，经法医判断尸骨应该属于女性。洞内有凌乱的动物足迹，尸体很可能被野兽啃食并拖动过。”

“死亡时间呢？”

“不超过三个月。”

“她们是怎么被杀害的？”

“尸骨表面未发现钝器伤，所里的同事初步判定死者应该是被勒死的。”大周一边说，一边往杯子里倒咖啡粉，倒完后才发现没有开水可用，脸上有些尴尬。

“死者的身份确定了吗？”

大周点了点头，道：“这么说吧，作家，这个案子的凶犯在四天前也已经抓到了，他对杀人的过程供认不讳，只是……”

“只是什么？”

“只是我觉得还有点问题，就给所长打了个电话，希望他等我回国后再结案！”

我大吃一惊，原来这是一起已经侦破了的案件，我真不明白大周为什么会纠缠于此，但我同时也知道，大周是个严谨的人，这其中恐怕必有蹊跷。

大周向我简要叙述了破案的过程。神仙洞地处荒坡僻野，洞口杂草遮掩，外人多不知晓，警方迅速作出判断，认为凶犯极有可能是居住在附近村寨的人。很快，附近顶岩寨里一个叫文继林的人进入了警方的视线，这个人是个以售卖女性服装为业的商贩。有个女村民在他的服装店里买了两件女装后，发现是被人穿过的旧衣服，其中一件衣服上面还发现了淡淡的血渍，就找文继林退换。

没想到，文继林不但不承认自己卖过这件衣服，而且还躲躲闪闪的。这名女村民到大队里告状，正好赶上来调查的刑警。

刑警看过这两件衣服，觉得十分可疑，便申请了搜查令，在文继林家里查出了多件女性的首饰和两名女性的艺术照，照片里的两名女性十分妖艳，着装尺度很大，都穿着露着乳沟的上衣，大腿上套着黑色网格的丝袜，动作轻佻。

警方审讯后，文继林交代了罪行，两名被害人都是市里歌舞厅的陪酒小姐，被他诱骗到神仙洞，实施强奸后，然后被他用裤带勒死了。他洗劫了两名女性的财物后，又扒下了她们的衣服售卖，没想到露了马脚。

据文继林交代，那两张照片就是这两个陪酒小姐的，她们的身份也已经得到了确认，一个叫陈秀秀，另一个叫王萍，都是辽阳人，DNA比对结果也符合。

“证据，口供俱在！这个案件完全可以结案了。”我有些质疑大周还有什么疑问。

“但这是有问题的，作家，你看这里。”大周说着，从自己的公文包里拿出了两份报告，“两名死者，身高都是一米六左右，而作为证据的两件服装带血渍的那件是加大号（XL）的，后被证实血渍中提取的

DNA，与其中一具尸骨的吻合，证明是陈秀秀曾经穿过的衣服。但另外一件，是3个加号（XXXL）的，这件衣服就很奇怪了，这个是一米七左右的人才能穿的，这件衣服死者穿上就显得过大了。更重要的是，你看一下这里。”大周说着，把其中的一张照片放在了我的面前。

我凑过去一看，这张照片里呈现的是一段小指的指骨，指骨似乎还被一些污垢裹着。

“这是从现场发现的一段指骨，从这段指骨的长度来看，也和两名死者的身高并不匹配，这段指骨上还有少量的动物粪便的残留。”

“你是说？”我终于懂了大周想说什么。

“没错！一般我们看到两个头骨，第一印象都会认为，只有两名死者，但这段小指指骨我经过重新鉴定了，发现并不属于这两具尸骨中的任何一具，应该是被野兽从另外的人身上撕扯并吞下，然后又排泄了出来。”

“除了这两名死者外，还有第三名被害人？”

大周点点头。

3

神仙洞附近的地形十分复杂，但大周坚持要对现场进行二次勘验。

“这个地方小孩子都不敢来的，洞里总能听到女人的哭声，老人们都吓唬孩子们说洞里有千年女妖！”顶岩寨里负责向导的村民说道，那语气中含有一丝敬畏。

我作为“特约记者”继续参加调查，虽然对向导口中的女鬼有些怀疑，但我还是支支吾吾地应答着。

“就是这里！”向导指着洞口说道。

洞口黑乎乎的，从洞里吹出一阵潮湿的空气，寒气袭人，再加上刚才向导说的女鬼的传说，这个大洞就更显得神秘莫测。

我刚想向前迈步，向导一把拦住了我：“小心啊！这里有很多溶洞的，一个连一个，一不小心就可能掉到其他溶洞里，如果掉进去的是个无底洞，那么可就连神仙也救不了。”

听到这里，同来的三名警官和一名法医助手都不敢轻易挪动身子了，只有大周蹲下身子，捡起了地上的一颗石子，向洞内扔去，石子与洞壁碰撞的声音清晰地传了出来，并伴随着轻微的回音。

“怎么说也要进去看看，作家，你和我去吧，其他人在洞口守着。”大周坚定地说道。

“不行！我要对你们的安全负责。”同行的是分局刑警队的副大队长。

“那一起吧！”大周说着，打开手电进入了神仙洞，我也跟着钻了进去。副大队长犹豫了一下，也跟着我们一起进入神仙洞里。

在手电筒强光的照射下，洞内的全貌得以展现，这里是个完全封闭的空间，没有阳光射入，四壁上都是水流侵蚀的痕迹，在洞体的穹窿上有很多石钟乳笋，倒立着插在洞顶，整个山洞完全出自大自然的鬼斧神工。

“两具尸骨就是在这里被发现的！”副大队长站在原地，指了指地面。

大周朝着那个地方轻轻地走了过去，看了看原地，现场早已被清理干净，没有什么更有价值的信息了。大周顺着水流的声响，向里继续摸索，他突然停了下来，说道：“你们看看这里！”

我们顺着大周的手电筒的灯光摸了过去，一个黑乎乎的大洞镶嵌在墙壁上，大约有一米高。向导说得没错，这里确实有很多暗洞。

“我要进去看看！”大周朝着副大队长挥了挥手中的电筒。

“这次我打头阵！”副大队长和大周合作多次，一直很敬重他，说完，他俯下身子，钻进了洞中。

我和大周互视一眼，他先俯身进入大洞，而我在后压阵。

洞口很宽，但是却越走越低，到后来只能爬行了。大约爬了二十多米的距离，洞口终于豁然开朗，但地上到处都是倒竖的石钟乳笋，前行很困难。

副大队长向我们打了一个手势，让我们先停下来，大周和我停在原地，不敢轻易挪动身子，而副大队长用手电一直在向下照着，然后向我们做了一个手势，示意我们过去。

当大周和我走近时，才发现地上有一个黑乎乎的大洞，而一股恶臭从洞口冒了上来。

“是尸臭！”大周太熟悉这种气息了。

我由于两年没有接触过尸体，竟然一时忘了要用嘴去呼吸，吸入了恶臭的气体，我的脑袋一阵眩晕，差点吐了出来。副大队长倒还镇定，他拍了拍大周的肩膀，眼神里肯定了他的判断，溶洞里果然还有其他尸体存在。

4

由于神仙洞内地势情况复杂，且随时会有自然灾害发生的危险，发现抛尸的地洞后，我们三人迅速原路返回。副大队长随即命令警员们封锁现场，等待支援。

正式的勘查是在2011年5月11日展开的，我记得那日正下着倾盆大雨，洞外雷电交加，洞内风化的石片哗哗地往下掉，据周围的村民说，一到这个时候，洞底的洪水就会上涨，这个时候下洞是很危险的。

但是，尸骨就在洞下，早抢救出来一分钟，就可能会早一刻破案，干惯了刑侦的人都知道，即便再凶险，也得下去。

经过测量，发出尸臭的大洞深度竟然超过了三十米，第一个下洞的是副大队长，他腰系绳索，垂吊下到了三十余米下的洞底，凭着手电筒的光束，弯着腰一处处地摸索。

原来这个洞底又呈现一个梯形的布局，除了通天的洞口外，边缘向下倾斜着，越来越窄，在边缘的深处竟然还有一个分支的洞口，就在洞口边，副大队长摸到了一个骷髅头，蛆虫从头骨的眼眶中自由地爬着，后来找到了两具重叠在一起的高度腐烂的尸体，这应该就是尸臭的来源。

法医研究所里准备了大量的设备，有吊抬尸骨的工具，有小型发电机，高架探照灯也被架了起来。在高照灯的照射下，包括我和大周在内的七个人下到了谷底，当然我还是那个可有可无的摆设。

洞底很冷，大周只能弯腰作业，由于洞壁的窄小，他的口鼻几乎就要碰到腐烂的尸体了。大周少有的亲自为这两具尸体拍了照，还进行了尸表的检验。那腥臭和逼人的寒气，连站在一边的我都有些受不了，不知道他是怎么承受的？

做完了表面的检查，在三名鉴证人员的努力下，两具尸骨被分别抬到了两个吊具上，被缓缓地抬出洞口。

我本以为洞底的工作已经结束了，可是大周丝毫没有停手的意思，在两具尸体移开后，他开始用考古现场专用的薄边铲在洞口的碎石和泥沙中小心翼翼地挖着，结果一块块分离散落的碎骨出现了。

原来，正像村民们所说，一下雨洞底的积水就会上涌，洞底积水冲击上来的细沙，再加上洞壁上剥落的风化石片，掩埋了一部分尸骨，不仔细查找根本无法发现。恐怕只有像大周这样有着丰富经验的法医，才能想到这么多难以参悟的细节。

大周他们的工作持续了四个多小时，我在洞底几乎都要冻僵了。洞底的每一寸泥沙都经过了大周细心地筛滤，最后在洞底共发现大小碎骨四百多块，头发、铜戒指、发卡等女人的装饰物品也同时出土。

当我们从洞底被吊上来的时候，外边的大雨已经停了。工作人员给我们倒了热水御寒，我握着有些烫手的水杯，却还是一个劲地打着喷嚏！

“作家，你怎么看这些遗骨和遗物？”大周同样抱着一个水杯，表情有些僵硬，显然也冻得不轻。

“没有发现任何衣物的碎片，难不成两个女子都是被裸体丢入洞内的？”

副大队长一阵气愤，大声道：“文继林不老实交代，耍花招，我回去要重审他！”

我总是觉得副大队长行事有些莽撞，便说道：“队长，虽然这和文继林交代的奸杀妇女的作案特点很相似，但是我们还没有确定这两名死者是谁，不能这么武断地认为就是文继林杀害的吧？再说，这种溶洞在这个山区到处都是，人人都知道这是抛尸的好地点，其他人行凶后抛尸在这里，也不是没有可能。”

副大队长虽然很不服气，但是我曾经专门为他撰写过英雄事迹，发表在《公安》杂志上，他对我抱有一份感激之情，故并没有反驳我，只是点了点头。

大周突然停下喝水，冲我和副大队长一摆手，道：“别说话，你们听！这是什么声音？”

各位读者，我绝不会在我的故事里故意渲染什么恐怖的气氛，但是那时我真的听见了，洞里清晰地传来了女人凄惨的哭声！绝对不会有错，绝不是什么风声、滴水声，确确实实是女人的哭声，很微弱，但很清晰！

难不成老人们的传说是真的？这座溶洞里住着女鬼的幽魂？

5

作为大案，开案件分析会时，市里有头有脸的刑侦专家悉数到场，我作为特约记者，低头坐在了最后一排。

会议中，大周把这几天的调查和鉴定结果做了汇报：“新发现的两具尸骨均为女性，死亡时间应该是在三个月之前，和之前两具尸骨的死亡时间大体相当。一号尸骨的身高在一米七左右，二号尸骨有一米六二左右，这两具尸体较之前的完整，根据骨龄检测，两具尸骨的年龄都在二十岁左右。二号尸骨上颌第一、二犬齿镶着一颗铜牙，这在二十岁左右少女中很少见。现场还发现了一枚绘有花草图案的铜戒指。”

副大队长接过了话茬，说道：“据了解，这种铜戒指最近在年轻女性中很流行，价格很便宜，样式很多，女孩们常常戴几周就换一个，以显示时尚。”

主管刑侦的分局副局长脸上一板，问道：“不能和前次的案件并案处理吗？”

副大队长摇了摇头，说道：“文继林什么都不肯说！”

“那尸体的身份呢？”

“还在排查中！”副大队长说这话时有些没底气。

“记住，不要只把重点放在本市的失踪女性上，上次的两名死者都是来自外省的，在外来人员中也要做进一步的调查！”副局长给出了中肯的意见。

副队长立即点头称是，但很显然他心里还是没底。

副局长又看了看大周，问道：“周法医，您有什么意见？”

大周依旧不紧不慢，说道：“我觉得死者的数量还有可能会上升。”

这一句话，让整个会议室变得异常安静，在座刑警都变得异常严肃起来。

这时，副大队长将一张顶岩寨附近的地图在办公桌上展开，说道：“大家来看，据了解，围绕着顶岩寨有五座地面的溶蚀大洞，西边是纳得假洞，东边从左到右依次是神仙洞，胡家山大洞，拉干洞，在南部山区还有胡家山下洞，已经确定这个洞与胡家山大洞是相通的。地形十分复杂，而且各洞中子母洞颇多，洞洞相连，周法医的意思是，凶手很可能将尸体分别抛掷在不同的洞里。”

副局长深吸了一口烟，道：“周法医我想听听你的依据。”

“文继林家里发现了至少三十件女性服装，但是每件衣服的品牌、款式、大小都不相同，你们觉得这些衣服会是像他所说的是批发来的商品吗？”大周很少做出推理，但一遇到女性遇害的案件，他都会显得比平时激动，这次言简意赅的推理，让在场的很多人感到了他少见的正能量。

“周法医，你是说被害人至少有三十个？”副局长继续发问。

“在没有见到更多的尸骨之前，我不敢下任何的判断，但我觉得如果我们行动慢一点的话，很可能有人会含冤而死，因为雨季要到了，这些溶洞很快就会被洪水淹没的！而且我觉得……”大周很少做出臆断，但这次他还是想说出自己的想法，“我觉得洞里可能还有人活着！”

这个论断再次引起了轰动，在座的警员议论纷纷，副局长最后郑重地问道：“你是说这是一起拘禁强奸的案件？”

大周没有表态，但表情很肯定。

副局长顿了顿，马上做出了指示：“现在侦破方向必须三管齐下！第一，蹲点顶岩寨附近，四处寻访，印发查找无名尸体的通报，尽快查明死者身份！第二，对文继林加强审讯，弄清两名新的被害人是不是文继林所杀？第三，组织大量警力对顶岩寨附近的所有溶洞进行大面积排查，搜集物证，并寻找幸存者！”

三管齐下，效果显著，很快搜寻队在溶洞中有了新的发现。搜寻队在拉干洞里发现了三具新的尸骨，而这三具尸骨已经完全白骨化。由于溶洞内地形复杂，侦查人员也没敢以身犯险，贸然继续深入。

大周对新发现的三具尸骨迅速进行了勘验。大周经过反复观察，从智齿的萌出，还有牙齿磨损的程度推断年龄，一号尸骨的年龄在二十三岁左右，身高一米六一公分；二号尸骨二十岁左右，身高一米五七；三号尸骨四十岁左右，身高一米六二。三具尸骨的死亡时间都在三年以前。

大周却对三号尸骨犯了难，由于尸骨的骨盆耻骨弓小于九十，骨骼粗壮，骨质重，这是男性特征，但是这具尸骨的眼眶上缘薄而锋利，下颌骨平滑，又好像属于女性！

“你也有犯难的时候啊？”我笑着说道。

“我又不是神仙！”

“遇到这种问题怎么办？”

“将尸骨送交了中国科学院，进行专家会诊！那是最权威的古脊椎动物和人类研究机构，专家们一定会给出一个肯定的答复。”

答复在两天后给出，结论为女性。也就是说，三具新的尸骨均为女性。

在送检的这段时间，大周对五具新的尸骨的头骨进行了复容（操作方法请参看《问骨》），希望通过对外公开复容后的头像，尽快确定死者的身份。

很快，市区内传来了好消息，那一枚铜戒指的主人身份被确认了。她是我市理工学院的一名女大学生，叫李明秋，她在三个月前失踪。由于该女生常常出入夜店，还有被某老板包养的传言，对于她的失踪，很多同学根本没有在意，而大学又是松散的管理，是否上课，老师根本不会有更多的要求。直到半个月前，李明秋的父亲从外省赶来，说已经两个多月没与女儿取得联系了，这才让理工学院的师生们感到了事情的严重性。报案后，警方在李名秋常常出入的夜店，和与她关系密切的几个男人都进行了细致的调查，但均未获得任何有价值的线索。

警方公开神仙洞案件的相关信息后，一个李明秋的同班同学来到警局反映，她认识这枚戒指，是她和李明秋一起买的，由于该枚戒指很普通，警方安排李明秋的父亲来验了DNA，最后确定了神仙洞辅洞里发现的一号尸骨正是李明秋。

其余四人的复原头像公布后，有三名被害人的身份很快得到了确认！她们分别为市内同一歌舞厅的伴唱张文秀、服务员黎永菊，还有护士学校的学生王芸。

那具镶着铜牙的尸骨被证明是王芸的，她在去年做了牙齿矫正手术，由于少了一颗牙，手术有难度，才植入了铜牙来保持牙齿的整齐度。她的死亡时间是在三个月前。

张文秀和黎永菊都是四年前失踪的，警方在核对失踪人口时，与一千多张照片做了对比，又与死者家属的DNA做了对比后，才正式确定。

至此，只还有那个四十岁的具有男性特质的女性没有被确定身份，当然，不要忘了，还有一枚断指，也还不知道它的主人是生是死?

大周对于这样的进展并不满意，因为还有尸骨并没有确定身份，山洞中仍旧没有生存者被发现，但大周坚信他那天听到的哭声不是鬼泣，而是生存者的求救声。

对于文继林的审问，一日没有停歇。经过几日的突审，他仍是一言不发，现有的证据除了最初被发现的陈秀秀和王萍外，根本无法确定另外的五名死者是文继林杀害的。

副大队长又焦急地来到了大周的办公室："周法医，怎么办？上面真急了，这案子如果结不了，咱们都没法交代！"

大周气定神闲，坐在办公桌前不紧不慢地喝着咖啡，然后把一份报告递给了副大队长："请看看这份报告吧！"

"这是？"

"还记得吧？陈秀秀和王萍身边有一段指骨，我说过并不属于其中任何一人的，这段指骨已经通过核磁检查，还有国外最先进的红外射线检测，可以肯定是从活体上被生生咬下来的，是野兽干的！带警犬去，四下神仙洞，只要找到了幸存者，指认凶手就不在话下了！"

副大队长有些迟疑，但还是说道："好吧，豁出去了，希望能有好消息！"

警方又奋战了两日，幸存者最终被发现了，在胡家山下洞的一个分洞内，这个洞与神仙洞相连，如果到了雨季，雨水就会将谷底浸满，相连的部分也就被雨水淹没了。警犬凭借着超强的嗅觉，起到了至关重要的作用。

由于过于危险，我没能亲身参与这次行动，但是我看到了当时警方在现场拍摄的照片。

发现幸存者的地方是个极大的溶洞，属于胡家山下洞内的一个附洞，九转八绕，洞里的通道十分崎岖。在这个溶洞内，各种物品一应俱全，竟然还发现了手提电脑和电灯，还有一个小型发电机。溶洞内有一个粪桶，满满溢溢，装着排泄物和卫生纸……

幸存者一共有四名，均为女性，警方赶到时真的吓了一跳，她们披着棉服，正在吃着粪桶里的粪便。她们全身脏兮兮的，肯定已经很多天没有进食了，好在洞壁上到处都是流水，这才让她们能够挨过饥饿和寒冷。

在最初的阶段，当警方表示要把她们带出山洞的时候，她们抱在一起痛哭不已，这表示她们的意识非常清醒。其中一名受害人提供了新的线索，在这个洞下方的洞内还有一具尸骨，警方再次深入洞中，果然又发现了一具尸骨。这具尸骨还没有完全腐烂，并且少了一段小指。

随着四名受害人相继获救，这起囚禁女性为性奴隶的惊天大案终于浮出了水面。

当文继林听说警方找到了四名生还者的时候，竟然发出了一声冷笑，说道："本以为她们会为我陪葬的，没想到……算她们运气好吧！"

我和大周当时就站在审讯室外，大周用手狠狠地击打在墙面上，嘴里骂了句："畜生！"

6

文继林1972年出生，身高一米六九，高中文化。他长得一点也不像个乡下人，突出的眉骨，挺直的腰板，都显示出了他有一种独特的个人魅力。他有过自豪的经历，他当过兵，还是潜艇兵！

在和平年代，很多人都觉得当兵是个好差事，受不了多少罪，如果提干，升官发财不说，还会受到漂亮姑娘的青睐！不过，在中国有一些兵种，虽然他们顶着至高无上的光环，但是他们的工作环境很艰苦，而且伴随着各种各样的危险，比如海军潜艇部队。

中国的海防以防御为主，为数不多的攻击舰艇，便是潜艇。所以，在上个世纪90年代起，挑选潜艇服役人员的标准是很严格的，服役人员身体素质要好，综合文化素质也要高。文继林十八岁高中毕业后，就报名参加海军，在综合能力测试中，他超过了很多大学生，被直接指派到潜艇上服役。那时候，文继林还是个英武帅气的小伙。

潜艇兵最不能忍受的不是艰苦的训练，更不是波涛汹涌的海浪时刻带来的风险，而是无时无刻的寂寞。他们总是要在水下呆上十几个小时，而在这期间，官兵不可能有任何的娱乐活动，这份寂寞不是谁都能承受的。

人为什么怕死？不是因为怕死而怕死，而是因为死亡就不能与外界交流而带来了一种与生俱来的寂寞感，潜艇兵由于寂寞而产生了深深的恐惧。

在潜艇上服役三年后，文继林得到了提干的机会，组织上安排他上军校。但是他放弃了，这让他周围的人很吃惊，他对领导说，他想复员！

领导问他为什么想复员？他的回答很简单，我想找个女人，这样的生活我受不了！领导又说，当了军官，好姑娘有的是！他说，现在就算让我娶头母猪我都干！领导没有办法，惋惜地在他的复员申请上签了字。

由于没有什么门路，回到家乡后，文继林被分配到了一家乡镇制衣厂当起了司机，天天给市里送货。那时乡镇企业效益好，衣服样式变化也快，他赚了不少钱，随后娶了一房媳妇。他的妻子是典型的农村女子，大手大脚，身板硬朗，长相却十分丑陋。但这样的生活，已经让他感到了幸福。老婆孩子热炕头，一个月还有稳定的工资，这样的生活对于文继林来说不知道比潜艇上强了多少倍。

但随着改革开放的深入，城乡经济发展差距越来越大，让文继林很快感到了另一番滋味。他每天都要给市里送货，城乡间对比后的失落感让他有了新的想法。而一次老战友的聚会，让他的情绪彻底跌到了谷底。

"你都已经是团级干部了？"文继林问着曾在一艘舰艇上服役的战友。

"嗯！"那个战友身边坐着位出众的美女，据说是市里某大学里一位还没有毕业的大学生。

"真好，真好！"

"老文，当时领导让你提干，你却不答应，那个名额才到我这里的，这么说，我还真要谢谢你啊！"随后，桌上的战友都爆发出了一阵笑声，这笑声在文继林听来，是那么的刺耳！

回到家，文继林看了看丑陋的妻子，越看越不顺眼，便把一身的气都撒在了妻子身上，而那时妻子正怀着身孕，这一顿暴揍，使孩子流产了。从医院回来，文继林有些后悔，不过当他看到丑陋的妻子和简陋的房子时，他下定决心，不要再过这样的生活，金钱、美女他都要得到！

他第一次作案是在1996年。文继林尾随了一名歌厅的小姐，趁其不备将她砸晕后，把她搬到了自己运服装的车上，随后便把她抬到了神仙洞里，实施了强奸。泄欲后，他残忍地杀害了这名女子，最后把她推入了神仙洞中的一个深渊中，那时他甚至连她的名字都不知道。

文继林从小在顶岩寨长大，对周边的溶洞十分熟悉，再加上强壮的体魄和优秀的攀爬能力，他几乎走遍了所有洞穴，并且对洞洞相连的情况了如指掌。他抛尸的洞穴一到雨季，就会被水流淹没，那具尸体随后也会随着地下的暗流变得无影无踪。

这样的案件在1996到1999年间共发生了三起，都是先奸后杀，文继林每次都干得干净利落，不留痕迹。

随着时间的发展，这样的犯罪变得越来越难以实施，第一，文继林所在的制衣厂效益开始下滑，他进城的次数越来越少；第二，实施犯罪的风险较大。文继林改变了犯罪思路，他本就是个聪明人，聪明人的脑筋用在恶念上，那么将会造成极大的破坏。去外面抓人并实施强奸风险本就大，每次也只能用过一次之后便要杀掉，这样算起来风险太高了，他便想到了拘禁强奸这个方法，利用这个如迷宫般的溶洞，干脆把抓来的女性圈在这里养起来。

在1999年，他的想法被付诸了实践。一名三陪小姐被他砸晕后强行掳到神仙洞内，他利用地形的复杂，把这个女人放置在胡家下洞的一个大洞里，没有向导，想要自己走出这个大洞简直是死路一条。

这个大洞变成了文继林的天堂，却变成了这个女人的地狱，她彻底沦为了奴隶，在这里能做的只是满足文继林最原始的兽欲而已。文继林把她身上所有的衣物扒光，让她换上了抗寒的棉衣，每日供应她不多的饮食，让她可以在这里勉强生存。

最可怕的是冬天，山洞里实在是太冷了，这名女子受不了寒冷，活活被冻死在了山洞里。文继林用老办法，把她抛尸在山洞中，等洪水一上涨，尸骨又变得无影无踪了。

随后几年里，几乎每年文继林都要掳女子到这个山洞来淫乐一年，然后再任由她在冬天自生自灭，而在这个山洞里挨过了两个冬天的女子只有一个人。

但是厄运又来了，文继林的工厂彻底破产了，连遣散费都发不出来，只能给他们一些厂里的衣服抵债。经济上发生了问题，文继林只能休息几年，在这几年中，他干过家具工，做过电器维修。后来他也学着别人做起了生意，倒卖服装，而且做得有声有色，在市里还雇了人，租了门面，成了个小有名气的服装店老板。

随着时装时代的到来，文继林的服装生意越做越好，赚了不少钱。饱暖思淫欲，都市里各种各样的美丽身影在他的店里试着衣服。那些眼花缭乱的裙子，那些纷乱的脚步，那些高跟鞋，一下一下踩在他的心上。文继林对于女人本来没有什么特殊的感觉，那些漂亮女人在他看来都是些宠物而已，他与美女们无数次擦肩而过，带来了无数次的遗憾和惋惜。

新的案件就在这样的惋惜声中发生了，首先他先改造了那个溶洞，利用发电机通了电，文继林还在冬天里设置了火炉，他甚至在里边摆放了诸多的娱乐设施。在新的“人圈”建成后，他又开始狩猎他所喜欢的目标了。这时，他已经不再只把目标放在那些三陪小姐的身上，风流的少妇、清纯的学生也变成了他狩猎的目标。

文继林是个很富有男人魅力的人，虽然个子不高，但穿上体面的衣服后，说他是个富翁绝对有人相信。他常常出入声色场所，还在一些聊天室里结识了很多女大学生。文继林有些积蓄，但他的钱不足以包养这些美女。文继林被判处死刑前曾对法官说，如果他的钱足够多，他会买下一栋别墅，把这些女人都放置在里边，他会用钱圈养她们，而不是那个潮湿的地洞。

罪恶在继续着，文继林绑架女孩的方式也不再那么简单粗暴，他觉得男人有钱了，女人自然就会来，即便是装作大款，贪财的女人也会如苍蝇一样黏上来。女学生、三陪女郎成为他的首选目标，他装作大款请她们吃饭，带她们购物，获得她们的好感后，又以旅游为名，将她们骗到了那个溶洞内。

他的这座“人圈”内，规模最庞大时，竟然有九个女子被囚禁于此。这些女人迫于文继林的淫威，任其凌辱。正是从这个时候开始，顶岩寨附近的村民开始流传着洞内有女鬼的说法，再也没人敢接近这里，其实他们听到的是女孩子们的哭声和呼救声，也正是由于村民们的迷信，让这个案件延后了几年才被侦破。

虽然洞内设施有所改善，但是生存条件依旧很差，很快意外事件也随之而来，在这座庞大的“人圈”中，最先袭来的是传染病。三年前的春天先后有两人被传上了流感，由于缺少药物，两人病得很重，不久就变得高烧不退。文继林没有将两人拖出洞外医治，而是将她们勒死后抛弃于深穴中，后来被证实这两个可怜的姑娘就是张文秀和黎永菊，如花似玉的姑娘如今已经变成两具森森的白骨。

就这样，文继林竟然把他的色情事业又坚持了两年。三个月前意外又发生了，洞内竟然出现了野兽，一只狼突然出现在了山洞内，咬掉了一个姑娘的指头，文继林打跑了饿狼。但文继林生怕那个姑娘感染狂犬病，将其在其他姑娘面前勒死后，推入了这座溶洞下边的洞内。这个举动既是灭口也是恐吓，剩余的六名姑娘都被吓坏了，她们抱在一起痛哭，但是谁也不敢在这个魔王面前造次，只能屈辱地活下去。

进入2011年后，零售业受到了电商行业的极大冲击，文继林的小服装店已经入不敷出，他只能关闭了店铺，回到老家来继续经营。乡间的购买力有限，文继林再也无力支持这个庞大的“圈养事业”，而他此时竟然将自己圈养的女子的衣物也拿出来卖，维持生计，这才最终露出马脚。女孩们的食物摄入量在减少，而且她们都在文继林的眼神中，看到了一股新的杀气——他随时有可能因为食物不够而杀掉她们。

其中两个女子早就预谋好了，她们想要逃跑，无论如何也要逃出这个魔窟！这两名女子就是最先在神仙洞的洞口被发现的陈秀秀和王萍。她们利用文继林不在的时间，已经做过了多次探查，不知道是她们运气好还是运气差，虽然走了很多冤枉路，但是真的走出了这片迷宫，可是却没有想到，在洞口等着她们的是迎面赶来的文继林。

文继林毫不犹豫地杀害两名女子。陈秀秀在被害前，死死抓住文继林的双手，满面泪痕，一声一泣，苦苦哀求，承诺自己再也不逃跑了！但是文继林却狠狠地说道：“今日有你无我！”陈秀秀、王萍两人就这样被勒死在神仙洞的洞口。

以上是我根据本案的案卷和文继林的口供做出的叙述，至此这起惊天大案才宣告破解。

7

破案的那天，阴沉沉的，天又下起了大雨，大周看着阴沉的天空，突然念起了一首《满江红》来：

“千古悠悠，有多少冤魂嗟叹，空怅望，人寰无限，丛生哀怨。泣血蝇虫笑苍天，孤帆叠影锁白链。残月升，骤起烈烈风，尽吹散。滂沱雨，无底涧，涉激流，登彼岸。奋力拨云间，消得雾患，社稷安抚臣子心，长驱鬼魅不休战，看斜阳，照大地阡陌，从头转！”

“没听说你还对诗词感兴趣啊？”我笑着说道。

“是葛程教我的！”

“又是那个女人！搞不懂！”

“是啊！女人确实是这个世界上最难搞懂的动物！”大周喝了一口咖啡。

“别发神经了，你是又对这起案件有想法了吧？”我笑着说道。

大周忧郁的眼神有些迷离，他喝了一口咖啡，半天才说道：“我总在想这些受害人为什么防范意识这么差？那些风月场上的小姐也就罢了，这些大学生都是高学历的知识分子，却也不会保护自己，这么轻易就被诱惑，被文继林这样的禽兽欺骗，真是悲剧。”说完，他深叹了一口气，又喝起了咖啡。

是啊，浮躁的社会，必然会产生浮躁的悲剧。有的人为了追求物质生活，坠入红尘，轻易地出卖自己的灵与肉；甚至有个人为了买部iphone手机，可以卖掉自己的肾脏。这些都是个人的悲剧，也是社会的悲剧。当然，最让人遗憾的是我们当下出现了像文继林这样的恶魔，他手段残忍，念头恶毒，视生命如草芥，年轻的女性在他的魔爪下犹如待宰的羔羊。

我总结了一下，色魔或诱拐犯的猎物主要有以下几个特点：第一，单身女性；第二，涉世未深，单纯幼稚；第三，有所急或有所需。

而色魔或诱拐犯常常使出的手段无非是：伪装殷勤，假装关心，施以小惠，博取好感；自我吹嘘，花言巧语，骗取信任；排解急难，投其所好。

轻易得到的东西，必然会付出惨重的代价，容易走的路也多是下坡路。虚伪的欲望背后，可能招致的是让人意想不到的致命后果。所以，作为女性，无论遇到什么困难，受到什么样的诱惑，一定要洁身自好，保护好自己，不要被眼前的假象所蒙蔽，未来的路还很长。作为一名作家，对女性的话，我只能说这么多了。

当然，本案还有一些环节要简单交代一下，比如那个被咬掉小指的尸体的身份，她后来被确定是个叫米小玲的外省白领，二十七岁，已经是一个孩子的母亲了，当初是到我市来旅游，在服装店偶遇文继林，便攀谈了起来，文继林翩翩的风度，让他们很快发生了一夜情，米小玲最终被文继林俘获，成为奴隶。

至于陈秀秀、王萍为什么没有被拖入洞内抛尸，文继林没有说。

我和大周曾经讨论过这个问题，大周也摇头说不知道，我对大周说："会不会是因为那两张照片？"

"照片？"

"还记得警方第一次搜查文继林家时发现的那两张死者的照片吗？文继林除了衣物和首饰外，处理了所有的可以证明死者身份的东西，却留下了那两个姑娘的照片，而且他的家里只有那两个姑娘的照片，这说明什么？"

大周依旧摇着头。

我叹了口气："你在这方面真的是个笨蛋啊！我觉得文继林非常喜欢这样类型的女孩，所以才会留着照片的，他不急于抛尸，很可能也是想多看她们几眼吧！”

“变态!”

“还有一具尸骨没有确认呢？那是……”那具一开始连大周都分不清楚是男是女的尸骨在我的心中一直是个悬案。

“那是文继林的妻子！”

“他妻子？”

大周点了点头：“尸骨我已经检验过了，应该是正常死亡的。而且警方也找到了三年前，文妻死亡时的证明，系正常死亡后下葬在村头。可能是文继林把他妻子的尸体挖了出来，又抛尸在洞里吧，而文抛弃妻子的大洞是个不会受到洪水侵袭的洞口，也就是说他想永久保存他妻子的尸骨，可能是想让她看看他的天堂到底是什么样子的吧？还有死者张文秀和黎永菊，可能正像你说的，是他喜欢的那种类型，所以也被抛尸在了这里。哎，这种变态杀人狂的心理真的是很难猜测的，这些都是樊师傅（樊师傅的事迹请看《问骨》）帮我推断的！”

“不要想了，每个案件都是有遗憾的，总算是破了！咱们去喝杯东西吧！”

大周摇了摇头，道：“作家，你知道我现在正在想什么吗？”

“不知道！”

“那三十件女装，如果代表了三十个被害者的话，不知道还有多少冤魂在那座山洞内徘徊着，老人们的传说，也许是真的！”说这话时，大周看着窗外，他的眼神里充满了迷离。

第三章

爆炸恶魔

1

2011年5月，北方还有些冷。我市的万家灯火与繁星连成了一片，荡漾的环城河在暮色中闪着银色的光，河水与灯光交相辉映，显得楼层无穷，流水无尽。辛勤了一天的人们沉浸在属于各自的安详中。

美丽的夜晚，我正和大周、葛程坐在我市新建成的一条步行街区内的一家上岛咖啡内悠闲地喝着咖啡，这是我们三人已经约定俗成的见面模式，我也不知道为什么，本应该是他们两个人约会，大周却总要叫上我，他们不像是恋人，但如果不是恋人，干吗一男一女成天搅在一起呢？真的搞不清楚。

“葛小姐这次回来是为了一个15年前的案子？”我有些吃惊。

葛程没有回话，悠闲地抿着她的咖啡，她翻着一本书，连眼皮都没抬起来。

大周喝了一口咖啡，问道：“作家，刁爱青这个名字你听说过吗？”

我点了点头：“怎么会没听说过，1996年著名的‘南大碎尸案’的受害者！这个案子到现在都没有破，至今都被称作是中国警方最大的耻辱。”

“葛程就是为了这个案子回来的！”

“哦？”一个社会学学者，怎么会对这个案子有兴趣呢，我实在是有点纳闷。

“实际上，葛程已经……”大周的话只说到一半，我们都没有预料到，一个巨大的悲剧从天而降。

只听得窗外一声闷雷般的巨响，整个咖啡屋都摇晃了起来，闹市区的商业街上顿时乱成了一片，悲声四起。

“怎么了？”巨响让我们顿时紧张起来。

“是爆炸！”大周也站了起来，表情严肃。

“快去救人！”当我看到窗外到处乱跑的人群时，第一反应就是抢救伤员，我一边说着一边迈开了步子。

“等等！”大周一把拦住了我。

“怎么了？”我有些郁闷。

“还没弄清爆炸源，你这样贸然过去是很危险的！先等警方的排爆队来了再说，不要做无谓的牺牲！”大周说完，双目密切注视着窗外的情形。

葛程显得倒很镇静，她看了看手表，像是什么事都没有发生一样，继续品着咖啡，手里翻书的频率丝毫没有受到影响。

我看见二人的表现，感觉自己是有些沉不住气，但我的感性还是要大于我的理性，我干脆跑到咖啡厅的门口，看着人群伴随着尖叫声向更远的方向涌动着。

五分钟后，各种刺耳的笛声相继传来，有警车的，有消防车的，还有救护车的！大周随后便接到了法医研究所的电话，要求他立即投入工作。后来我才知道，大周并非是理性过了头，对于这种爆炸案的救援是有相应的程序的，警方接到爆炸案的报案后，首先会将投入到现场中的各类人员进行分组，总体上会分为现场勘查组、现场访问组、现场警卫组、急救组和后勤组，也就是说调查和救援是要同时展开的。如果很多人一齐拥进去，很可能造成混乱，不但救不了人，还有可能对自己的人身安全造成威胁。

法医在爆炸案中是会被分到现场勘查组中的，我有生以来第一次参加了爆炸案的调查工作。

爆炸案发生在我市闹市区的一家著名的大型影院里。这是一座现代化的IMAX影城，爆炸的影厅是近些年来在中国非常流行的3D巨幕影厅，这里也是我市唯一的一个巨幕影厅，刚刚完工不久。这时，这座影厅外拉上了长长的警戒线，排爆队已经率先对现场进行了勘验，没有发现新的爆炸点后，急救组才开始搜救，我们这个勘查小队是最后一波进入现场的。

“整个影厅面积2093平方米，共有座椅421个。”影院经理头上捂着一块毛巾，明显是受了伤，但是他还是坚持把被炸的IMAX厅的状况介绍给勘查小队。

虽然爆炸强度很大，但是整个影厅为混凝土结构，对影厅外的影响不大，冲击波只是将影厅的大门冲开，造成了包括影院经理在内的几个工作人员受了伤，但受伤程度都不足以致命。

当我们走进影厅内部时，才发现为什么我们听到的会是一声闷响，因为爆炸的所有能量都在这个封闭的空间内被消化了。这是一座宏伟的大厅，整个影厅已经被炸得支离破碎，血肉横飞，墙上布满了飞溅出的血迹、脑浆、毛发和皮肉等，此情此景，只能用四个字来形容，那就是惨不忍睹。

站在影厅中央的排爆队长黄队长似乎和大周是老相识，上前来主动和我们打了招呼。

“真是悲剧！”黄队长摘下防毒面具，用焦急的眼神看着大周。

“剧场到底有多少观众？”大周问道。

“至少有150名，大部分伤者已经送往医院了，在这里边的到处都是被炸得支离破碎的残肢了，有十四五人当场死亡，由于尸体大部分已经破碎，具体的数字还要你去统计，死亡数量还可能进一步增加。”黄队长有些郁闷地说道。

我看了看贴在墙上的放映表，还好它紧紧地贴在墙上没有被炸碎，上边已经被熏黑，但是字迹依稀可辨，显示爆炸时正在放映的影片是《雷神》。

“还好放映的是《雷神》，如果是《加勒比海盗4》，我估计死伤至少要在200人以上。”我最爱看电影，对这两部电影都有一定的了解。

“为什么？”大周一向没有什么特别的嗜好，恐怕也没有和女孩看过什么电影，所以对这里边的缘故一概不知。

“最近播出了两部3D巨幕的电影，一部是《雷神》，另一部就是约翰尼德普主演的《加勒比海盗4》，而《加勒比海盗4》的受欢迎程度要远远超过《雷神》。”我给他简单解释了一下原因。

大周似乎对我说的话并不感兴趣，他没有说话，独自走到了大厅的中部，四周环顾。

爆炸的中心在22排到26排中间的座位上，这里的地面上有一大片血迹，尸体东倒西歪，座椅更是横七竖八，一片焦黑。

“作家，你知道我现在在想什么吗？”大周指了指那些已经支离破碎的尸体说道。

“你在想引爆炸药的人是不是也在这些尸体里。”

大周对我笑了笑：“知我者，作家也！”

2

我曾经到过很多凶杀案现场，也曾经去过满是焦黑尸体的火场，还跟着大周挖掘过战死的士兵尸骨，但是那些地方比起这起爆炸案的现场来，简直是小巫见大巫，因为我仿佛能从这里看到一种恶毒的怨念化作了恐怖的魔影。

这次现场的勘查是我见过的最为细致、专业的勘察行动，勘察组的成员除我之外，共有六人，大周是组长，五名警方的鉴识人员都要听从大周的指挥。

勘查先是从测量开始的，大周先是走到了25排2号座椅前，然后又往前迈了一步，来到一个凹形坑的跟前，他用手指了指这里。

两名鉴识人员立即会意，拉开皮尺开始工作：“长29.4厘米，宽25厘米，深9.7厘米。”

大周对我说道：“这应该就是爆炸的中心，现在我们要以这个点为圆心向外扩展搜索范围。”

下面的工作是对以此为圆心的周围的尸体进行编号、定位。

“怎么确定到底有多少尸体？”我指了指满地的血污，还有那些支离破碎的尸骨。

“计算脊柱的数量，一般在这种爆炸案中，死者脊柱被炸爆的可能性不大。”大周说着，已经开始了计算工作。

最后，在电影院中的尸体被确定为16具，勘查组的组员为这些尸体一一编号，并画出了示意图，标记出了各个尸体的位置。

大周又向南走了几步，左翼的座席已经完全被破坏，这里遍地都是小坑，他说道：“拍照，尽量多几个角度！”

由于遍地都是碎片，勘查组人员朝着大周的方向小心翼翼地走了过去，用卡尺进行着测量，并尽可能的不破坏现场的布局。

“周法医，坑洞共有88个，呈210度扇形面，是弹片撞击形成的。”鉴识人员一边说，一边用镊子夹起了坑内的污秽物。

大周走过来仔细看了看，说道：“作家，你来看看这一块肌肉组织。”

我凑过去看了看，那块肌肉已经完全焦化，还伴随着浓重的焦臭味。

“周法医，这个洞大小有15×12厘米，里边有一铸铁连接柱，坑底有大小不等的金属碎片14片，还有……”

“还有什么？”

“金属卷上有乳突线花纹的皮肤组织！看形态应该是乳房旁的肌肉组织！”鉴识人员不是很肯定，把那块金属卷夹到了大周的面前。

大周看后点了点头：“应该是，但是还是要回所里做一次鉴定！”

“大周，难道说？”我听到这几句话，顿时明白了一些事情。

“嗯，作家，凶手很可能已经被炸死在这个大厅里了，一般爆炸案，在爆炸的一瞬间，个人出于保护自己的意识一定会成蜷缩状，所以被炸到胸部的可能性微乎其微，而这又是在电影院里，所有人的方向都是向南而坐，由于有座椅靠背的缓冲，爆炸物无论放置在哪个位置，轰击到胸部的可能性都比较小，除非只有一种可能性！”

“凶犯把爆炸物绑在了腰间！然后引爆了炸药！这样就可以解释为什么乳房附近的肌肉也被炸飞了！”我认为这是最合理的解释了。

大周点头不语，又投入到勘查中去了，这个现场需要勘查的地方确实还有很多很多！

3

我们勘查现场完毕后，已经是凌晨两点多了。

我没有想到，葛程一直没有离开，她就站在现场外，背靠在影院外的石柱上，当我们走出来后，她没有说话，跟在我和大周的后面，走到了我的车前。

“你怎么还没走？”大周走过去，关切地问道。

“我不太敢一个人走夜路！”葛程的语气似乎有些胆怯，这让我第一次感觉到她的温柔气息。

“葛小姐，我一直以为你是Super Woman呢！”我在一旁打趣道。

“好了，一起走吧！”大周捅了捅我，露出了一丝笑容。

我开着车，葛程第一次主动跟我说了一句话：“作家，我问你一个问题。”

“什么？”

“你知道第一个破获爆炸案的侦探是谁吗？”

“第一个破获爆炸案的侦探？不知道！”

“是诺贝尔！就是那个著名的化学家。”

“葛小姐，化学你也懂啊！”

“我只是知道这个故事而已，为了感谢你送我回去，我就给你讲讲诺贝尔破获爆炸案的故事，希望对你们破案能有帮助。”

大周轻叹了一声，说道："我做了这么多年的法医，还真不知道诺贝尔也破获过这样的案子！"

"事情是这样的，诺贝尔的助理研究员汉森被炸死在了值班室中，其面部、身体上都扎进了许多玻璃碎片，地板上也有大量的玻璃碎片。"

我突然打断了葛程的话："等等，这和这起案件的现场很相似啊！"

"作家，每个爆炸案的现场都有相似之处的，都是一片狼藉，你先听葛程把故事讲完。"大周责怪我打断了葛程的话。

葛程并没有责怪我的冒犯，而是继续说道："诺贝尔仔细检查了爆炸现场，并没有发现硝酸甘油这些炸药的必需成分，而是在死者睡床对面的书架旁发现了一摊水，还闻到了一股酒精味。"

"等等，我有点明白了！这起爆炸案是不是这样发生的：凶手先在一个厚玻璃瓶中装满水，密封后放到大口径实验玻璃瓶内，然后在两瓶之间的缝隙中放入干冰和酒精，再盖上大口径的瓶盖，在瓶盖上压上重物。凶手把这个大玻璃瓶放到死者房间的书架上，当酒精和干冰混合后，能使温度降到零下80摄氏度，这时密封瓶内的水就会结成冰块，体积迅速膨胀，引发爆炸。"大周的分析总是自信满满，但他自己都没有察觉其实他也打断了葛程的话。

葛程点了点头，说道："你的分析完全正确，最后确定了凶手就是诺贝尔的另一个助手，他是研究液态硝化甘油冷冻技术的，杀人动机是他和死者同时喜欢上了一个女孩，是情杀！"

"葛程小姐是学社会学的，竟然还懂得这么多的化学知识！"我有些佩服这个女人了。

"作家，葛程在本科时学的是高等化学！后来才改学哲学和社会学的。"大周向我解释道。

文理兼修，如此优秀，这又让我吃了一惊："我说呢，你对化学这么熟悉，那为什么不去做一个化学家，而转行去学哲学呢？"

“因为哲学，是所有科学的源头！”葛程说完故事，像是已经还完了我的人情，语气又恢复到了原来的状态。

“等等，大周，这起爆炸案也是在一个密闭的空间里，难道……”我突然意识到，葛程似乎是想提示我们一些重要的线索，才故意讲这个故事的，这和上次的马戏团案件是一样的，她总是不愿意直接把想法说出来，而是设置了烦琐的谜题，让我们去猜，这似乎是她的乐趣。

4

“5·27”特大爆炸案的案件分析会上，副局长铁青着脸，一根接一根地吸着烟。如此恶劣的爆炸案在我市发生，据说省级领导都已经过问了此事，我市的整个警界都承受着巨大的压力。

“同志们！上面已经下了死命令，我也立了军令状，三天之内不能破案，我只能脱了这身警服回家抱孩子去！”副局长说话时，脸比苦瓜还苦。

整个会议室中鸦雀无声。

“我不想给各位压力，但是你们必须在三天之内给我个说法。否则，你们中也肯定有人要回家抱孩子去了！周法医，请你把现场勘查的结果总结一下吧！”副局长无心赘言，直接奔向主题，看来这次他又把宝押在了大周的身上。

大周不是公安局系统内部的人，他的表情稍显轻松，当然，作为局外人的我，也没有什么压力，但我的这种轻松状态却不能让周围的人看出来，我只好绷着脸认真地听大周的讲述。

“爆炸现场共发现尸体16具，被送往医院的伤者，不治身亡的有16人，死亡人数共计32人；重伤44人，轻伤83人；炸飞的人体组织残块，远达30余米的墙上，距地面19米高。”大周念着勘查报告，刚说完，会议室里发出多次叹气声。

一名女警配合着大周，将幻灯片打在了会议室的白幕上，第一张照片是爆炸现场的全景照片，清楚地显示出爆炸中心的位置，第二张展示的是爆炸中心南侧210度的扇面形坑洞，第三张是爆炸中心的爆炸坑，第四张是从中心炸坑中提取出来的金属片，第五张是一张嵌入地面的金属片照片，照片上清楚地显示了，在金属片的上卷有一块肉片。

当女警将第六张照片点击出来后，大周的语气有了些变化：“这是在凹形坑东北侧140厘米、东南侧73厘米处发现的‘金钟牌’2号电池一节，密封绝缘盖缺损，是爆炸时被炸掉的。”

副局长听到这里，立即发问：“这个电池可是个突破点，现在市面上大部分都是1号、5号或6号电池，2号电池在市面上已经很难见到了。”

负责本案的副大队长连连称是：“局长，现在已经调查过了，这种电池产自××省××市，我们现在已经派出警力，排查这种电池流入了我市哪些市场，希望能有更多的线索。”

第七张照片随后被放了出来，是两只鞋子。

大周继续解释：“在爆炸坑周围有两只残缺的黑色松紧口塑料底布鞋，鞋底有‘阳泉鞋厂、25号’的字样，鞋尖有破损，鞋子已经证实是16号尸体的。”

第八张照片是拼接成的花布碎片，看起来像是衣裤的样子。

“现场10厘米厚的水泥预制盖顶被击穿，上面镶着金属片，而在爆炸中心上方的顶棚上沾有一块20×7厘米的花布残片，最后确认就是这个花布衣裤上的残片，根据DNA测定，也属于16号尸体。”大周说完，合上了报告册。

“周法医，你认为爆炸犯是远程遥控作案，还是……”副局长小心翼翼地发问。

“我认为实施爆炸的人就是16号尸体无疑！”

此言一出，在场的许多刑警顿时长出了一口气，如果凶手已经毙命，他们的工作就会简单很多，只要确认凶犯的身份就可以了。

“说说你的理由！”副局长一向谨慎，他当然也希望爆炸犯的身份尽快被确认，但是他必须得到令人信服的依据。

大周的表情很镇定，他故意放慢了语速，希望会议室中的每一个人都能听清楚他的依据：“爆炸中心现场的地面上未发现炸药直接作用而形成的炸坑，仅发现弹片撞击而形成的散坑。根据爆炸中心提取的一块卷有人体组织的金属片，我们进行了细致的分析，得知是男性乳头边的肌肉，在此坑的周围我们还发现了大腿内侧缝匠肌组织，这些都说明爆炸点不是在地面上，而是距地面有一些高度的地方。再结合爆炸中心座椅破坏情况，离中心坑近的25排2号座椅铁腿从根部炸断，远离中心坑的23、24排座椅铁腿距地30厘米断裂的情况，认为25排2号座椅受力近似垂直作用力，从而断定爆炸点就在这里。我们对32具尸体进行了统一的解剖，从尸体损伤的情况看，16号尸体在爆炸物直接作用范围内，损伤最厉害，其人体组织、躯干、头颈部均被炸得四处飞溅，而且在所有的尸体中，被炸飞了乳头边缘肌肉的只有第16号尸体。结合16号尸体大腿内侧炸毁缺损情况来看，他当时应该是端坐，姿势为前倾后屈，也就是说，炸药当时应该就放在他的腿上。”

大周说完，女警又点击了一张幻灯片，这上面显示的是当时现场的复原图，上面明确标记了爆炸点，还有爆炸犯的姿势，和当场死亡的16名死者的位置和被炸伤的部位。

“周法医，看来这个案子已经破了！”副队长说话时的情绪有些激动。

大周摇了摇头，说道：“现在虽然可以确定16号尸体就是爆炸犯，但是他的身份还没有确定，在他身上没有找到任何可以证明他身份的东西，只知道他是个男性。”

“颅骨复原不行吗？”副局长的语气有些着急。

大周摇了摇头，说道：“颅骨复原是指完好无损的颅骨，现在16号尸体除了躯干外，头颅已经被炸得粉碎，即便是拼接出来，再做的颅骨复原也不会很准确的，根本没有什么意义。”

副局长又深深地吸了口烟，说道：“同志们，只能做逐一排查才能尽快确定爆炸犯的身份了！线索方面，还要请周法医你费心。”

大周不太喜欢满屋的烟气，咳嗽了几声，说道：“我现在把16号尸体的特点具体和大家说一下，希望对大家有帮助。16号尸体，男性，穿花布衣裤，体型偏胖，根据左脚残肢长度推断，死者身高为一米七三左右。现场收集和尸体检验提取的铁片共168片，色泽、重量相似，其中三块金属片上有电焊的痕迹，一块金属片上有一变形钻孔，半径为0.6厘米，这些金属片均为盛放炸药的金属容器残片。现场提取的爆炸残余物和尘土检材，经过化学点滴、气相色谱、离子选择、电极分析检验，认定爆炸所用的炸药系硝铵类炸药。”

“硝铵类炸药，是不是煤矿常用的那种？”副队长突然打断了大周的话。

“我已经和煤矿用的炸药进行了比对，证实其成分和各种化学物质的含量非常接近，炸药的含量也测出来了，至少有3公斤。”大周把一个表格递给副大队长，那上面详细记载着炸药的成分比例，爆炸的威力和炸药重量的换算公式。

“看来现在的调查范围又缩小了一些。”副队长的表情松弛了一些。

大周摆了摆手，说道：“那我就再给你缩小一点范围，我对现场进行了反复的勘查，没有发现导火索残留物，炸药引爆完全是依靠定时或遥控起爆的，残存的两节电池、电雷管残壳、密封塞，均有破损和溶化痕迹，这些都证实了引爆方式为电雷管引爆。这种引爆物的制作十分精密，稍有不慎就可能造成自爆，所以炸药极有可能就是16号死者制作的。这说明爆炸犯懂得一定的爆炸知识，有条件获得一定数量的雷管和炸药，你们可以从这个范围里排查爆炸犯的身份。”

副局长显得很兴奋，说道：“周法医已经把这个调查范围缩得很小了！如果再破不了案，我们警察就真是太没有面子了。”

当时，我心中一直在想着葛程说的诺贝尔的故事，爆炸犯为什么会选取电影院这个密闭的空间实施犯罪呢？他到底是为了杀一个人，还是要杀所有人？他的动机到底是什么呢？这些疑问一直在我心头萦绕着。

5

破案期限是三天，经过两昼夜的奋战，调查终于有了眉目，一名符合大周描述的嫌疑犯特征的人进入了警方的视线。

高海平，男，24岁，在我市第三矿工区工作。此人已经失踪了两天，时间上符合，他在矿场负责爆破巨石，能够接触到炸药和雷管。

大周在高海平的房间里进行了仔细的勘查，在地面上发现了少量粉末，大周小心翼翼地将这些粉末收起来，放进塑料袋中。

副大队长让高海平的父母辨认了从爆炸现场提取出来的花布碎片，证实了这是高海平的衣裤碎片，是他的母亲亲手给他做的。经检验，现场提取的碎花布片与屋内的一块布料的花纹图案、质地、经纬次序完全符合。

“炸药的成分也完全吻合！”大周回到法医研究所后便对在高海平家中找到的粉末进行了比对，发现与爆炸现场的炸药成分完全一致。

我站在大周的办公室里，语气有些迟疑：“是不是只要DNA比对结果出来，就可以结案了？”

大周苦笑着点了点头：“警方那头，怕是已经开始准备弹冠相庆了！”

结果是在当天下午三点多的时候出来的，经过比对，16号尸体与高海平父亲的DNA属于父子关系，真相大白，此案告破。

傍晚，得到准确消息的警员们在会议室里大笑着，谈论着，满嘴都是“祸及无辜，罪有应得”之类的字眼。我和大周没有参加晚上的庆功会，影响如此恶劣的爆炸案，只用了两天时间就告破了，这确实是警方的大功劳，值得庆祝，但这份功劳却和我们无关。

晚上，我们三人又坐在了出事当晚的那个咖啡屋里，大周拿给我一张炸药结构的示意图。

“很简单的电路啊！”葛程只看了一眼便说道。

我对物理、化学一窍不通，不懂装懂地看了半天，也不知道自己是不是把图拿倒了。

大周喝了一口咖啡，说道：“是个很简单的炸药，但是制作起来并不容易，硝铵炸药包围着雷管，炸药外是豆粒大的铁砂。雷管连接着两条金属导线，导线前端连接着一个触点式开关，末端连接着两节2号电池。开关一闭合，炸弹就自动爆炸了。”

“这玩意能有这么大的威力？”我有些不解。

“如果是在空地上爆炸，威力不会有这么大的，但是在一个密闭的空间里，就造成了这种恐怖的杀伤力。”

“那个高海平为什么要在电影院里引爆炸药！”

“对不起，作家，我是法医，那不是我的工作范畴，虽然我知道你对杀人动机比较感兴趣，不过我还是不能回答你的问题。”

我有些沮丧，在推理小说的世界里，动机远远比这些科学的分析要重要：“真遗憾！副大队长他们忙着庆功，也没有说清楚高海平的动机！”我真的不甘心事件会以这样的方式结束。

此时，葛程不动声色，把手中的iPad递了过来：“如果我没猜错的话，这应该就是动机吧！”

我凑过去看了看，iPad中展现的是一条两年前的新闻。

当知晓了高海平的犯罪动机后，我一点也不为破案而高兴，相反，我感到了深深的恐惧。

“两年前，这片商业区还是一片居民区，那里曾经发生过一起震惊全国的强拆事件。我记得当时事闹得挺大，出动了很多警察才平息了事端。”我的思绪好像回到了两年前。

“强拆是当代中国永远的痛！”大周也是一声叹息。

新商业区计划是我市的一项重要的市区旅游项目，由于我市的商业区过于分散，没有形成城市中心的整体商业模式，市政府早早就把这个地区规划为新商业基地。但这个地区的难点就是老住户很多，让他们搬出老房子并不是一件容易的事。

政府率先提出了以房易房的策略，但是居民们不愿意搬走，因为新房的位置既远又偏，而且给他们的新房的面积也不符合标准。随后，政府又提出了给房屋补贴的形式，但房屋补贴款仍旧不足以支付现代高额的商品房价，所以还是有些住户不愿意离开老房子。

工期将近，在万般无奈之下，政府采取了强制搬迁的方式，数百名不愿离去的群众被施工人员和警方强行拖走，然后推土机开了上来，眼看眼前的一栋二层小楼就会被推倒。

就在这时，悲剧发生了，一个火球从写着“拆”字的二层楼上滚了下来，“啪”的一声摔在了地上，火球渐渐烧成了灰烬，只留下一具干焦的尸体。

后来证实，死者是该地的一名少女，名叫焦晓，而一个男子抱着这具焦黑的女尸跪在现场哭了整整一天，施工现场停工了好多天。这个男人抱着焦黑的尸体哭泣的画面被好事者拍了下来，放到了网上。葛程找到的照片正是网上广为流传的那张照片，而那个男人我一眼就认了出来，是高海平。

原来，高海平在22岁那年进入了矿山工作，而那一年他遇到了矿山的会计焦晓，两个人很快投入到爱河中。两个人的学历都不高，也并非什么大富大贵的人家，就少了很多繁文缛节，双方很快确定了婚期。他们的婚房，就在这片住户区内，房子是高海平家的，虽然很小，但是那个小单元也足以支撑起两个小人物的全部家庭梦想。

高海平和焦晓平常最喜欢坐在一起看电影，但当时电影院的票价很贵，一张票要七十多块钱，他们看不起，不过两个人常常依偎在那个刚刚装修好的小屋子里，看电脑上下载来的影片，虽然没有电影院里的效果，但是看电影是为了享受两个人在一起的过程，那样也就足够了。

但是，拆迁击碎了他们建立家庭的梦想，就在婚期临近的时候，他们看到的不是自己未来的美好生活，而是一台台推土机——企图要毁掉他们幸福家庭的推土机。他们想过搬走，但是高海平家里不富裕，没钱再买一套房。政府给的房子在东郊，而矿厂在西郊，离他们的单位太远了，根本没法上班。政府给的补贴款，也不够他们两个人再买一间合适的婚房。

因此，焦晓和高海平成为百余名对抗强拆的住户之一。焦晓没有想过，拆迁队会来真的，百余名居民竟然被强拖着拉走了，她绝望了，感到自己的梦想被无情地摧毁了。这时，她在自己的身上泼上了汽油，点上了火，从二楼跳了下来。那时高海平还在上班，他不相信女友会做出这种极端的事来。当他得知后，整个人都垮了，硬是待在出事现场，抱着焦晓的尸体号哭了一整天。他哭的是自己逝去的爱情，还有那个永远也不可能再建起来的小家。

人们本以为这次事件会被扩大，但没有想到的是高海平没去上访，还照常天天上班，只是话少了很多，有人在背后说，高海平是拿到了高额的补偿，最后了事的。由于出了人命，事态就很快被平息了，用户们最终拿到了合理的补偿款，强拆的责任人也受到了应有的惩罚，房子拆了，商业区建了起来，而让人感到意外的是，就在高海平老房子的旧址上，建起的是我市最豪华的电影院，那个高海平和焦晓曾经向往过很多次的地方。

后边的事情完全是依照警方推断而来，负责爆破的高海平自制了炸药，将炸药带进了电影院，随即按动了起爆器！随着一声巨响，电影院里的悲剧发生了。当然，媒体并没有过分渲染这起案件，也没有披露更多的细节，破案的消息只是在报纸上一带而过。

但是我总觉得这起案件怪怪的，似乎还有什么我不知道的隐情埋藏在那间电影院里，葛程说的那个故事给了我一些提示，所以我自行进行了一系列的调查，得出了让人胆寒的真相，原来事件还远远没有结束。

5

周日的上午，焦晓的墓地边摆着一束白花，一个女孩站在墓前，双手合十，正在祈祷着什么。

“你好，你是焦月小姐吧？”我把一束白花也摆在了墓碑前，冲她笑了笑。

“你是警察吗？”焦月是个俊俏的女孩，她好像早知道我要来一样。

“不是，我只是个写侦探小说的作家！”

“那你一定是姐姐的朋友？”

“我们没有见过面，不过我很同情她的遭遇。”

“是吗？那谢谢你了！”焦月转过头来，向我点了点头，迈开步子就要离开。

“焦月小姐，能问你几个问题吗？”我转过身来，叫住了她。

“对不起，我赶时间！”

“电影院被炸了，你暂时处于待岗状态，现在应该没有什么事可做吧？”

“你什么意思？”焦月的表情起了些变化。

“请问在你姐姐去世的时候，你在哪里？”

“××省××市！怎么了？”

“就是引爆器上那两节2号电池的产地，这次全都对上了。”

“我不明白你在说什么！”

“焦月小姐，你不用明白的，听我讲个故事好吗？不会耽误你太多时间的。”

焦月双目紧紧瞪着我，但是她没有离开，而是静静地听着。

“有个矿工叫高海平，她是焦晓的未婚夫。可惜，两个人在两年前天人永别了，原因吗，是那次强拆，焦晓用了最极端的方式想要保住她的家，结果付出了生命的代价！高海平在失去未婚妻的那一刻，整个人都空了，在这个世界上，他是最想为焦晓报仇的人。但是他的心理复杂极了，他想报仇又不知道找谁去报仇。他混沌、迷茫地生活了两年！其实，这两年他已经死了，心死了，彻底变成了一具行尸走肉，完全没有了灵魂，只是机械地在这个世界里游荡着。好在，这个世界上还有一个一样想为焦晓报仇的人，那就是焦晓的妹妹。焦晓早年父母离异，她的妹妹跟着爸爸在××省××市生活，但姐妹俩的感情一直很好，两姐妹常常到对方的城市去玩。强拆事件发生后，妹妹根本接受不了姐姐死亡的消息，她怨恨那些强拆的人，怨恨那些高楼大厦，她甚至怨恨自己的姐夫，如果高海平能给姐姐买一间大房子，也不会发生这样的悲剧。回来后，她找到了高海平，但高海平此时就跟废人一般，她一次次怂恿他报仇！但是到底要向谁报仇，他们俩谁也说不上个所以然来。终于有一天，他们的老房子上盖起了一个庞大的建筑，是一家豪华电影院，妹妹应聘到那个电影院里做了一名普通的工作人员。那时，她对高海平说，炸掉这座电影院，毁掉这个摧毁了你们梦想的地方，就是为姐姐报仇了。没想到高海平真的答应了，因为他根本不知道要去报复谁，但是他需要发泄，他只是需要一个目标。高海平自制了炸药，但那个炸药实在太大了，单是炸药的分量就有3公斤重，携带不慎的话，随时都有可能爆炸，况且拿这么个大家伙进电影院一定会惹人怀疑的，他需要有个帮手。焦晓的妹妹自然成了最合适的人选，她利用职务之便，把那个炸药箱抱到了座位下，那个座位的票是她事先买好的，电影票不是实名制，谁拿着都能进去，布置好一切后，她把票给了高海平。电影开演了，她关上了电影放映厅的大门，然后快速走出了电影院。随后就是一声巨响……”

焦月面色苍白，“你怎么知道这么多？”

"我去调查过那些幸存的影院工作人员，我问他们对一个穿着一身花布衣裤，抱着一个很大的包的男人有印象吗？售票员和工作人员竟然齐声说没有。这不是很奇怪吗？一个抱着这么大包的人来买票，一定会有人注意的，但是却没有！这就说明高海平很可能有帮凶！"

"你没有证据！"

我遗憾地点了点头，说道："是的！刚才说了，我只是给你讲一个故事而已，你不要紧张，上面都是我最近写的小说中的情节。不过，我想告诉你的是，我昨天已经把这部小说的结局写完了，想听听吗？"

"结局？"

我点了点头，说道："我是个有追求的作家，我可不想只是为了获取读者的阅读快感，而去写这起血腥的爆炸案，我要把最真实的东西展现给读者，包括作案人的心理。我现在就来给你分析一下妹妹的心理，她是个懦弱的人，她一直不敢正视现实，她不敢亲自为姐姐讨回公道，也不敢向强者挑战，她把自己的愤怒都迁怒于无辜的弱者。她为什么会选择电影院？也许对于高海平来讲，那是他们爱的小巢，焦晓曾经又那么喜欢看电影，那里应该成为焦晓的陪葬。可对于妹妹来说呢，那里是她最熟悉的地方，她看到了那里观众们的欢声笑语，她受不了别人幸福，而自己却要承受着姐姐去世的不幸，她想要毁灭，毁掉别人的幸福，享受别人的不幸，来获得刺激，并因此享受这个过程。为什么要选择那间影院，还因为影院是个完全封闭的空间，毁灭会给她带来极大的快感，当然还有一个重要的原因就是她也是想为自己的逃跑赢得时间，因为她要报复的人都已经报复了，她不想死。但是，当妹妹关上放映厅大门的那一刻起，她就应该知道，她杀死的不只是那32个无辜的人，还有她自己的良知。良知受到折磨，是一件多么痛苦的事情，恐怕她比谁都清楚！"

焦月冷冷地说道："你对我说这些有什么用意吗？"

"在我小说的结尾，那个妹妹去自首了！她想明白了，她要对自己的行为负责，只有那样才能免受良心的折磨。我希望你也如此，这个故事才会画上一个圆满的句号！”说完，我转身走出了公墓。

我说过，我是个资质平庸的人，这些话是我找樊师傅咨询了一天，他教我说的。樊师傅说，这是最好的心理诱导方式，如果焦月真的是共犯，也许会按我说的做。

但是这件事一直没有消息，有可能是警方讳莫如深，封闭了报道，也有可能是我的推测出现了问题，又或者是她根本没有去投案，但不管怎么说，我觉得人生最大的悲剧就在于失去了快乐，用恨取代了善良的心，用愤怒去伤害无辜的人，那样的人即便活着也没有灵魂！

第四章
错爱杀机

世界本来就是由各种矛盾集合而成的，但是矛盾的背后却必然有一个是真相。我曾试着写下许多这样充满矛盾的故事，我的态度是诚恳的，但是一切都有它的起因、经过和结果，我对很多案件已经变得无所适从，这比我写《问骨》时要纠结很多，因为我觉得我有些无从下笔去描写这些案件了。

《问骨》里我写得更多的是大周的技术，但《骨惑》里我更想写出的是人性，和人面对自己同胞的态度。众所周知，人在死亡时是痛苦的，像蜷缩的叶子一样，来不及思索地从蒙昧中解脱，这才是死了。

但是，死亡并不意味着结束，而是一个新的开始，像大周那样的是开始，对于我来说也是，是一段心路的开始。

1

2011年7月4日凌晨，我刚写完一篇文章，打算给编辑传过去，此时一股困意已经席卷了我的整个大脑，我按了保存键，就准备躺下睡了。

可就在这时，手机突然响了起来，是大周！我的脑子里此时像是刮起了一阵风，刚刚还大雾弥漫，顿时被吹散了。

“栖霞派出所接到报案，有个女性吊死了，你睡了吗？要不要去看看？”

我觉得大周的问话很搞笑，睡了怎么还能接他的电话，说道：“当然要去，一会见。”我悄悄地穿上衣服，看看爸妈屋子里的灯灭了，就拿起了车钥匙离开了家。

现场位于栖霞街的一家高级社区里，是一套三室一厅，坐北朝南的普通公寓，死者就是在公寓的卧房内被发现的。

大周和我走进了屋中，屋里的副大队长还在打着哈欠，明显他是刚刚从梦里被拉回到现实中的。

“死者叫谌美玉，33岁，是这家的女主人，她的丈夫睡了一觉要小便时发现死者躺在地上死了。”副大队长一边看着尸体一边说着。

尸体此时已经并非在原有的位置上，据说死者丈夫发现尸体时就实施了抢救，警方到来后，便把尸体放在了床边的平地上。

实事求是地说，这是个很美丽的女人，她仰躺在地板上，上身穿着淡紫色的短袖背心，纽扣完整，下身穿着花布睡裤。死者身高在一米六左右，胸部发育得很好，头发上扎着两个短辫，但面部已经被一层青紫色笼罩，在灯光的照射下，显得有些阴森，而且我还注意到，她的两个眼睛已经肿胀了起来，并泛着一层更深的青紫色。

大周蹲在死者身边，开始了初步的尸体检验工作：“死者是缢死的！这是典型的卧姿的缢死！”大周指了指死者的脖子，我赫然看到那上面有两道深深的索沟，没错！是两道！

大周的助手此时已经像模像样地站在了他的身边，打开了记录本。大周开始了尸体的现场检验：“眼睑的结合膜有密集的针尖状出血，球结合膜有少数孤立的针尖状出血，角膜清晰，两侧瞳孔的圆直径为0.5厘米，口中流出已经干燥的血水痕迹。”

说着，大周翻动了一下死者的面部，我看到死者鼻腔中瞬间流出了血水，虽然见多了尸体，但我还是有点作呕。大周依旧不为所动，他用左手掐住死者的面颊，打开了死者的嘴巴，说道：“记录，舌尖稍微咬在了齿列之间。”然后他便把鉴证的重点放在了那两条已经呈红黑色的索沟上了。

“记录！上方的索沟，右端自右耳垂下5厘米、右胸锁乳突肌后缘起。索沟的右端压迫最宽为0.3厘米、深0.2厘米，呈红褐色皮革样，整个索沟的两边都有表皮脱落，皮下溢血，还伴有小水泡。下方索沟，呈水平方向，经颈部右侧稍向上终止于颈部左侧，距左耳垂8厘米处，索沟受压较轻，宽0.6厘米，呈淡青紫红色，索沟表面无表皮剥脱。剩下的还要经过尸检确定！”大周兀自站了起来，向助手们挥了挥手，表示要收工了。

包括我在内的所有人都知道，所谓收工，其实是连续奋战的开始。

担心尸体腐烂加剧，正式的尸检在当天夜里就展开了，虽然站在解剖室里的人都是当夜从床上被拉起来的，但是没有一个人有困意，他们都明白对于生命的消逝要保有敬意的送别，当然法医们的送别方式很特别，是鉴证。

大周先用酒精棉球在两条索沟上涂抹了一遍。我身子向前倾，突然倒吸了一口凉气，死者脖颈右侧的索沟尚可见条状压痕，但脖前的索沟的颜色却明显变淡了，甚至有些模糊不清。大周从助手手里接过了一把手术刀，将两道索沟上的肌肉组织各切下了一块，然后对记录的助手说道："浅层肌肉块见片状断续出血斑点。"

随后，大周对尸体进行了全方位检查，最后做出了定论："头部、胸部、腹部、背部、四肢均无损伤，尸斑不浓，呈暗红色。肠温23摄氏度，死亡时间不超过4个小时。"

解剖就此结束。

副大队长首先凑了过来，问道"怎么样？"

大周只说了两个字："他杀！"

2

"为什么说是他杀？"我跟着大周走出解剖室，来到了我们一直随意"放肆"的办公室。

大周还是老样子，给我沏上了一杯咖啡，放在了我的面前，然后他又给自己沏上了一杯，才不紧不慢地伸出了3个手指，说道："一共有3个疑点！"

“3个？”

大周点了点头，说道：“首先，死者的两道索沟，上方一道主要位于脖颈前，下方一道则位于颈右侧和项部，压迫部位及走行方向都不同，且一道轻一道重，虽然双重缢套也很常见，但这个却不像！第二，死者的颊黏膜和唇黏膜以及上齿龈部有出血斑块，这种尸体现象特征说明死者口腔曾遭到外力压迫，一般来说自缢是不能出现的。第三，你刚才也看到了用酒精擦拭过的那道索痕，渐渐模糊不清了，而且前面部位的那个索沟的肌肉切片见了出血斑，这很明显是死后造成的。”

“不会吧？这样案件就太离奇了！”我有点疑惑了。

大周喝了一口咖啡，问道：“怎么离奇了？”

“照你这么说，凶手肯定是她丈夫，但是伪装自缢有很多种方式，他干吗杀人后费这么大力气，把妻子弄成那个样子？还有她丈夫撒谎的水平也太低了吧？老婆上吊自杀，自己还在熟睡，这样的话谁会相信呢？”

“这跟法医无关了，下面是警方的事了！当然，我可以马上为她的丈夫验伤，如果是他干的，在他的身上一定会出现某些痕迹。”大周吹了吹咖啡杯上的白气，语言的节奏仍旧明快。

这起案件的诸多疑点随之一一展现出来，令副大队长很费解，他在会议上几乎要把嗓子喊破了。

原来，经过多日的调查，死者谌美玉的情况基本上搞清楚了。谌美玉是一家民办小学老师，丈夫宫明41岁，是工商银行一个支行的行长。两人结婚3年，没有孩子。据邻居、同事、亲戚证实，两人婚后关系一直很好，从来没有吵过嘴，总是说说笑笑，真的是一对恩爱夫妻，羡煞众人。

据谌美玉的同事说，案发当日，谌美玉刚刚从外地出差回来。那时已近深夜，送她回来的出租车司机证实，谌美玉当时从火车站一个人出来后上了他的出租车，他觉得谌美玉很有亲和力，一直和他说说笑笑。

如果说她要自杀，他绝对不信。

而让警方郁闷的是宫明一口咬定，谌美玉回家后不久两人就睡了，他起床上厕所的时候，发现妻子吊死了，至于妻子为什么自杀，他也不知道。

“他奶奶！简直是顽固不化！”副大队长咆哮着，满屋的警察没一个敢说话。

大周毫无表情，像是陪衬一样，一言不发。

“周法医，请你说句话，好吗？”副大队长像是想把一肚子的火撒到他的身上。

大周撩开眼皮，淡淡说了一句：“宫明不是凶手！”

“他不是凶手？可是在他的身上发现了几处瘀伤，很可能是与死者缠斗时留下的。”不只是副大队长，在座的每一个人都对大周的话感到奇怪，大家把目光都移到了他的身上，希望他能说出依据。

“可是我在死者的身上没有发现任何打斗留下的伤痕，说明宫明身上的伤不是和她打斗留下的。那样的绳索绝对不是一个普通的银行职员能打上的，而且以这样的程度勒死对方，对宫明这样整天坐在办公室里，基本不参加什么运动的人来说，即便不留下明显的绳索伤痕，但是小指等肌肉也会有些轻微拉伤，但我已经仔细检查过宫明的手指和手腕，没有任何拉伤的迹象。”

副大队长终于冷静了下来，翻开了眼前的资料，说道：“宫明的履历很简单，小学、中学、大学、工作，没有特殊的经历，那个绳结那么专业，确实不像是他能够打出来的。他也算是手无缚鸡之力的书生，杀人对他来说确实没这么容易。”

大周眼皮又耷拉了下去，说道：“这种双套的绳结，在城里的自杀案中并不多见，相反在农村的自杀案中却很常见。”

“不是宫明杀的，又不是死者自杀？那凶手是谁呢？”

大周开始沉默。副大队长知道，这是大周的习惯，到了案件推理过程，他不会再提供任何有价值的信息。

“我能不能说两句？”我突然站了起来，可能在这里当了太久的配角，自己的小宇宙也小小爆发了一下。

所有人都知道我的存在，但大多数人都不知道我的来路，所以没有人反对，连副大队长都冲我点了点头。

“有没有这种可能，当时宫明并没有在家呢？是有人杀害了谌美玉后，伪装成自杀，故意陷害宫明，而宫明由于不敢暴露案发当晚的行踪而向警方撒了谎。”

副大队长没有表示反对：“作家先生，你说下去。”

“如果我的推理成立的话，门锁没有撬动的痕迹，那么这个人很可能是和宫明夫妻认识的熟人，而且对他们夫妻的作息也了如指掌。这个人应该在农村待过，或者当过兵什么的！凶手杀死谌美玉后，故意把现场伪装成自杀，还特意弄了双套的绳子，就是为了让警方查明死者是他杀，而非自杀！我个人觉得他应该有一定的反侦察意识！”

副大队长突然意识到了什么，又翻开了资料，不住地点头，很明显，他同意了我的说法。

我借着势头又补充了一句：“杀人的动机吗？我想只要知道宫明在案发当晚到底在哪，应该就迎刃而解了。”说完，我冲着大周笑了笑，那意思是我没有给他丢脸。大周俊朗的面目没有一丝表情，他仍旧一言不发，眼前似乎无物。

3

这又是个悲伤的故事！

宫明是个地道的穷二代，父母都是普通工人，和很多穷孩子一样，似乎上学是他们改变命运的唯一出路。

经过很多年的努力，宫明实现了梦想。大学毕业后，他被分到了银行工作。那个时候，他的主要工作还是坐在柜台前，替储户把一张张钞票点清楚。他简单且快乐着，虽然眼前每天飘过了无数的钞票，但是他却对这些钞票没什么感觉。

后来，他的业务很突出，就被分到了业务部，可以西装革履，提着一只公文包坐着飞机全国跑贷款业务。

那个时候，银行贷款还是一项让很多中国人无法接受的形式，因为大多数人都在怀疑自己的能力，要是钱还不上怎么办？所以，当时银行想尽办法，想让各行各业的人来贷款。宫明明显是干这行的天才，他的业务在全国是顶级的，银行甚至划出了一笔特别的经费，让他可以自由支配。

这笔经费让他可以整日出入高档消费场所，混进高等交际界，这里有知名的企业家，还有各个城市的银行首脑，宫明长了见识，终于认识到钱的重要性。

他常常出入某市一间很豪华的夜总会。在这里，宫明认识了一个女孩，她相貌端庄，给人一种很朴素的感觉，一点也不像是风月场上的女孩。

在陪客人们喝酒时，她从不主动说什么，只是默默地倒酒，所以不是太招人喜欢。而宫明却被这个姑娘打动了。宫明此时已经快三十岁了，却还没有正式谈过女朋友，之前谈的也只是见一两面而已，而拒绝他的理由无非是他的家境不好，或者是他相貌太过平常之类。

这个女孩并不漂亮，只能说是可爱型，但当宫明见到这个女孩后，却突然产生了一种前所未有的冲动，眼中似乎能闪烁出光芒来，而心脏也会急促地跳动。

但是，这个女孩对他似乎没有什么兴趣，她的一举一动就像皮影戏里的纸片一样。后来，宫明每次到那个城市的时候，都要去那家夜总会坐一坐，说是为了消遣，其实就是为了去看那个女孩，此时他竟然连女孩的名字都没敢问。

有一次，女孩被客人们灌醉了，他主动提出要送女孩回家，客人们都坏笑着目送宫明送走这个陪酒少女。

女孩虽然醉了，却还有意识，她住在夜总会不远的一间出租屋内，屋子很小，但很整洁。宫明本想把她放在床上就离开，却没有想到女孩一下子搂住了他的脖子。宫明得到了意外之喜，守卫在心灵深处的那道防线崩溃了……

隔天早晨，宫明就要离开了，因为他还要赶下一趟飞机去另一个城市，他问了女孩名字。小花，这是他得到的回答。

之后，他和小花的感情就开始了，他故意申请了更多的业务在这个城市开展，理由当然非常好编造，只要他在这个城市能够把更多的款项贷出去就可以了。

就在半年之后，小花告诉宫明一个消息，她怀孕了！

但宫明却说出了一句让小花无比伤心的话来："会是我的孩子吗？"

小花哭了："我从来没有过别的男人。"

这句话从一个风月场所里的女人嘴里说出来，实在是显得可笑，但宫明一把搂住了小花，他信了。

宫明是个实在的人，他承诺会和小花结婚，但是他不属于这个城市，他只能先离开，然后回来接她。

宫明在两个月后回到了这座城市，由于当时还没有手机，两个月内他没有联系过小花，当他再去小花的住处找她时，才发现她早已搬走了。他到夜总会去找她，夜总会却说她已经辞职两个月了。宫明在想难道是她对自己灰心了，可是又想到小花辞职和退房的时间都是自己走后的第二日，这样说来，也许另有原因，或许那个孩子不是他的，又或者压根就没有什么孩子，小花只是想敲诈他一笔钱，后来良心发现，就知难而退了。

宫明胡思乱想着，他还是觉得应该为小花做些什么，但是自己公职在身，而这件事又不能拜托这里的朋友去办，他只能暗暗寻找。而此时，这由于宫明的良好表现，他被提拔为一个支行的行长。

宫明觉得他和小花的感情就像是一场梦，他甚至有时在怀疑是不是真的有小花这个人？他们之间的故事到底发生过没有？

而当他验证这一切都是真的时候，已经是在他娶妻之后的事情了。

4

副大队长把一张照片摆在我和大周的面前，说道："案件取得了比较大的进展，我们现在已经把重点嫌疑放在了这个人身上。"

大周喝着咖啡，悠闲地闭着眼睛，似乎对副大队长所说的没有什么兴趣。

照片上是一家三口，男人长得很英武，女人长得非常朴素端庄，而他们中间站着一个小女孩，那孩子的脸上没有表情。这样的照片一般都是体现一家人其乐融融才对，但我总感觉这里边透露出一种诡异的感觉来。

副大队长指了指这张照片里的男人："这个人就是嫌疑人！"

"这个男人是？"我好奇地问道。

"是个退伍兵，叫黄博涛，坐在他旁边的是他的老婆，鲁小花。"

"这两个人和死者有什么关系吗？"

副大队长坐在了大周的对面，摸了摸额头："这么说吧！如果说黄博涛、鲁小花、宫明和谌美玉之间有什么交集的话，那么就是中间这个小女孩了！"

"你是说，婚外情？这个孩子其实是宫明的孩子，男人恼羞成怒，杀害了宫明的妻子泄愤，然后再嫁祸给宫明？"我抱着一个小说家的想象力，将所谓的"真相"和盘托出。

副大队长低下头，摇了摇脑袋，说道："如果真的是这么简单的话，我就不会来找你们了。”

大周终于把咖啡杯放在了桌子上，说道：“直说吧！你想让我做什么？”

“能不能再次复查尸体，我想知道死者谌美玉到底还能不能生育。”

“我明白了！”大周点了点头。

“查这个干什么？”我有点奇怪。

“宫明和谌美玉两个人都属于晚婚，婚后一直没有孩子。我们已经证实，黄博涛和鲁小花之间的小女孩就是宫明的孩子，我觉得这就是矛盾的爆发点，也就是说宫明、黄博涛都有杀害谌美玉的嫌疑。当然在这之前，我必须还要弄清楚一点，那就是不育是谌美玉的原因，还是宫明的原因。”

之后的事情颇让人感到意外和离奇，大周很快就证实了谌美玉完全可以生育，而对宫明的身体检查来看，他也是个很正常的男人。

“这案子真奇了！黄博涛主动自首，说是他杀害了谌美玉。看守所里坚称妻子是自杀的宫明，也突然改口，说是自己杀害了妻子。”案发第二天，副大队长拎着两份报告走进了屋子。

大周没有说话，而我却有些好奇了，两个男人竟然争着说自己杀了人！

下边是两份分属于两个男人的供词，由于有些细节官方要求我保密，我只能将大概的意思公布出来。

宫明：我老婆是我杀的，其实我们夫妻并没有大家想象的那样和睦，我们两个人之间充满了各种矛盾，只不过我们两个人都很好面子，在单位又都是先进，没有在众人面前表现出来而已。

最近，我们的矛盾升级了，不知道为什么，两个人互相疏远对方，虽然不在言语上争吵，但我烦透她了，看见她就有气，我只是在忍受这种生活而已。

正巧在这个时候，我见到了自己当年的初恋，我似乎又找到了那种爱的感觉，所以，我决定和她离婚。但是，她不同意，还威胁我，如果非要离婚，她就到我单位去闹。最终我只能勒死她，还把现场伪装了起来。

黄博涛：那个女人的丈夫和我老婆是初恋，我们搬到这座城市后，我老婆不知道什么时候又跟那个男人勾搭上了，我知道我穷，配不上她，但是我不能失去她和女儿，我就去找那个男的算账，没想到那天只有她老婆在家，我一气之下就把她勒死了。然后我害怕了，只能做成一副她是自杀的假象。

两个人都坚称自己说的是真的，这令警方十分棘手，警方的第二次讨论会开得简单明了。

副大队长：“周法医，能不能依靠法医技术判定谁是凶手？”

大周：“这两个人都不是凶手。”说完，大周仍旧冷若冰霜。

我小心翼翼地补充道：“是不是应该把那个叫鲁小花的女人带来调查一下？”

“她已经在我们的控制下了。”副大队长的脸上露出一股英雄所见略同的笑容来。

5

鲁小花的手上有明显的绳索勒痕，用绳索对比后，发现和现场死者伪装自杀时的绳索相同，铁证如山，鲁小花就是这桩案子的凶手。

副大队长把桌子拍得“啪啪”直响，吓得站在鲁小花旁边的女警一阵哆嗦，显然她没有什么心理准备。

但是鲁小花并没有像很多女囚犯一样，在警局里显出一种惊慌或激动，相反，在她的眼里充满了一种喜悦：“人是我杀的！跟那两个男人没有任何关系。”

我和大周默默站在审讯室旁边的屋子里，透过一面特殊处理过的玻璃，看着审讯室里发生的一切，当然在鲁小花眼里，这面玻璃只不过是一面能照出自己影像的镜子而已。

副大队长显然对鲁小花的“坦承”有些意外，与她凝视了几秒钟后才继续问道：“能说说细节吗？”

“细节？呵呵，细节有这么重要吗？”鲁小花的傲慢正在一点点地触怒副大队长。

我透过房间里的扩音器听着鲁小花的陈述，心头有些惆怅，问道：“大周，你想知道我所推理出的真相吗？”

大周面无表情，说道：“推理也好，真相也罢，这些对一个法医来说不重要，不过你的推理每次都很有意思，我倒是很想听听。”

“我对死者谌美玉当天的情况进行了一些调查，发现了一件很有意思的事情，谌美玉在案发前的一个星期一直都在外地出差，网上订票显示是她本来应该在她遇害的第二天回来的，没想到她改签了车票，在案发当天就回来了，这说明了什么，应该很明显了吧？”

大周仍然没有表情，他的眼神死死地盯着眼前的玻璃。

副大队长显然也已经发现了这个疑点，说道：“当天晚上，并不是谌美玉在家被人杀害，而是她回家时撞见了不该撞见的人和事，才被杀害的。”

鲁小花的表情顿时有些慌张，副大队长的话显然触动了她的神经。

“你和宫明当时应该正在家里偷情，正好被提前回家的谌美玉撞了个正着。当时你们之间就发生了冲突，你杀害了谌美玉，而宫明是你的帮凶，他看着你杀害了自己的妻子，却无动于衷。”

副大队长的推理和我完全一致。

“你说的只有一点不对！宫明并没有参与杀害那个女人，当时他正在洗澡，等他出来的时候，那个女人已经死了，是我用绳子勒死她的。”

副大队长拧着眉毛，问道：“那你丈夫黄博涛又是怎么回事？他为什么要承认是他杀了人？”

“他是个大傻瓜！什么都愿意为我去做！”说到黄博涛时，显然小花的表情有了些许变化，目光中透出一丝柔情。

“也包括帮你杀人，对吗？”副大队长显然有自己的判断。

“我刚才说了，一切都是我干的！他只是想替我背负杀人的罪名罢了。”鲁小花的气势一点都不比副大队长小。

副大队长冷笑着摇了摇头，说道：“一个死者，却有三个人承认杀人，你们真有意思！”

随后，审讯室里陷入了死一般的沉寂中……双方的对峙升级了。

大周突然按响了手边的电话，那根电话线直通审讯室，他说道：“副大队长，能不能出来一下？我想现在咱们有必要再回一趟现场。”

6

葛程抱着iPad（平板电脑），在案发的房间里不住地观察，问道：“干吗叫我来？”

“三缺一！”不知道为什么，这段时间和葛程混熟了，觉得她虽然外表很冷漠，内心却有一种难以捉摸的热情，所以我最近也时常和她开开玩笑。

葛程没有理我，而是静静地看着大周。

“法医是个实践感很强的学科，我们的研究大多和尸体有关，不过，有时我们还要做一些近似于推理的工作。”大周站在案发现场的中心，白色的胶条勾勒出死者最后的形态。

“你是不是想做一次犯罪现场模拟再现？”葛程终于明白大周要她来的用意。

副大队长并不想浪费时间，说道：“好了好了，我扮演谁呢？”

我们三个同时说道：“谌美玉！”

“死尸？”副大队长的表情顿时僵住了。

谌美玉面带笑容走下出租车，今晚她想给自己的丈夫一点惊喜，这些日子她总感觉丈夫疏远了自己，她知道丈夫是个本分人，也就没有多想，她认为夫妻之间生活一段时间后，即便自己再漂亮，也有看腻的时候，想让感情保鲜，就需要时常来这么一点小惊喜。

这次，她接受学校的安排到武汉去参加一次再教育的培训，当她知道培训最后一天的行程是参观名胜古迹时，她干脆改签了返程票，提前一天回到了我市。

当她走在回家的路上时，已经是晚上九点多了，这条深巷人本来就少，她很想让宫明到火车站接她一下，但她又想给丈夫一个惊喜。

突然，她发现有一个身材壮硕的男人站在巷子角落里，他正盯着她家的阳台看。

当谌美玉走过这个男人身边时，凭借女人的直觉，她认为自己已经成了这个男人的目标。

男人的脚步很轻，在尾随着她！好在这里离她家只有几步之遥，家里的丈夫可以保护她。

大周搂着葛程，有点尴尬。

“你放自然点行吗？”葛程嗔怒道。

此时，副大队长推开了门，说道：“老公，有人跟踪我！……你……你是谁？”

我随后推开门，捂着肚子笑了起来，说道：“副大队长同志，你演得也太假了吧？”

副大队长脸上有些挂不住：“我说过，我不会演这破玩意吗！”说着，副大队长就想要“罢工”。

“作家，你先退后，黄博涛不是这个时候进来的。”随后，大周又用双手搂住了葛程的腰，此时，他似乎找到了一点儿感觉。

谌美玉推开了门，本来想要对老公说有人跟踪她，没有想到眼前的景象让她更加吃惊。

两个赤身裸体的人，身上只搭着一条毛巾，懒洋洋地坐在沙发上。她本以为自己走错了房间，却依然能辨认出其中那个赤裸的男人就是宫明，而他的旁边是一个陌生的女人。

“你……你们！”谌美玉没有像其他女人一样嘶吼，而是把客厅茶几上摆着的一个花瓶拿了起来。

宫明自然知道她要干什么，不顾自己下体上的那块遮羞布掉落下来，一手拉住了谌美玉的手，说道：“美玉，你别激动，你听我说！别……”

我此时站在了这间屋子的门口，扮演着黄博涛的角色。

“你们在干什么？”我大吼了一声，尽力扮演一个跟踪自己出轨妻子的丈夫角色。

我上去就拉住了葛程小姐的手，开始质问她，这时我有些入戏了，竟然抓得她叫了起来，并很快摆脱了。

大周此时不知道为什么放开了谌美玉，赤身裸体地挡在了葛程的身前，用双臂护住了葛程，说道：“不许伤害她！”

随后，我的右拳向大周的脸上挥去。

两个男人扭打了起来，谌美玉看到自己的丈夫为了保护别人的老婆不惜大打出手时，早已心灰意懒，转身就走。

但是，她却成了鲁小花的“猎物”，鲁小花一把抓起沙发边的长发带，从房屋的一侧跳了起来，狠狠地勒住了谌美玉的脖子。

两个男人继续扭打着，却不曾想到，惨剧已经无可回转。

副大队长缓缓地倒下了，躺在了画着白线的尸体轮廓上，而我和大周也停止了扭打。

大周走到副大队长跟前，用手轻轻地探了探他的鼻息，说道：“人已经死了！”

屋中的三个活人和一个“死人”同时陷入了沉默……

率先反应过来的是黄博涛。他翻遍了全屋，找到了两根绳子，做成了一个扣，把谌美玉做成了卧姿自缢的样子。

“这管用吗？”鲁小花此时已经把衣服穿戴整齐。

“这房子里没有房梁，上吊没法挂绳子，只能把她搞成这样。我在老家里见过一次自杀的人，就是这么打的绳结。说她是自杀不就成了。”黄博涛显然把问题想得很简单。

“可是你这样会连累宫明的！”鲁小花朝着自己的丈夫抱怨着。

黄博涛刚想发作，却被宫明的一番话拦住了，“现在不是讨论这个的时候，小花，我欠你的！也欠孩子的！这个债我来背！你们快走吧！”

“我是她丈夫！还轮不到你说话！”黄博涛一点都不肯示弱。

“你这个莽夫，我如果顶不住了，你再来扛，或者咱俩一起把事扛了，就是不能伤害她和孩子！”宫明指了指鲁小花，此时她已经哭成了泪人，刚才杀人的胆量和勇气烟消云散了。

7

副大队长急匆匆地走进咖啡屋，还没坐稳就对我嘿嘿笑道：“全招了！跟咱们现场模拟的故事没有多大出入！”

我和大周可没有他这么好的心情，所以干脆低头喝着自己的咖啡不再说话。

葛程则习惯性地滑动着手中的iPad，一言不发。

“喂喂！你们三个有点反应好不好？案子总算破了，你们三个功不可没！今天的咖啡我请了！”

我没有理会副大队长的慷慨，而是对着大周说道：“你说，鲁小花更爱谁多一点呢？宫明还是黄博涛？”

大周继续沉默，葛程却开口说道：“从社会学角度来说，这两个男人给了这个女人全部，一个是给了她物质上的基本需求，而另外一个为她营造了一个精神世界。反过来说，宫明也好，黄博涛也罢，其实是一个休戚与共的精神共同体，他们共同依附在鲁小花的身上，成为了这个女人身上的寄生者。”

“葛小姐，你说得也太深奥了！我只有一点怎么也想不明白，像宫明这样的人，已经拥有了这么完美的妻子，为什么还要去找鲁小花呢？而那个黄博涛即便知道老婆背叛了自己，却还是愿意为她去顶罪，这是为什么呢？”我扶着头，做凝思状。

“国外有机构调查分析显示，有乡村背景的女人，在心理上和生理上都更适合男人的需求。这和我正在调查的1996年的某起命案很相似。1996年碎尸案的受害者也是一位来自农村的大学生，农村的女孩在这方面好像有一种独特的魅力，不过这种魅力，用我们女人的眼睛是无法发现的。”葛程说着拿起了咖啡杯，眼睛却向副大队长那边看去。

副大队长显得很奇怪：“你刚才说什么？1996年的碎尸案？”

我接过了话茬：“嗯，葛程就是为了这件事回国的。”

副大队长叹了一口气，说道：“没想到，快20年了，还是有人对这起案件耿耿于怀。”

葛程突然开口问道：“你好像对这个案子很熟悉。”

“不瞒你说，20年前，我爸爸就是负责侦办这个案件的探长。二十多年了，每当提起这个案子，我爸爸就会唉声叹气。”

这句话说得我们三个人同时向副大队长投去了疑惑的目光。

我赶紧问道：“我们可不可以去拜访一下老爷子？”

“他去年就去世了，肝癌！”显然，副大队长是个孝子，说话时显得很伤感。

“警官先生，我有一事相求。”葛程站了起来，向副大队长走了过去。

“葛小姐，有什么话你尽管说，你这次也算帮了我们大忙！我能帮助你的，我一定尽我所能！”副大队长面容严肃起来。

葛程耸了耸肩膀，一本正经地说道：“我想要1996年‘南大碎尸案’的全部资料，你能不能帮我搞到？”

“这？”听到这话，副大队长脸上泛起了难色。

“我并非是要警局保存的官方资料，我知道那些已经成为一级机密，到现在都没有对外界公开。我想看一下您父亲保存的关于这起案件的所有资料。”这是葛程第一次对副大队长如此和颜悦色地说话。

“没问题！我爸爸的东西我倒是都留着呢，就在我家里。我拿给你！”副大队长答应得不是很干脆，但总算答应了。

第五章
沉默的夜

副大队长趴在床下，显然经过一年的时间，他已经把对父亲的诸多记忆封存在了一个不见光的地方。他从床下拉出来一个大箱子，箱子上满是尘土。

“噗”，副大队长用嘴狠狠地吹了一下，灰尘和毛絮飞舞在房间里，弥散在空气中，有些呛。

葛程和我掩着嘴鼻站在一旁，而大周却没有任何反应。

“我爸爸这一辈子所有的荣誉和功勋都在这个箱子里了。”副大队长说这话时，满怀伤感。

“希望我们能找到更多有价值的信息。”葛程朝大周使了个眼色。

大周走到箱子前，缓缓地将箱子打开了……

1

2011年7月9日，我和大周来到市警察局刑警大队，为鲁小花杀人案做最后的证词笔录，之后警局就会把这卷材料正式移交给检察机关。很意外，接待我们的并不是副大队长，而是另外一名我们熟悉的刑警。

这位刑警有些啰唆，几个简单的问题，竟然问了两个小时。我正在想副大队长一定是公务缠身，要是他来问话，估计十几分钟就完事了，我的精神游离着，有些走神。

当我们走出调查室时，终于见到了副大队长的身影。一个老人正呆坐在刑警队大厅的沙发上，副大队长正在问他一些问题，看得出沟通得不太顺利。

“卢老？您能不能跟我说句实话，赵阿姨到底是怎么死的？现在是命案，请您一定要配合我们。”副大队长急得满头大汗。

“人都死了，还问这个干吗？”老人说话时，表情异常平静。

这样的询问在警局里天天都有，我并没有过多在意。从这个老人的气质来看，他应该是个高级知识分子，年纪在60岁左右，不知道他会因为什么事被警方询问。

令我意外的是，当大周看到老人的时候，突然喊了一句："卢叔叔！"

老人抬起头，眼里突然闪过了一丝生气，随后又黯淡了下去："大周，你怎么在这里？"

"有个案子，我来协助调查……刚才听你们说起赵姨，她怎么了？"大周对活人显然没有对死人那股热情，我第一次听到他用这种嘘寒问暖的口气询问一个人的情况，显然这个赵姨对他来说很重要。

卢老闭上了眼睛，仰天长叹："她在昨晚被害了。"

"您说什么？"大周的脸上陡然变色，微微地后退了两步，"赵姨被人害了？怎么回事？"

卢老含着泪水，不住地摇着头，看得出他昨晚经历了人生中最悲惨的时刻。

2

"卢叔叔叫卢永明，今年57岁了，赵姨叫赵雁，她和卢叔同岁，他们两个人都是市医科大学的教授，是我父母的好朋友。"大周坐在警局的审讯室里，耷拉着脑袋，"我妈妈失踪后，我爸爸也在不久后自杀了。卢叔叔和赵姨一直没有孩子，从那时起，是他们一直在照顾我，我们的感情很深。前些天，我还去看过他们，可是……"

我在一旁默然伫立，副大队长走过去拍了拍大周的肩膀，问道："这位卢老有什么嗜好没有？"

大周仰起头，说道："他比较爱喝酒，没有别的嗜好！我记得他的酒量很大，动不动就喝得醉醺醺地回来。"

"卢老和赵雁的感情好吗？会不会因为卢老喝酒闹事，而影响了两个人的感情呢？"

"两位老人的婚姻是很幸福的，赵姨性格非常温和，无论卢老回家多晚，她都从来不埋怨一句，即便喝多了，她也只会默默为他洗身子，让他舒舒服服地躺下。这些都是我少年时亲眼所见的。"大周说话时显然已经感觉到副大队长认为赵雁的死和卢永明有关。

我接过了话头："副大队长，请您有话直说，这起案件到底是怎么回事？我刚刚问过其他刑警，基本上可以肯定是抢劫杀人，这里边有什么疑点吗？"

副大队长不住地摇头，把案件的经过简单地叙述了一遍。

昨晚大约11点时，卢永明从他常与朋友聚会的饭馆回到家中，他以为妻子早已睡了，干脆又从冰箱里拿出一瓶啤酒一饮而尽，然后才晃晃悠悠走进了卧室。

刚要打开门时，他突然听到"砰"的一声，仿佛家具翻倒时发出的声音，同时，从卧室里传来一声微弱的呼叫声。卢永明觉得这事不太对劲，赶紧推开了卧室的门。

只见他的妻子赵雁坐在床上，双手被捆绑起来，不过她已经将手臂松动了一些。

卢永明走到床边，赵雁嘴里嘟囔着，原来她的嘴里被塞进了一块布团。他赶快把这块布从妻子嘴里拔了出来，又找来一把小刀，把捆在赵雁身上的绳子割断。

赵雁的呼吸平稳了一些，不过她双目紧闭，一句话也说不出来了。

卢永明惊问："到底出什么事了？"

可是赵雁却再也说不出一句话来，此时，卢永明才发现妻子已经一动不动了。他本以为妻子是因为惊吓过度而暂时休克，但当他把手放在妻子的鼻子上时，才发现她已经没有了呼吸，而且身体已经变得直挺挺的，作为医学教授的他不难得出一个令他无法接受的结论：他的妻子已经撒手人寰。

卢永明用医生敏锐的眼光观察着妻子，当他弓身往下查看时，却不由得倒退了几步。他刚才着急没有发现，床上及睡衣上满是血点，妻子的嘴裂开了一个口子，血是从这里流出来的。

……

“赵姨真正的死因是什么？”大周的眼睛里燃烧起了愤怒的火焰。

副大队长一边翻看着现场记录，一边说道：“捆绑赵阿姨的绳子是凶手就地取材的，就是死者家中的窗帘绳，在正对卧室的地板上发现了几个脚印，证实了是卢老和赵阿姨之外的人。赵阿姨的脖子上有黑色的斑痕，是用绳子勒的时候留下的，还有些半月形的印迹，像是指甲掐的。死者的下嘴唇破了，两颗门牙也断了。脖子上的肌肉损伤，证实她曾经受到过暴力的袭击，但是这些都不是致命的原因……”

大周沮丧地说：“赵姨的心脏、胆囊和肾脏都有老年人特有的病灶，她是器官衰竭而死的。”

“这个就是案件的疑点！”副大队长合上了记录册，朝我们摆了摆手，“到现在为止，我们仍旧无法确定死者的死因到底是什么，因为卢老一直不同意我们做尸体解剖。”

我有些不解，问道：“为什么呢？根据《刑事诉讼法》第一百二十九条规定：对于死因不明的尸体，公安机关有权决定解剖，并且通知死者家属到场。”

副大队长有些为难：“但是手续上规定，家属必须签字才行，法律可以保证我们公安机关的强制力，但是卢老和赵阿姨都是我市医学界精英中的精英，甚至是全国医学界的翘楚，我们必须尊重一下卢老的意见。”

“可是……”我有点按捺不住，但现在想想大周的感受，还是把话吞了下去。

“这个案件的疑点还不止于此。”副大队长显然没有我这么“善解人意”，他继续冲着大周说道，“事件是在昨晚11点发生的，但是，直到今天早晨7点钟，卢老才报案。”

“他怎么解释这件事的？”我终于按捺不住心中的疑惑了。

“他给我们的解释是，他想和赵阿姨单独待一会。”

“这太奇怪了，看到妻子死亡后，必定会痛哭流涕，不是报告警察局就是先叫救护车抢救，这才是正常的反应吧？他却能一直坐到天明？”我终于知道副大队长怀疑卢永明的理由了，如果卢永明不能解释清楚这一夜都在干什么，卢永明将会成为杀害妻子的重大嫌疑人。

副大队长显得也很焦急，他的眉心凝成了一团，说道：“可关键是谁都知道，这位德高望重的老教授绝对不会干这么残忍的事情。”

大周转过头来，俊朗的五官上蒙上了一层阴云，他说道：“我去说服卢叔叔把真相说出来。”

“那样最好！”副大队长吁了一口气。

卢永明直起身来，默默地注视着妻子的尸体，然后他走出了卧室，坐到餐桌旁，提起一瓶啤酒，一饮而尽，不一会，第二瓶、第三瓶啤酒又下了肚。

他就这么痴痴地坐着，时间一小时一小时匆匆而过。

突然，他像是想起了什么，站起身来，再次查看了整间屋子。

3

大周急匆匆地冲进警局，不理会任何人，直奔副大队长的办公室，我紧跟其后。这气势让大厅里的所有刑警都停下了手中的工作，用看怪物似的眼光看我们俩。

“听说强盗已经抓到了？”大周的脸上气喘吁吁地说。

副大队长点了点头。

“是不是案子破了？”

副大队长又摇了摇头。

“你到底什么意思？”我按捺不住自己的急脾气，狠狠地质问道，当然，我这样肆无忌惮地讲话，也是因为这几年和副大队长经常合作，我们已经成了很好的朋友。

“这伙强盗是两个人，亲兄弟，已经在我市入室盗窃数十起，是惯犯。现在哥哥已经被我们抓住了，弟弟仍然在逃。但是他们并不承认杀人。”

“入室抢劫后杀人，这有什么可说的？再审就是了。”我有点纳闷，办案效率极高的副大队长为什么会在这起案件上如此磨叽。

“作家，你小说写多了，就爱脱离现实？我这是刑警队，不是明清朝的衙门，还能刑讯逼供不成？”副大队长显然也很为难。

“他们在撒谎，这是秃头顶上的虱子——明摆着的事嘛！”

“事情没这么简单。你们听我慢慢说，盗贼中的哥很快交代了作案当日的基本情况。原来，他们兄弟有一种万能钥匙，无论你家的防盗门再怎么坚固，他们都能在3分钟之内打开。”副大队长一边说着，一边打开了自己的审讯记录。

盗贼大哥叫霍朗，小弟叫霍飞，两个人都是无业游民，天性好赌，欠下了大笔的赌债，却又无力偿还。

因此，他们哥俩走上了犯罪的道路，在全市范围内接连作案，盗窃的都是高档小区，因为他们认为这些有钱人的钱大多都来路不正，即便偷了他们的，他们也只能哑巴吃黄连。他们每次行窃前要事先踩点，认定家中的人对自己没有威胁才会下手。

这次把卢永明家作为目标是因为他们调查发现这家只有两个老人，没有孩子，平常家里也没什么人来。卢永明又是个嗜酒如命的人，经常晚上出去喝酒，家里只留下一个老妇人，对于两个强盗来说，这简直是天赐良机。

行窃当晚，整个房间非常寂静，两个强盗以为老妇人赵雁早已睡着了。他们在客厅里摸了一圈后，一无所获，就打算悄悄地潜入卧房。

霍朗小心翼翼地打开了房门，里边黑咕隆咚的，伸手不见五指，两兄弟在屋子里搜索了一遍，把认为值钱的东西塞在了一个布袋里。

此时，一盏电灯突然亮了，“谁？”是赵雁的声音，她正用惊恐的目光望着这对盗贼兄弟。

她刚想呼救，霍朗一个箭步凑到了她的身前，把她按在了床上，霍飞上前掐住了老人的脖子，向下使劲按，右拳还在老人的面颊上毫无人性地挥了两拳，随后他掏出了一块布料，塞进了老人的嘴里。

赵雁拼命反抗，死死咬紧牙关，企图再次呼救。霍朗顺手扯下窗帘绳把老人的双手牢牢捆了起来。

老人“安静”了下来，放弃了抵抗，兄弟俩在屋里转了两圈，根本没有发现太多值钱的东西，霍飞一直抱着“贼不走空”的态度，把五斗橱最底下抽屉中的一个铁盒子拿了起来，放进了口袋里。

正在这时，他们听到了开门声和脚步声，卢永明回来了。

兄弟俩快速从阳台跳下，这条逃跑路线是他们提前设计的，因为卢永明和赵雁的房间在二层，从这里跳下去，是一片绿草。对于经常锻炼的成年男人来说，从这里跳下去，一般不会有什么危险。

霍朗在审讯时坚称，在他逃跑的时候，赵雁还是活着的！

“你相信他说的一派胡言吗？”我听到副大队长对我讲霍朗交代的犯罪过程，心中十分愤懑，恨不得用自己的摔跤绝技，把他们狠狠地摔在地上一百次。

大周却呆坐在椅子上，刚才的激动消失了，让人觉得他的身上散发出一种令人恐怖的平静。

副大队长一脸无奈，说道：“我也不相信他们说的！但是我核实了他们兄弟俩做过的所有案件，确实没有杀过人的先例。而且，他们走时赵阿姨确实没有死，这点在卢老那里也能得到证实。”

“可是，即便赵阿姨不是当场死亡，也可能是他们的残暴诱发了赵阿姨的心脏病，才导致赵阿姨去世的。”我其实是在帮大周反问。

“大周，作家！我知道你们的心情，但是你们有没有想过一种可能性呢？虽然这种可能性微乎其微！”副大队长显然在试探我们俩。

大周终于抬起了头，俊朗的面容上带着一丝愁容，说道：“你是说，有可能是卢叔叔放任了赵阿姨的心脏病发作，没有及时实施抢救，才导致赵阿姨死亡的。”

副大队长勉强点了点头，说道：“大周，并非是我要这么想，你我都相信卢老是清白的，但是到了法庭上，霍朗的辩护律师一定会提出这样的假设，如果是那样，检察院和警方都会变得十分被动。所以，当务之急，还是要……”

“解剖尸体？”我回答道。

副大队长摇了摇头，说道：“解剖尸体即便证明赵阿姨是心脏病致死，对方也会质疑是卢老有意耽误了赵阿姨的治疗，最后推论出杀人者其实就是卢老。”

我有些茫然，正如副大队长所说，案件至此进入了一个死胡同。

此时，大周却突然开口说道：“绕了一大圈，还是回到了原点。你刚才说的当务之急是必须要知道这一夜卢叔叔都在干什么，他为什么在尸体旁守了一夜，却没有喊救护车和报警！”

副大队长点了点头，说道：“正是如此！”

4

大周和卢永明对坐在副大队长的办公室里，这是副大队长特意安排的，这间屋子比起审讯室来，显然宽敞明亮了很多，而且这里没有安装摄像头和任何监听装备，这完全取决于副大队长对大周和卢永明的一种信任。

“卢叔叔，那个晚上到底发生了什么事？”大周从来都是个冷若冰霜的人，他的话语里从未像此时一样带有如此炽热的温度。

“我想陪她一晚上，这些年我们在一起的时间太少了。”卢永明显然还是不想吐露任何实情。

“卢叔叔，我的父母都不在了，在这个世界上，您就像我的父亲一样，我也希望您能把我当成您的儿子，有什么话，可以跟我说。副大队长说，这间房子里没有任何监听设备，这也不是什么问讯。那一夜到底发生了什么，还请您如实相告。”大周的眉头紧锁，眉宇间透着一股咄咄逼人的气势。

卢永明叹了一口气，说道：“孩子，我和你赵姨没有孩子，你是我们俩从小看着长大的，你当然就是我们的儿子。但有些事，你是不会明白的，而且这辈子都不会明白。”

“如果您不放心其他法医，我可以亲自为赵姨主刀解剖，我，您总该相信吧？赵姨现在已经走了，我不想您也…….蒙受不白之冤。”大周说这话时，有些哽咽。

比起大周来，卢永明的情绪倒显得平静许多：“你赵姨的尸体，谁也不能碰。”

“您到底有什么秘密？凶手已经抓到了，只要您配合，他们很快就会被绳之以法。”

“大周，有些话，我今天只能对你一个人说。”

“您说！”

“我这辈子心里一共有两个秘密，烂在肚子里也不能说的秘密。”

“那天晚上的事和这两个秘密有关系？”

“你赵姨和你妈妈一样，都是神秘莫测的女人，她们的秘密…….”卢永明故意拉长了声音。

大周把头侧了过去，做出倾听状。

“我一辈子都不会说的！”看得出，卢永明是故意这样说的。

大周睁大了眼睛，有一种被耍的感觉，但是坐在他对面的长者却又是那样值得尊重。

“您要知道，根据中国法律规定，警方有权解剖死因有疑问的尸体。”

“但是，解剖时必须通知家属到场，如果我不签字，谁也不敢解剖尸体。”卢永明显然对这件事早有准备。

“您这样做，完全有可能放走两个坏人。”

“这比起我要保守的秘密来，简直不算什么。”卢永明的话越来越逼近大周的底线。

“您也有可能被检察院公诉，罪名是过失杀人，甚至是故意杀人，这样您也在所不惜吗？”大周坚定地反问。

卢永明站了起来，面对窗户，说道：“孩子，这世界上没有几件事情是值得用自己的生命去捍卫的。你赵姨的尸体不能动，就算把我当作杀人犯枪毙，我也死而无憾。”

抱着一颗死士之心守口如瓶，什么样的秘密才会让人如此疯狂呢？大周的心中不免惆怅了起来。

5

副大队长狠狠地拍了拍我的肩膀，说道："你小子，行！以后考个公务员，到我刑警队来吧！"

我不屑一顾地把他的手从我的肩膀上拽了下来，说道："副大队长同志，我是福尔摩斯，你也可以叫我大侦探波罗，我要做最伟大的私家侦探，我对当警察真的没兴趣。"

副大队长连连摇头，说道："可惜了，可惜了。"

在我和副大队长调侃时，大周和葛程的脸却没有露出一丝笑容。他们看着我拿回来的复印件，呆若木鸡。

大周喃喃道："怎么会是这样？这就是卢叔叔一直保守的秘密。"

不知道为什么葛程对这个案件也非常关心，而且我从大周那得悉，她家和赵雁似乎也是世交。她紧紧盯着我拿到的证据，突然说道："现在一切都真相大白了。"

就在大周和卢永明对谈，并一无所获的时候，我却在另一个方向上寻找到了突破口。

我的思路是这样的，既然卢永明拼命不让法医解剖她的尸体，那么问题肯定就出在尸体上，我推测赵雁的身体应该是出了什么问题。既然尸体不能触碰，大周的技术就大打了折扣，但这正是我大显身手的时候。

赵雁是我市医学院的教授，她对自己的身体变化应该十分清楚，所以，她在近期所吃的药物或接受过什么治疗，就成为我调查的重点。既然是卢永明想要隐藏的秘密，那么赵雁恐怕也不会在医院里留下什么痕迹，最有可能的是她通过职务便利，通过医学院的有利条件进行了某种治疗。赵雁在医学院的所作所为便是我的调查重点。

对于一个没有任何背景的人来说，调查实在不是一件容易的事。

不过还好，医学院附属医院的药剂科主任跟我很熟，我曾经在做记者的时候采访过他，这篇报道后来为他晋升起到了关键作用，所以他十分感谢我，并时常对我说如果要帮忙之类的客套话，现在我正好有求于他。

药剂科主任是个爽快人，面对这样投桃报李的时候，他还没问我到底要他帮什么忙就答应了。

“我想要赵雁赵教授这一年来所采购的药品清单。”我的眼神里带着一种兴奋。

“这……”药剂科主任凝起了眉，显然他低估了我的要求。

“你刚才说会帮忙的。”我抢白了一句。

药剂科主任咬了咬牙，说道：“好吧！我去调，但是你要替我保密，打死也不能说这些东西是我给你的！”

“你放心，我是从渣滓洞里出来的，革命意志绝对顽强！”我举起右手，做了个要发誓的姿势来。

随后，他打开了电脑，在一个系统的界面里输入了用户名和密码。电脑屏幕上显示出了检索对话框。经过检索后，一列标准的药物列表展现在了我俩面前。

“你看，这就是这两年赵雁所在的研究组购入的药品记录。”药剂主任左手指着列表，右手拨动着鼠标滑轮。

“您能看看，近一年多来，她采购的药品有什么不对劲的地方吗？”我对列表上种种稀奇古怪的药物名字直挠头。

“每年各学院的药物采购量很大，也说不上来有什么不对劲。”突然，药剂科主任停下了鼠标，然后快速上下翻页，似乎发现了什么。

“怎么了？”我有些疑惑。

“她进这种药干什么？还每个月都进！”药剂科主任把鼠标滑动得越来越快，“而且好像已经好几年了。是什么意思呢？”

…………

副大队长拍了拍我的肩膀，然后看了看大周："乙底酚！赵教授是神经外科的专家，她一直进这种药物干什么呢？只有一种解释，赵雁一直在服用乙底酚！大周，你应该知道这种药是干什么用的吧？"

大周表情呆滞，口中喃喃道："女性激素。"

6

"现在，所谓的变性手术只能把变性者的外观改变为男性或者是女性，但是不能把相应的生殖器也同时移植。接受变性手术的人，不能产生足够的变性后性别的激素，只能用药物替代疗法，赵姨是变性人，这就是您一直想要保守的秘密，对吗？"大周坐在卢永明对面，神情严峻。

卢永明面色铁青："没想到我深埋这么多年的秘密，现在还是被你挖出来了。"

"我会替您保密的！"大周郑重地说。

"保密？你可以替我保密，但是别人呢？在这个世界上，没有不透风的墙。人言可畏！她一直都想别人把她当作女人，即便是走了，也想做个女人离开。可是，这样的努力付诸东流了。"卢永明显然很沮丧。

"您为什么要和赵姨结婚，是结婚后才知道她的秘密的？"大周的表情里带有一丝愧疚，因为揭开这个谜团的同时，他有一种撕下别人疮疤的负罪感。

卢永明摇了摇头，说道："结婚前我就知道，那时她很漂亮，我也确实把她当作女孩去追，可是她疏远我，不！是疏远所有的男性。"说完，卢永明把放在床头柜前的一个镜框端了起来，镜框中放着一张黑白照片，显然年代久远，但是却可以一眼看出，照片里是卢永明和赵雁，那时的卢永明还很年轻，他咧着嘴傻笑着，而旁边的赵雁一脸木然，两个人的表情形成了鲜明的对比，像是根本不在一个世界中。

卢永明是医学院里最朴素的学生，他出生在中医世家，从小受到祖辈儒家教育的熏陶，不善言辞，出言谨慎，不上课时，他总是会在图书馆自己一个人看书。

当时的南大医学系是全国最好的医科专业之一，能到这里就读的学子，要么是全国的高考精英，要么是高官子弟，总之这里的大学生人才济济，英才辈出。

随着改革开放的深入，中国的大学生渐渐开放了起来，卢永明却是个异类，他似乎把自己封存在了一个自我的圈子中，对外界不予理睬，总是埋头干着自己的事情，直到有一天，他遇到了赵雁。

那是一堂公共课，由于是医科的必修课程，教室里早已坐满了人。卢永明坐在第一排，这是他的习惯，为的是听清楚老师说的每一个字，第一排还有几个座位空闲着，因为不是每一个学生都对老师抱有好感，他们大多愿意和教师保持一定的距离。

上课足有十五分钟，突然门被推开了，一个女生气喘吁吁地进来了。

老师似乎并没有埋怨这个迟到的女生，她低着头，快步走向了座位，当她发现后排已经没有座位时，就干脆坐在了第一排，卢永明的旁边。

这是卢永明第一次和一个女生如此近距离地接触。他心里总觉得在大学期间谈恋爱是一种违反自己底限的事，至于到底违反了哪条“清规戒律”，他自己也说不清楚。所以，他故意和女生们保持了一定的距离，当然，他的这种戒心在其他女生看来完全没有必要，因为没有女生会去喜欢这个沉默寡言、长相平庸的书呆子。

当她坐在卢永明的旁边时，他的心怦怦直跳，对于老师的关注度下降了一半，他先是闻到了她身上一股淡淡的幽香。那个年代香水绝对属于奢侈品，极难买到，即便买到，在一般的场合下也不敢喷，因为会被人们诟病。可是，在南大里却不同，一些高干子弟们率先掀起了香水风潮，也就是说香水在这所校园里被当作了一种特权阶层的象征。一闻到谁搽着香水，就会给人高人一等的感觉。

很显然，旁边这个女孩并非出自普通家庭，让卢永明没想到的是，先开口的竟然是赵雁。

“同学，能借我刚才的笔记看看吗？”赵雁的声音压到了最低。

卢永明点了点头，说道：“下课行吗？”

她冲他一笑，说道：“没问题！”

这是卢永明第一次仔细观察自己旁边的女孩，她真是个美人，笑起来简直和仙女一样。很快他恢复了心神，因为这好像和自己制定的目标不相符。

课后，卢永明主动把笔记交给了她，她没说什么，微笑着离开了。卢永明甚至都没有问一句她叫什么名字，一切都源于一种莫名的信任。

三天后，又是这门公共课！卢永明正坐在座位上东张西望，他在等那个女孩，不知道她还会不会来，他知道这个女孩的来历绝不简单，而这种公共课人数众多，可来可不来，所以，他也没抱多大的希望。只可惜那本笔记，他辛辛苦苦从第一节课记录到现在，想到这，卢永明摇了摇头。

“谢谢你！”卢永明的旁边突然冒出了那一股让他心旷神怡的香味来。

卢永明脸红了，从牙缝中钻出了三个字：“不客气！”

女生没有再说什么，干脆坐在了卢永明的身边，什么也没有说，认真听讲。

卢永明打开笔记，除了那一股香味外，他还发现了一张书签，上面写着一句话：“谢谢你的信任！”落款是“赵雁”。

原来她叫赵雁，卢永明嘴角泛起了笑容，又偷偷瞄了赵雁两眼。

“你们之后恋爱了？”大周像是明白了事件的大半经过，灰色的眼睛里终于恢复了颜色。

“谈不上是恋爱，最多算是暧昧吧。我们之后成为很好的朋友，无话不谈，而我也渐渐地爱上了她。但是她……对我好像只是朋友这么简单。”卢永明的眼中闪过了一阵柔情的光泽。

“您当时没有发现她的秘密吗？”大周很勉强地问道。

“既然是秘密，就没有这么容易被人发现，直到有一天……”卢永明又陷入了深深的回忆中。

“我喜欢你！但是我不知道你能不能接受我？”卢永明是个掷地有声的人，话一出口便代表他已经做好了一切准备。

“永明，我们不合适。”赵雁的脸上带着笑容。

“我…….我知道会是这个结果！我知道自己配不上你。”卢永明的脸上难掩失望之情。

“不是你想的那样，我其实有些事想告诉你。但是，我不知道，如果我把这些事都告诉你之后，咱们还能不能做朋友了。”赵雁粉嫩的脸上，出现了一丝为难。

“无论什么事，都无法阻止咱们俩的友谊。”说着，卢永明紧紧地握住了赵雁的手，深情地望着她。

赵雁的手和眼神都没有回避。

“之后呢？赵姨把她的秘密告诉你了？”大周急迫地问道。

“她把我带到了她家，那是一栋二楼小洋房，我永远也不会忘记那一天。”卢永明把手摊开，眉毛也渐渐舒展开来，看得出他正在搜寻大脑里一些美好的回忆。

小洋楼是古朴的欧式建筑，连里边的装修和灯具都带有古朴的欧式风格，虽然看起来已经有些年代久远，但是能看得出这屋子的主人曾经显赫非常。

在一楼的墙壁上，有一座壁炉。壁炉上摆放着几张黑白照片，照片上记载了一个家庭。家庭中父母都穿着军装，他们端坐在椅子上，而他们的膝下是一男一女两个小孩，他们灿烂的笑容，让人觉得他们是天使。

“这个是你父母吗？这个小女孩就是你吧？”卢永明指着照片傻笑着。

赵雁的脸上没有了笑容，她指了指照片说道：“永明，咱俩在一起这么长时间了，你不觉得我有什么不对劲吗？”

“没有！你指哪个方面？”卢永明以为赵雁在开玩笑。

“如果说你印象中的我和真实的我完全不一样呢？你会怎么想？”赵雁脸上的神秘表情换成了一股浓重的深沉。

“我不太明白你的话！”卢永明摇了摇头。

赵雁指了指照片里的男孩，说道：“其实这个男孩才是我！”

“她是在十八岁，也就是上大学的前一年才做的手术，为此还休学了一年。手术是在南大医学院秘密做的，当时这种手术在全国范围内还属于实验性质。”卢永明摇着头说道。

“难道她的父母不反对吗？”大周的话语里带着一股颤抖的声音，看得出这位在尸体面前毫无惧色的法医，却在真相面前大惊失色。

“至于她家人的事，她没有说太多，我也不知道她家人对这事到底是什么态度，我从来没有见过她的父母，甚至不知道她父母现在是否健在。对了，我只听她说过，她的妹妹，也就是照片里的那个女孩，如今在美国。”

“那张照片呢？”

“被偷走了！就在盗贼偷走的那个铁盒子里，那里面其实什么都没有，就是一些老照片罢了！”说着，卢永明的面庞突然抖动了一下。

7

我站在法医研究所的走廊里，大周和葛程四目相对，分别靠在一侧的墙上。

“卢叔叔说，他们是在大学毕业后，两情相悦而结合的！他说他们俩对这件事都考虑了很久，最后还是决定在一起。”大周说话第一次有些吞吞吐吐。

我立即打断了他的话：“我不信！”

“为什么不信？”大周说完，继续用眼神质问我。

“不信就是不信，没有什么为什么！”我承认，当时我的语气有些急促。

葛程站在一旁，说道：“我也觉得这件事没有这么简单。”

大周突然冲我俩怒吼道：“你们还想知道什么？这只不过是一段畸形的恋情罢了！饶了他们吧！这是个人隐私，任何人都有选择自己生活的权利。”

“几十年前可不像现在，一个男人做了变性手术，谁能为他改变自己的身份和户口？三十多年前，是谁为赵雁做了这次变性手术？赵雁的家人呢，他们的态度如何？这会儿他们又在哪？还有最让人担心的一点就是……”我第一次和大周争吵了起来。

“还有就是，卢永明似乎还有隐瞒。”葛程在一旁帮衬道。

大周的脑子里突然闪过了卢永明说过的一句话：“我这辈子心里面一共有两个秘密，烂在肚子里也不能说的秘密。”

第一个秘密是赵姨曾经是个男人，那卢叔叔所说的第二个秘密又是什么呢？这些稀奇古怪的想法在大周的脑子里乱撞，让他痛苦不已。作为法医，他从来没有介入过尸体以外的事件调查，这样的思考方式让他很不适应。

此时，只听到副大队长的叫喊声在走廊里回响了起来，未见其人，先闻其声："案子破了！霍飞找到了！" 声音传到我们耳膜中两三秒后，他才出现在我们面前。

"霍飞？"大周觉得这个名字很耳熟。

"就是那个强盗弟弟！"我提醒道。

"人抓到了？他承认杀人了吗？"大周心情很急迫。

副大队长摇了摇头，说道："人不是我们抓到的，是我们找到的。"

"找到的？"我们三人这才注意到他刚刚的用词，难道？

副大队长把几张照片放在了大周的面前，说道："尸体是在今早被发现的，全身的肉都被割成了一片一片的，发现尸体时，这家伙四肢和头都被人割了下来，身上被割得像鱼鳞一样。"

我凑过去看了看，却发现照片中的场景并非血肉模糊，不过死者的身上确实是伤痕累累，酷似鱼鳞一样，肉一片片被掀起。死者的头部和四肢摆放在了应有的位置上，但全都是单摆浮搁的。

"这就是传说中的凌迟！"葛程也扫了一眼照片。

"虽然小偷可恨，但把人弄成这样，也太过分了，不至于这么大的仇恨吧？"我接着葛程的话。

大周依旧一言不发，站在原地呆呆地看着照片。

"对了，丢失的那个盒子找到了吗？"我好奇地问道。

副大队长摇了摇头，说道："没有！这案子太离奇了，也太过于恶性了，所以直接由省刑警队负责了。"

大周喃喃道："也许第二个秘密就在那个铁盒子里，那些老照片肯定有问题。霍飞被杀肯定也和那个盒子有关系。"

葛程淡淡一笑，说道："大周，你想过没有，赵雁是在南大做的手术，你我的父母，赵雁和卢永明当时都在南大任教，这都是1996年前后的事！"

我突然汗毛倒竖："1996年，南大碎尸案？与南大碎尸案有关？那个铁盒不会是潘多拉魔盒吧？”

大周突然问道：“卢叔叔呢？他人呢？”

“很遗憾，他今天早晨被发现死在自己的卧室中，邻居发现的，床边有大量的安眠药，是自杀！”

大周表情平静，他可能早已意识到会是这个结果，卢永明用自己的生命保护着另外一个秘密。过了一会儿，他才开口说道：“副大队长，我有个请求。”

“请说，周法医。”

“能不能让我解剖霍飞的尸首？”大周帅气的外表下那颗赤子之心终于被点燃了，而且炽热无比。

“这是省厅直接管辖的案件，但是周法医你是全国的NO.1，这件事我去联系，应该没问题。”副大队长拍着胸脯，大包大揽地答应着。

第六章

忧伤之河

在助手的帮助下，大周穿戴整齐，站在放着霍飞尸体的解剖台面前，而我和葛程则站在了他的身后。副大队长和大周的两名助手站在尸体的另外一侧。

“作家，很久没来这里了，还记得要注意什么吗？”大周的问题，似乎不只是在问我，而是针对站在解剖室里的所有外行。

我大声地说道：“用嘴喘气，而不是鼻子！”

大周扬起头，冲着副大队长看了看。副大队长点了点头，意思是这里的规矩他懂。

我看着眼前的尸体，有一种说不上来的感觉。实事求是地说，我见过无数可怖的尸体，总体来说，我的身上像是已经打了“防恐惧的疫苗”，见到尸体也不会战栗，但是看完这具尸体，我的心头突然紧了起来，心脏加速了运动，久违的凉意窜上了我的脊背。

尸体共分为六个部分，头颅、四肢和躯干。按照应在的位置，它们被简单地拼在了一起，整体上说，尸体让人联想到的是一条死鱼。

尸体头部的嘴巴噘着，眼睛突出。他的胸部和肋下，无一块完整的皮肉，被人切成了一片片的肉片，虽然底部还连接在尸身上，但是上面的皮肉却已经有些腐烂，这些肉片叠在尸身上就像鱼的鳞片一样。他的面部和双手、双脚也被人切成了一般模样。整具尸体看上去像是缺氧翻白的鲤鱼一样。

大周走上前去，他的眼神也有些迷茫，恐怕这是他见过的最坏的情况之一。但他还是把手放在了尸体上，然后开始仔细观察尸体的每一个细节。突然，大周的神情变得诡异了起来，朝着葛程的方向看来，嘴中喃喃道：“是黑弥撒干的！不会有错！可是，他怎么会……”

黑弥撒？这是我们在场的人都不曾听过的名字！

而葛程的眼神里充满了一种坚定，她似乎是这间屋子里唯一洞悉大周口中所说的“黑弥撒”到底是什么的人。

1

“王都铜业股份公司？是不是善阳县治下的那个王都？”副大队长把一份杂志放在了我的面前。

“你问这个干吗？”我有些不耐烦，副大队长总是没事就跑来烦我和大周，但是这份杂志上最近刊登了我的一篇调查文章，他的不请自来，恐怕和这篇文章有关。

“这篇文章是你写的，对不对？”副大队长的脸上显然带着一种对朋友的关心之情。

“没错啊，我怎么说也算是个挂名记者。”

“作家，你还不知道吧？你这篇文章可是捅了马蜂窝了。”

“捅马蜂窝？报道事实总没有错误吧！”

“事实，哪里来的事实，你调查的东西有证据吗？”

“被污染的河水全长400公里，大港村就在这条被污染的河下，你知道吗？大港村的乡亲们，有四十多人罹患癌症，都是这个王都铜业非法排污才搞出来的，我还不该去报道一下吗？”我的脾气也很大，一时压不住便冲着他喊了起来。

“河的上游有十几家企业，你怎么知道就是王都搞的？还有，现在王都铜业已经报警了，因为很多农民看到这篇报道后，去堵了人家的大门。现在王都已经做好了起诉你和刊登这篇文章的杂志社的准备。”副大队长的眼睛突出，看得出上方可能已经给了他一定的压力。

“哎，你还来劲了，你知道吗，为了调查这件事，我和大周，还有刘律师的命差点搭进去。这事我们报警后，怎么没见你这么上心。”我丝毫不示弱，继续冲着副大队长喊道。

大周把手放在了我的肩膀上，和缓地说道：“冷静！放心吧！作家，这件事我会给你提供决定性的证据，就算到了法庭上，咱们也能让他们知道是非曲直。”

副大队长的脸上露出了疑惑的表情来，问道："你们遇险了？"

我看得出副大队长好像对我们三日前的经历毫不知情，才稍微消了气，说道："就在三天前，我和大周，还有刘律师去了一趟善阳县，结果我们差点被卡车撞死。"

副大队长闻听此言，顿时目瞪口呆。

2

事件源于三天前（2011年7月18日），一个不速之客突然拜访了我家，并求我带她去见大周一面。

"侵权案，又是公益诉讼，而且这个王都铜业又是善阳县的支柱企业，你的公益律师团队想扳倒他，勇气可嘉。"我坐在沙发上，把玩着她递过来的名片，这是一个算不上靓丽的女孩，但是她婴儿肥的娃娃脸给人一种亲近的感觉。

刘佳对我笑了笑，说道："听说作家老师你也是学法律的？"

"作家是个名头，老师这个头衔应该给那些德高望重的人，我可实在是不敢当。不过，你这个忙我倒是愿意帮，只是不知道要怎么帮？"

"王都铜业自称从投产以来，它的污水综合排放始终符合国家相关的标准，所有的采矿、冶炼、铜加工企业都具备污水处理系统。这些系统从项目立项、工程设计到完工验收各个阶段，一直接受政府环保部门的指导和监督……但其实……"刘佳把一份报纸摆在了我的面前。

我看都没看也知道上面写的是什么："但其实，他们一直受到了地方保护主义的庇护。"

"你也知道，律师现在取证难！"刘佳说这话时有点腼腆。

"所以，你想雇我当私家侦探啰？"我笑了笑。

刘佳噘着嘴，说道：“这是公益诉讼，我没有报酬给你。”

“如果我是个贪财的人，你也不会来找我吧。”受到了人家的肯定，我多少有些沾沾自喜。

“我来找你还有一个原因。”

“还有原因，难不成是我长得土气，容易和农民打成一片？方便你们调查取证？”我对自己的长相向来没有什么自信，总是自己调侃一下自己。

刘佳掩嘴笑，赶紧摆手。

“我说嘛，就算再不济，也总比王宝强好看。”

“听说你和周法医是好朋友。”刘佳有些不好意思，她终于把话头绕到了焦点之上。

我把双臂抱在了胸口上，说道：“我说呢，一个小小的作家怎么说也不会有这么大的吸引力，看来是醉翁之意不在酒。”

刘佳俏皮的小脸上有些挂不住我的嘲讽，她说道：“作家先生，你的能力我们了解，但是周法医也是我们团队不可或缺的人才。你不知道这场诉讼有多难，我们把水样拿到各种检测部门去检验，但是他们口径统一，不对外进行检测，没有办法，我们只能依靠你笔下的那个神奇的法医，只有他才能还大港村百姓一个公道。”

我摆了摆手，说道：“你别急，我没有这么小气啦。不过……”

“不过什么？”刘佳有些吃惊地看着我。

“大周那个人脾气古怪，我也不知道他会不会答应。”我有点为难地看了看里屋。

“这又不是什么见不得人的勾当，相反是一件为百姓讨回公道的大好事，我怎么不会答应？”大周突然从里屋走了出来。

我摇了摇头，大周来我这本来是谈谈关于“黑弥撒”的一些问题，当听说我将有客人时，不太愿意见陌生人的他便躲在了我的卧室里，随便在我的书架上挑了一本书看起来。他这样一下子蹦了出来，足见其外冷内热的性格。

“还没介绍呢，这位就是你想见的大周。他既然答应了，我也就自当尽力了。”

刘佳伸过右手，说道：“有两位相助，我想乡亲们的冤情就能化解了。”

3

我开着车，大周坐在副驾驶位上，刘佳坐在后边，旁边坐着她的律师助理小吴。

“现在去哪儿？”我率先问道。

刘佳似乎早有准备，说道：“先让你们看一下那些生病的村民。作家，我想问问你为什么会这么爽快答应我的要求。”

“我正在为一本杂志撰写法治社会专栏，正想写写这方面的稿子。不过你问这话是醉翁之意不在酒，估计你是想问问大周这家伙为什么会如此轻易答应你的要求吧？”

刘佳腼腆地点了点头。

我努了努嘴，指了指旁边的大周，说道：“这家伙，谁也不知道他脑子里想的是什么，有时他冷酷无情，有时他又像个落寞的侠客。”

大周一路上未曾发言，表情依旧冷峻，他看了看我，然后继续看窗外的景色。

我一边开着车一边问道：“你这个公益律师团队一共有多少人？”

“原来有二十多个，现在只剩下七个了。前不久，有几家律师事务所的律师来过。一开始都很热情，回到市里后，就没了声音，估计是碰到什么阻力。”刘佳看上去有点惆怅，看得出她一定受到了一些威胁或阻力。

车子顺着并不平坦的土坡，开进了一个村庄。

大港村的村长叫王本新，是个五十多岁的男人。村支部书记叫甘凤强，却只有30岁，很斯文，应该是大学生村官留在这里的。大港村的村民在刘佳、大周、小吴和我的周围坐着或站着。

甘凤强指了指炕上一个正在咳嗽的虚弱女人说道：“这5年里，秋兰是咱村第43个得癌症的。她老公是去年没的，也是肺癌。”

甘秋兰有气无力地说道：“我儿子老是拉肚子，恶心。村里像他这样的孩子，还有十来个。我死不要紧，求你们救救我的孩子。”

这句话说得我心里不是滋味，而刘佳和小吴的眼泪已经在眼眶里打转了。

我对甘凤强说道：“甘书记，你们没向政府部门投诉？”

甘凤强叹了口气，好似喷出一团火：“投诉几十次了，有个屁用！”

我有些惊讶：“几十次？你们什么时候发现问题的？”

村长王本新接过了话头：“王都铜业建厂有十来年了。最初几年农田种什么，败什么。起先大伙儿还寻思，是不是化肥、杀虫药整出的事。后来连果树林也蔫了，该结果的时候没几个果。再后来，发现连着阳河的水泵老被泥渣堵，池塘接二连三地冒死鱼死草，大伙不敢用那里的水煮饭洗澡，就在村里打井。可没多久，井水也不干净了。”

大周站在一旁一言不发，脸色严峻。我的脑海里浮现出了大港村的惨相：村民们带着孩子看病，孩子呕吐在大夫的白大褂上；村民光膀子给大夫看背上发红溃烂的皮肤；甘秋兰匍匐在她刚死去的丈夫身上痛哭……

王本新继续说道：“咱们村过去也有得癌症死的，我父亲那一辈有过这么几个。可最近这几年，每年有五六个。还有一些得了怪病，怎么说来着？强子？你是大学生，你记得住，那个啥子病名。”

甘凤强缓缓说道：“神经系统疾病，内分泌系统疾病。”

我疑惑地问道："医生说这些病都和环境污染有关？"

此时，大周终于开了口："如果长期摄入重金属元素，的确有可能得这种病。"

甘凤强点了点头："大夫也是这么说的。"

刘佳接着甘凤强的话说道："这都是他们自己花钱，到上海、北京的医院看的，咱们这儿的医生，没人敢吱声。"

我怒不可遏，大声喊道："政府的环保部门呢？他们怎么说？"

甘凤强摇了摇头："乡里、市里负责信访接待的，都是一个调，什么环保监测，没发现冶炼厂排污超标。问他们为什么冶炼厂到这儿之前，村里没这么多人生病，一个个支支吾吾的，就是不给个痛快话。"

我对甘凤强说道："支书，你们没向他们要过环保监测数据？"

甘凤强嘴里"切"了一声，说道："先前有个律师去要过，市环保局回话说，那是机关档案，保密，给不了。这事就不了了之了。"

我勃然大怒，大骂道："混账！什么时候环保信息也变成保密文件了？国务院有《政府信息公开条例》，我就不信他们比国务院还大？真有本事，怎么不说气象消息也是国家机密？"

众人皆不言，屋中的气氛更加悲愤了。

4

刘佳着急地拨弄手机："这里信号太差了，刚才拨了两个电话，我什么都没听见。"

我一边开车一边说道："我们走的是绕山道，过一会儿兴许能好。"

小吴掏出了自己的手机，说道："我来试试……看来也不行！"

我打了一下方向盘，车已经从山路渐渐驶入平原公路上。我发现车后紧跟着一辆牌照怪异的卡车。之所以说它牌照怪异，是因为它的牌照并非是黄色牌照，而是绿色牌照，据我所知中国并没有绿色牌照的车。

而事实也证明了我的怀疑，这辆车突然加速，猛地向我的“车屁股”撞了过来。车辆的尾部遭受了巨大的冲击，我和大周坐在前排，受的影响还不大，后排的刘佳和小吴已经被巨大的冲击力撞得尖叫了起来。

小吴比刘佳还要清醒些：“这个车要干吗？”

我大声埋怨道：“还看不出来？它是故意撞我们的。”

刘佳这时也缓过神来，急忙喊道：“刹车，刹车……”

我驾车多年，经验丰富，将方向盘猛往右打，试图摆脱卡车的纠缠，但是没想到卡车从左侧超车，突然向我们的左翼撞去。

一串刺耳的嘈杂声和女生们的惊恐叫声混杂在一起，我的车被大卡车撞入了路边的防水沟中，差点儿被撞翻。

大周是海归，他有个很好的习惯，就是每次坐车都要系安全带。而我则每次都被他叮咛，已经形成了习惯，也系上安全带，这才使我们俩没有受到太大的伤害。

当我看到后排的两人时，却突然觉得自己的乐观太过苍白了。小吴还好，只是受了轻伤，刘佳的额头却是流血不止。

“刘姐，你怎么了？你醒醒啊！”小吴使劲摇晃着刘佳，但是刘佳早已没有了意识。

“别摇晃她！”沉默的大周突然爆发出了一阵吼叫声，“伤到头部的伤者头不要乱动。有伤口时应清创、压迫止血、包扎伤口。头部轻微的伤害也易出血，因此采取直接压迫止血法要注意观察病人病情，对失去意识的病人要注意患者的受伤部位，对意识状态、面容表情、出血量的多少，做出正确的判断。”

大周的话像是在背书一样，他迅速脱下外套，将外套死死按在刘佳的伤口上，然后大声喊道：“刘律师！刘律师！”

刘佳紧闭着双眼，丝毫没有反应。

大周冲着我喊道：“作家，手机有信号了吗？”

我慌忙看了眼手机，道：“有了！”

“刘律师休克了，赶快打120，要他们派救护车过来，要快！”说完，大周将手继续按压在刘佳的额头上。

5

我和大周、副大队长站在ICU（重症加强护理病房）前透过玻璃窗看进去，刘佳还是没有苏醒，额头贴了创可贴的小吴坐在一旁默默掉泪。

“你怀疑是王都的人干的？”副大队长突然发问。

“除了他们，我最近没结什么仇家。”我对这个问题有些不屑一顾。

“现在没有直接证据表明是王都的人指使的。”副大队长一边摇头，一边同情着里边的伤者。

“不能查出谁是凶手，是你们警察的无能。”我用食指点了点副大队长的头。

“你……你！”副大队长审问犯人惯了，都是对犯人吆五喝六的，却没想到他自己屡屡成为我训斥的对象，他碍于诸多情面，一直没和我翻脸。

我也觉得自己有点过分，干脆转换了话题，说道：“这次这帮家伙没有真的想杀人，不过是想警告我们一下。”

副大队长问道：“为什么这么说？”

“很简单！如果想谋害我们，在两公里的山路上下手岂不是更合适，而且那里手机连信号都没有，想求救都没希望。干吗等我们到了平原公路上才下手？”我依旧对自己的推理很有信心。

副大队长显然也很支持我的想法，说道："但是，你们没有证据啊！而且你的那篇文章很可能会给你带来麻烦。"

"我跟他们玩到底！"我目不斜视，直勾勾地盯着还躺在病床上的刘佳。

"对了，周法医，你说刘律师会有危险吗？"副大队长见我的样子，再聊下去简直变成了我的出气筒，干脆转移了话题。

"她脑子里有血块，手术后已经取出了，但是现在人还没有苏醒，不知道会不会有后遗症。"大周的表情依旧是冷漠的，似乎里边躺着的病人跟他毫无关系。

"这件事我一定会尽快调查的。"

"现在案件的性质已经变成了重度伤害，如果刘律师不幸去世，这件案子就变成了彻头彻尾的杀人案件。"大周的话像是在点明这起案件的重要性。

"这个我知道，但是除了查案，我还能做点什么？"副大队长一直是站在我们这边的。

"这件事我市的律师协会已经开始插手了，市司法局也过问了此事，这个王都惹怒的不是一个律师，不是一个律师事务所，而是我市的整个法律界。"我望着刘佳，心里的怒火熊熊燃起。

"他还惹怒了一个法医！听说市律协已经组成了一个庞大的律师团，准备替那些村民打官司，我到时也准备出庭作证。"大周说出了这一天中最有分量的一句话。

6

我和大周见了律师界的翘楚温和平，因为温和平是焦作人，所以他常常把会见当事人或证人的地方放在河南会馆，以示乡愁难忘。

我和大周落座后，温和平向我介绍了他旁边的两个人，一位是刘佳所在律师所的所长肖权，另外一位是我们早已认识的刘佳的助理小吴。

没有太多的寒暄，温和平直奔主题：“周法医，这么说，重金属污染，不仅涉及河流，就连地下水和周边的土壤都已经……”

大周显得很镇定：“王都铜业的矿山和铜材深加工业，都存在污染问题。我这几天将大港村周围的土质、水质都进行了检查。虽然并非官方行为，但是我对我的专业判断有信心。”

肖权紧跟着说道：“可是，这几天王都铜业已多次宣称他们的排污符合国家标准。这么大一家上市企业敢这么说，一定是拿到了什么资料。”

温和平“哼”了一声：“我们已经对环保局发出律师函，要求立即提供环保监测数据，估计他们不敢不回应。但就像肖律师说的，如果没有环保局方面的数据支持，王都铜业不会如此高调否定。”

大周从包里拿出一本绿色封皮的笔记本，说道：“你们看一下这里的数据。这是我这几天做的检测结果。测试地点有四十多个，足以说明问题。”

温和平显得有些疑惑，说道：“周法医，在您的报告中，显示河里的重金属指标全部严重超标。可是，我们这里也有一份环保局公布的监测数据，环保局的数据却大多符合排污标准。”

我和大周交换了一下眼神，大周耸了耸肩膀，说道：“我只对我所出具的数据负责。”他摆出一副“事不关己高高挂起”的神态来，但是看得出他的眼里蹦着火星。

“或许是这两天才排的污水？”肖权显然是个急脾气。

大周摇了摇头，说道：“如果只是河水还好说，但是大港村周边土壤也遭到了重大污染，这就不是一件短时间的事了。”

肖权动了动眉毛，说道：“王都有非常完备的污水处理系统，经过防污工艺处理的水符合国家标准。这件事王都铜业已经通过媒体披露了，恐怕不会有假，但是我不明白既然有了这样的污水处理系统，为什么他们还要排污呢？因为污水处理成本太高？”

我接过了肖权的话头，继续说道：“王都铜业对外宣布他们采用的是德国进口的排污系统，年排污10万吨污水。但根据我的调查，根据王都每年的铜产量来分析，他们每年至少要产出30万吨的污水。也就是说，有20万吨的污水被倒进了河中。”

温和平恍然大悟：“王都铜业这两年发展得太快，已有的污水处理能力跟不上工厂现在的生产规模。在硬性生产指标压力下，工厂的领导，甚至可能是基层单位的管理人，才决定不顾后果，铤而走险。”

肖权拍了拍自己的脑袋，道：“有道理。王都铜业管理高层没必要冒这么大的政治风险。但是在泼出去的水没法收回来的时候……所以，他们就不得不想方设法掩盖后果。”

我跟着点了点头：“估计是这么回事。”

温和平又看了看大周：“周法医，我们相信你的判断，但现在你的手上只有一本你自己出具的检验报告，这恐怕还不能成为决定性的证据。”

“你们放心，到时我会亲自上庭，以证人的身份出庭。”大周面容平静，但是语气却铿锵有力。

7

不少市民和记者挤在已经关闭的法院金属栏杆大门前，几位法院门卫站在大门后。

法院门前的法警大声喊道：“法庭已经坐满了，你们别挤了。”

刘法官，52岁的审判长，和另两位法官坐在审判席上。

原告席上坐着温和平和肖权。

而被告席上坐着的律师也十分显眼，他五十多岁的年纪，一看就是那种饱经世故的角色，他额头上的每一条皱纹似乎都凸显着他不平凡的经历。

旁听席挤满了人，很多记者都是站在后排聆听这场审判的。

温和平凑近肖权："王都请来的律师不像这里的人，不过看着眼熟啊。"

肖权哼了一下："老温，他就是'京城大状'乔安民啊！我几年前跟他打过一次交道，是个狠角色！"

甘秋兰眼圈发黑，眼窝深陷，她孤零零地坐在证人席上，好似她才是被告，等待着审判。

刘法官咳嗽了一声，大声说道："现在开庭！本院依照《民事诉讼法》受理了原告的诉讼请求，本院由刘长胜、王梓和云贺三个人组成了合议庭。请问双方有没有人请求回避？"

温和平和乔安民都摇了摇头。

我和大周此时正坐在法庭外的长椅上，等待着法庭的召唤。

"作家，你说你人生中最辉煌的时刻是什么时候？"大周轻轻地叹了口气，看得出来，他在近两年间经历了很多，人虽然深沉，却变得越发成熟，而且越来越善于思考和反思自己的人生了。

"要我说吗？那就是我和你一起破了一起又一起案件的时候。"我笑得很坦然。

"要我说，现在就是咱们最辉煌的时刻了，我第一次不是为了工作而进行鉴定，这次我是为了别人，或者说是为了正义。"大周也冲着我傻笑了几声。

甘秋兰坐在证人席上。

肖权首先发问："医生诊断说你的肺癌已经到了什么阶段？"

甘秋兰平静地说道："医生说是晚期了。"

乔安民突然打断了问话："反对！审判长，这不是一个医疗事故案子，证人的病情程度与本案没有关联。"

刘法官也有些为难："原告代理人，请换一个问题。"

肖权点了点头，继续说道："你在看病的时候，有没有问过你的病因？"

甘秋兰脸上依旧很平静："我问了，医生说长期饮用含重金属的水，就会生癌。"

肖权突然走近了甘秋兰："请问大港村已经发生了多少例癌症？"

甘秋兰没有丝毫地迟疑，脱口而出："43个。"

肖权故意拉长了声音："其中包括你已经病逝的丈夫？"

甘秋兰点了点头："是的。"

肖权又问道："就你所知，你丈夫的父母，和你的娘家的父母，有没有人得过癌症？"

甘秋兰心领神会，答道："你是问遗传？医生也问过，没有。"

肖权很满意甘秋兰的回答："审判长，我暂时问完了。"

刘法官把脸扭向了乔安民："被告代理人，请你询问证人。"

乔安民不动声色，他的发言显得松弛自然："首先，甘女士，你得了癌症，我深表同情。你刚才说医生告诉你，长期饮用含重金属的水会得癌症？"

甘秋兰依旧面无表情："医生就是这么说的。"

乔安民故意点了点头："是医生跟你说的！那么医生是主动告诉你的吗？他百分之百确定你的肺癌，是饮用重金属水而导致？还是在你问了这样的问题后，他才这么说的？"

甘秋兰终于开始关注发问的律师，很显然，她的律师教过她怎么应对这个问题："我问过他。"

乔安民感到眼前的这个农村妇女似乎并不好对付，她话不多，却避过了自己的话锋，所以他赶快转变了询问的方向："甘女士，你和你去世的丈夫做的是什么工作？”

甘秋兰恢复了平静：“我们是农民，种庄稼和果树。”

乔安民淡淡一笑：“你种田养树的时候，使用化肥和农药吗?”

温和平和肖权对视一眼。

甘秋兰毫不犹豫地回答：“用。”

乔安民呵呵一笑：“你知道化肥和农药，含有可能致癌的化学成分吗？”

温和平站了起来，突然喊道：“审判长，这位证人不是专家证人。这样的问题证人无法回答。”

刘法官摇了摇头：“就问她知不知道，没问她科学道理，可以问。”

温和平尴尬地坐了下来。

甘秋兰犹豫了一下，但还是说道：“我听说过，可我们的化肥农药，都是村干部帮着统一去买的。”

乔安民再次冷笑：“你是说，村里统一买的东西不会出错？审判长，我这里有一份清单，详细记录了大港村购买化肥农药的品牌和供应商。我们请求法庭指定第三方专业机构对这些品牌的化肥农药进行司法鉴定，以确定是否包含任何可能致癌的物质。”

温和平和肖权面色严峻。

8

轮到我出庭作证了，我是法律专业毕业，虽然没有通过司法考试，但是辩护律师的那一套说辞，我再熟悉不过了。

乔安民冷峻地问道：“请问证人的职业。”

“自由记者兼自由撰稿人。”我对乔安民没有什么好感。

“您的证词中说，怀疑是王都铜业公司，也就是我的当事人派人撞翻了你的汽车，一名叫刘佳的律师到现在还处于昏迷状态。是这样吗？”乔安民用不屑一顾的语气针对着我这份证词。

我点了点头，道：“没错！是这样的！”

“那请问你的理由是什么？”

“警方已经认定，这起车祸系有人故意所为，而正赶上我们去大港村调查的路上下手，谁会对我们有这么大的仇恨？”我说话时，把一腔怒气都喷在了乔安民的身上。

乔安民并不着急，从自己的桌子上拿起了两本书，“作家先生，请你不要着急！我这里有一本你这两年时间里报道过的各类案件的汇总，这里还有一本你写的《问骨》，里边记载了案件无数，为无数人洗冤！但是反之，也会和无数人结仇。那你怎么就这么确定撞翻你汽车的人，就是王都铜业派来的呢？”

“我…….你…….”对于这样的追问，我并没有太多的准备。

还没等我说话，乔安民就转过头对刘法官说道：“更何况，你的车祸属于刑事案！我们今天的庭审明显是一场民事诉讼，我们要证明的是王都铜业和村民们罹患癌症是否有关系。所以，我方认为证人证言不能采信。”

“你！”我指着乔安民，却半天也说不出话来。

大周稳稳地站在证人席上，面无表情。

肖权率先提问：“依据您的专业知识，金属冶炼企业，本案中就是王都铜业，会造成哪些种类的污染？”

大周的语速丝毫没有变化，就像背书一样的语气，让人顿感敬畏：“首先是大气污染，冶炼过程中产生的废气，主要有含尘废气、炉窑烟气、硫酸雾等。其次是水污染，铜冶炼过程中产生的废水，主要来源于二氧化硫烟气净化排出的废酸，它含有重金属离子有毒物质，对环境的污染最严重。其他还有各种排污水，锅炉化学水处理车间排出的酸碱废水……”

乔安民突然发难：“审判长，我们知道周法医的专业知识非常渊博，但法庭终究不是教室，我们不可能……”

刘法官点了点头，把头转向了大周：“专家证人不要讲得太远，我们开庭时间有限……还是请您针对法庭上的争议焦点进行陈述，也就是说那些村民的癌症到底和王都铜业有没有关系？”

大周冷笑了一声，道：“法官，虽然法医专业是医学的重要分支，但是你知道法医专业的学位是什么吗？”

刘法官很纳闷大周为什么要反问法官，还没等他反应，大周就继续说道：“是法学学位！我记得法律规定，在污染环境的诉讼中，污染行为与被污染的后果有没有因果关系，是污染人要承担的举证责任。我现在说的是冶炼厂在生产过程中一定会产生的废气污水种类。我讲完，他们再一项一项做针对性举证。”

刘法官和乔安民顿时语塞，不愧是全国知名的法医，这使得王都派来的听审人员脸上顿感紧张。

温和平冲着大周举起了大拇指。

大周显然对高高在上的法官毫无畏惧感，他继续发难，把矛头对准了审判席：“时间有限？有限到什么程度？连人类赖以生存的喝水、呼吸空气，都能被有限掉？被告律师，你喝的是桌上的瓶装水，你去大港村住上几个月，就喝村民们喝的水，你敢吗？”

乔安民脸上一红：“审判长……”

大周用藐视的眼光扫了他一眼：“别审判长了，审判长也不敢喝。我们现在就像日本的60年代，不顾环境污染而拼命扩大生产。他们的‘四大公害’事件， 有三个和饮用含重金属的水有关。现在的中国呢？只有不到11%的人能喝上符合标准的水。最近公益人士制作的‘中国癌症村地图’上，200多个癌症高发村，哪个不是工业废气污水造的孽？”

温和平觉得乘胜追击的时候到了，直接问道：“周法医，那你怎么证明王都铜业和大港村民的癌症病情的因果关系呢？”

大周用凌厉的双目盯着审判席：“第一，王都建厂于5年前，那时大港村农林牧人一切正常，但工厂投产后，先是庄稼树木，接着是鱼虾牲畜，最后是村民，生物链上一个接一个的出事。 第二，我把环保局记录的工厂污染处理设备能力和王都铜业向股民披露的销售数据做过比较，结果呢？我发现：如果他们严格按照污染处理工艺流程来做，工厂只能生产销售数据一半的产品。”

温和平知道下面这句话的重要性，故意加重了语音：“你的意思是？”

大周把拳头狠狠地砸在证人席的案桌上：“王都铜业肯定有大量偷排污染物的情节。”

旁听席上的村民顿时议论纷纷，王都铜业高管神情不安起来。

刘法官使劲敲着法槌：“旁听席保持安静。被告律师，你还有什么想问的？”

乔安民迟疑了半天，才问道：“周法医，在你之前，原告之一在你坐的证人席上承认，大港村村民在他们农作过程中，长期使用化肥和农药。按照你的专业判断，被化肥和农药污染后的土壤、水源，是否也有可能导致各种人类疾病，包括癌症？”

大周犹豫片刻，但还是说道：“要说可能，当然是有可能，人吃五谷杂粮都有可能得癌症…….”

乔安民突然转过头，不再接大周的话了：“审判长，请法庭允许我播放一段电子视频。”

刘法官点头同意。

经过几分钟的准备后，法庭电子屏幕上显现几个巨大的工业垃圾焚烧炉，堆放不少固体工业垃圾的堆放场。

乔安民一边播放着视频，一边说道：“这是一家专门从事工业垃圾焚烧处理的公司，它的位置也靠近这条被污染的河流，就在我当事人上游80多公里处。”

温和平对肖权耳语着……

乔安民离开座位，将资料分发给法官、温和平、肖权和大周，说道："我这里有刚刚收集到的最近5年的水文、气象资料，审判长，过去5年中，这一区域经历了几十次中雨、大雨和暴雨。我对周法医的问题是刚才屏幕上那些堆放的工业垃圾，在被雨水冲打浸泡后，其中重金属物质是否有可能被雨水带入阳河，顺流而下，进入大港村附近的水域，是不是可能导致地下水的严重污染？"

大周翻看着刚到手的资料，面色凝重。

刘法官开口言道："请证人回答问题。"

大周合上了资料："理论上还是有这种可能。"

乔安民表情轻松："周法医刚才提到我的客户要承担因果关系举证责任。这就是我的举证。问我是不是敢喝大港村的水？我不敢，因为肯定被污染了，怎么污染的？化肥、农药、上游的固体工业垃圾，甚至我客户的排污，都是可能的原因。但是，如何证明大港村村民是由于单单饮用了我客户污染的水，而不是由于喝过其他污染源污染的水，才最终患上癌症的？这是我想听候原告律师指教的。"

9

"调解？我们费了这么大力气，医院里我的同事还躺在那里，生死未卜，我们都是为了谁啊？你们现在要调解。"肖权的脸上泛起了怒容。

大港村村长王本新脸有愁容，他是这个村庄的"长老"，他的一举一动都牵动着这个村庄的每一根神经。

"这是村民的意见，还是您个人的意见？"

王本新有些犹豫，吞吞吐吐地说道："这是村委会的意见。"

温和平怒道："村委会？还不是你一个人说了算！在这节骨眼上你放水，你对得起这一村老小吗？"

"别的我不管，人家给的条件够宽厚。这对我们乡下人来说，就足够了。"

温和平知道王本新心意已决，无奈地问道："人家给了你什么条件？你要带着全村人签这种屈辱条约？"

"凡是有癌症患者的人家，每家都可以有一个人去王都铜业上班，三年聘用合同。"

"赔偿款呢？"

"患癌症的人家，每家两万元。"

"那没得癌症的人家呢？"

"没有！"

"没有？"温和平的胸差点没被气炸了。

此时，大港村书记甘凤强闯了进来，身后跟着甘秋兰和众多村里的年轻人，当然我和大周也随着他们走进了院落。

"老王，你跟他们签协议了？"甘凤强冲着王本新吼道。

"哪有？我只是和王都铜业私下接触了一下，他们同意给咱们赔偿。"王本新显得特别委屈。

大周走到了所有村民跟前，我真的没有想到一向稳重的大周会在这个时候站在风口浪尖上。

"这样吧，甘书记，请你统计一下，看有多少人愿意和王村长去和王都调解，多少人还是想委托我们起诉。如果没人愿意诉讼，我们明天就回去了。如果有人愿意起诉，哪怕只有一个，我们也会全力以赴。大家知道吗？站在你们面前的不只是律师，而是一个由法医、记者和律师组成的团队。"

甘凤强拍桌而立，说道："官司我要打到底。要是有人情愿给害死他家人的工厂去打工，那就别在这个村子里混了，我丢不起这个人。"

听到这里，院子里的村民已经群情激奋，很多年轻人举起右臂振臂高呼！

10

庭审在休庭一周后，继续开庭。

一个人坐在证人席上。

乔安民率先站起来提问：“连总，贡新环境监测评估公司，有国家相关资质吗？”

坐在证人席上的正是贡新环境监测评估公司总经理连安顺，似乎也是个见惯大世面的人物，面对法庭，他有种泰山压顶而色不变的气势，“我们的执业许可，是国家环保总局的资质管理部批准的。”

乔安民点了点头，继续发问：“王都投资建设时，是由你们公司出具的环评报告？”

连安顺有些诧异，说道：“当然了，报告我带来了，谁要有兴趣，可以随便看。”

乔安民就坡下驴，继续以报告为重心发问：“在出具报告的时候，王都的污染处理系统是否符合当时的国家标准？”

连安顺用肯定的语气说道：“完全符合。和我们评估的其他单位相比较，王都的污染处理设备是最到位的。”

乔安民一笑，说道：“但是，连总，实事求是地说，你们当时的评估判断并不能保证工厂以后营运时不出一点问题。比如，你们配合环保局监测工厂排放烟气，结果还是发现了一些问题。”

连安顺很坦然地说道：“那是工厂的排气处理设备出了临时性的故障。他们马上买了新型号的设备。这以后再没发生超标排气。”

乔安民的脸上带上了轻松的笑容：“有没有任何办法可以彻底杜绝任何设备故障？”

连安顺一边摇头，一边叹道：“那是神仙也做不到的事。”

乔安民坐回到了位子上：“我问完了。”

肖权此时站了起来：“连总，我想问你，其实你们要干的工作，应该是环保局的职责，为什么由你们去干呢？”

连安顺说得心安理得：“环保局人手和仪器临时不够用的时候，会叫我们帮忙。”

肖权一愣，做出了困惑的表情：“据我所知，除了少数24小时监测数据外，环保局有一个固定的监测计划时间表。既然是固定时间监测，为什么还会‘人手和仪器临时不够用’呢？”

连安顺耸了耸肩，似乎这件事和他无关，说道：“这我就不知道了。”

肖权突然发难：“难道是由于你和环保局关系好，他们特意给你些生意？”

连安顺突感不安，眉毛跳动了一下：“绝对不是。环保局也有不按监测时间表，进行多处突检的时候，那种情况下，我们就会被叫去帮忙做正常监测的那一块。”

肖权把脸面向了法官：“这么说，除了向我们提供的正常监测数据之外，环保局还有一套突检的记录？”

连安顺这才意识到被肖权给绕了进去，支支吾吾地回答：“我……我不知道这个情况。”

肖权不再追问，而是回到了自己的座位上，说道：“审判长，我问完了。”

对于刚才的询问，旁听席上议论纷纷，王都铜业的高管有些坐立不安。

刘法官连续敲打法槌，周边几个法警也在要求旁听席安静下来，但是似乎旁听席上已经群情激奋，特别是那些年轻的大港村村民们，当然我也没少在这群人里“兴风作浪”。

刘法官只能再次敲响了法槌，说道：“现在休庭半小时，两边的律师，请你们跟我来。”

11

我有些不解，问道：“法官找肖律师去干什么？”

温和平沉默了片刻，说道：“一般法庭遇到情况，法官不好裁判时，会找两边的当事人商量调解事宜。”

坐在一旁的大周突然说道：“对方的战术是罗列其他的污染源，使得我们没法指控王都铜业是大港村水源的唯一污染源。”

温和平有些犹豫：“没有办法锁定因果关系的唯一污染源，是环境污染案的最大难点。”

大周有些冷漠地说道：“所以，你们也有心打退堂鼓了！”

温和平长叹了一声，说道：“没法锁定王都铜业是唯一污染源，就得打连带责任。打连带，又会把大港村自己用的化肥、农药牵涉进来。我担心没有杠杆支点，这个案子就离中心越来越远，可能会旷日持久。如果调解，我们兴许能获得更大的利益。”

大周从来不说煽情的话，但是那一天我觉得这个男人变了，变得和原来根本不一样了：“一个村里就有43例癌症，太惨了。再加上有人光天化日之下故意撞车，刘律师现在还躺在医院里……如果调解，就代表着我们失败了。这个案子已经不是一起简单的侵权案，它代表着我们对于污染的态度。今天中国污染的影响，已完全超过了想象。前不久嘉兴上万条死猪漂入上海黄浦江水域，难道也能不问不管？是继续让污染毒害我们兄弟姐妹的性命，还是片刻也不妥协，即便有一丝希望，也要抗争到底？”

显然温和平被大周的话感动了，他站了起来，说道：“好吧！就算我拼上老命，也要还乡亲们一个公道。”

这时，有人在背后拍了拍我的肩膀，我往后看了看，原来是副大队长。

“好多天没见到你的人了，遇到这种为民请愿的事，像您这种官老爷怕是早就躲远了吧？”我和副大队长现在已经成了见面就掐的冤家。

“作家！你这次冤枉我了！我给你们找来了三个证人，恐怕被动的局面要改变了。”副大队长指着身后两名民工打扮的人说道。

三天前，副大队长坐在桑塔纳车里，不时举起两张身份证复印件，比照对街进出厂门的人。

突然有人敲他的车窗玻璃，副大队长回头，一对长相相似的兄弟正在窗外打量他。

副大队长开门下车，又把身份证复印件摆上来对照了一番：“你们这两个小祖宗，我总算找到你们了。”

身份证上赫然写着两个人的名字：卢杰、卢豪，他们正用戒备的眼神，上下打量副大队长。

卢豪的眼神里满是怀疑：“找我们干什么？”

副大队长一手一个，拉住了两个人的胳膊：“待会儿再说，先吃饭去，我肚子饿扁了。这里哪儿有好吃的？你们上车，带路。”

卢杰不放心地问道：“你是警察？”

“他娘的！”副大队长刷地一下从包里找出警官证，“看看，这还能假？看看这个，我人比照片好看吧……”

副大队长把兄弟俩领到了一家小餐馆，说道：“你们喝什么？啤酒？服务员，先来三瓶青岛。”

卢杰不是特别喜欢眼前这个嬉皮笑脸的警察，说道：“你是怎么找到我们的？”

副大队长：“还说呢，你们俩知道吗？身份证造假，那是犯法的事，懂吗？不把你们俩抓回去，弄个行政拘留，就算对得起你们了。”

卢豪突然指着副大队长说：“你这人不地道，警察找到咱爹娘，把他们吓坏了。是不是你逼我们的爹娘把电话号码要走的？”

副大队长冷笑了一声：“要不然，我上哪儿去找你们的手机号码？哎，听说你俩是兄弟？”

卢杰的小眉头皱得紧紧的，说道：“堂兄弟。我爹说你找我们，是为了王都铜业的事？”

副大队长先拿起筷子包，把包装撕开，将里边的筷子取了出来，其实桌子上还一个菜都没有上呢，说道：“听说你们俩为了职业病体检，在工厂大闹了一场，还被警察关了几天。”

卢豪说道：“那事早就结了。”

副大队长放缓了语气：“告诉我，你们原先在工厂干什么活？怎么知道自己得了职业病？”

卢豪看着卢杰，卢杰低头片刻，说道：“我们没得过什么职业病。”

副大队长“哼”了一声，“你们是不是拿了人家封口费？”

卢豪对卢杰使了个眼色，他们立即站起来要走。

“走？往哪走？就因为得了这种病，才伪造身份证，才好混进别的企业干活，到这个时候了，你们不想将把你们害成这样的人绳之以法吗？”

卢豪、卢杰低着头，卢豪问道：“打官司的事我们听说了，如果我们出庭作证，能赔我们多少钱？”

“小赤佬！”副大队长嘟囔着，但是他的嘴角却露出了笑意。

“这不才两个证人吗？第三个呢？”我很想对刚才自己的无礼刁难表示道歉，但是还是不忘找茬。

副大队长拍了拍我，诚恳地说道：“肇事司机，也就是撞伤刘律师的元凶抓到了。”

这话让在一旁不发一言的大周都站了起来，我们同时向副大队长投去了赞许的目光。

原来，案犯刘阿三是一家运输公司老总的司机，前两年才从监狱里放出来。这家运输公司负责王都铜业的所有运输业务，老总更是王都负责人的铁杆拥护者。刘阿三起初比较强硬，一口咬定自己只是交通肇事后的逃逸。

但是，副大队长摆出了铁一般的证据。

“交通意外逃逸？你的驾驶执照是C1，小型货车驾照，而且是出狱后才刚刚取得的驾照，你开着一辆货车去干什么？”

“我大老粗一个，不知道这种驾照不能开货车。”

“这货车是怎么来的？”

刘阿三不说话了。

“这车是辆失车，知道吗？”

“我老毛病又犯了，不偷点东西心里难受。”刘阿三的语气有点造作。

“那你可真能耐，这车是3年前在广州被盗抢的，那时你还在监狱里吧？”副大队长冷笑了一声。

刘阿三再次沉默了。

副大队长掰着指头，说道：“好了，我给你算算啊。这辆车3年前在公路上被一群车匪路霸盗抢，造成一人死亡，一人重伤。这件事看来要算在你的头上了。”

“警官，当时我还在监狱里。”刘阿三突然抬起了头。

“可你刚才还说这车是你偷的呢。别着急，还有呢，几天前，你用这辆车撞击了一辆小货车，现在是一人重伤，还没有脱离危险期。弄不好又是一条人命，我看你啊，这辈子就是和监狱有缘，估计这两条罪算下来，这辈子你都出不来了。”

“我……”刘阿三显然回忆起了监狱里的生活。

“你什么你啊，明明是你的老板找到你，让你制造一起交通事故，没想到你自己出来背黑锅，我们怎么办？”

“老板本来让我吓唬一下他们的，谁知道他们一下子就开到山下去了。”刘阿三脱口而出，才发现自己冲动了。他看着在一旁嘿嘿冷笑的副大队长，知道自己死扛已经没有意义了。

12

由于警方的重大发现，肖权向法庭提出了暂时休庭以补充证据，要求新证人出庭的申请。法庭予以采纳。

但是，警局传唤运输公司老板的过程并不顺利，他竟然跑了。副大队长只好传唤了王都公司的总经理，执行董事王元。

副大队长知道其实王元的上面还有金主，但是王元是营业执照上的法人，这个阶段也只能找他来。

相比于刘阿三，王元简直说得滴水不漏。

“我和那家运输公司只不过是合作关系，说实话，我连他们老板的名字都叫不上来。他犯了事，你找我干什么？”王元一脸无辜地看着副大队长。

副大队长有点无奈，这事如果找不到运输公司的老板，还真是很难说是不是王都授意他这么做的。

经过一个小时的询问，副大队长只能放人。

王元在询问笔录上签字时，他甩下了一句狠话：“这官司你们真的认为能赢吗？靠那两个小屁孩，就能扳倒王都？做梦吧！”说完，扬长而去。

副大队长听得一头冷汗，原来警方的一举一动王元都了如指掌。而这时，他意识到卢杰和卢豪兄弟俩可能有危险。

他忙喊上几名下属，直接奔向了卢杰哥俩的住处。

副大队长为了保护证人，在市区给哥俩租了一间房子，但是他并没有想到这两个人可能会遇到危险。当他来到出租屋的时候，发现房间里并没有人，但是却有过打斗的痕迹。

“找！”副大队长命令下属们开始寻找证人，紧跟着拨通了我的电话，“作家，出事了！卢杰和卢豪…….”

“放心吧，这两个兄弟在我这里，安全得很，不过，刚才他们可是差点被人搞死。”

“啊？我马上去你那！”

我去见卢家兄弟纯属是一时兴起，副大队长告诉我和大周，这哥俩认钱不认理，一直还在犹豫要不要出庭作证。我那天其实是想去会会这哥俩，对他们晓之以理，动之以情的。

副大队长早早就把安置他们哥俩的位置告诉了我和大周，这里离我家正好不远。

可我刚走进这座居民楼，就见几个流氓样子的人在追打着两个人。这兄弟俩显然身手也不错，但是双拳难敌四手，渐渐落入下风，被几个人绊倒在地，踹了起来。

为首的流氓狠狠地说道：“你们还去告密吗？说！”

兄弟俩一言不发，捂着头，任由几个人踢打。

我猜想这两个人很可能就是卢氏兄弟。就算不是又怎么样？遇到这样的事能不管吗？我直冲过去，连续两脚都踹在了背对我的两个流氓的腰眼上，我敢保证，中了这样的大招，他们能在5分钟之内站起来就不错。

我用起了老爹传授给我的摔跤术，几下又撂倒了两个人，然后朝着他们的膝盖和前胸就是两脚。写到这里，请广大青少年一定要注意，因为当时实在是凶险，才使了这样的狠招，请大家不要模仿。

卢氏兄弟一看便是头脑灵活的人，一看来了帮手，立即站了起来，上前就与两个流氓厮打了起来，这两兄弟年轻力壮，一身蛮力，玩了命，更是异常凶猛，把这两个流氓打得直求饶。但两兄弟哪里肯饶，一拳拳都落在对方的脸上。

“行了！要把人打死吗？”我站在一旁，知道这样打下去是要出事的。

而对方为首的流氓知道情势不好，赶紧做了个半侧身的姿势，这完全是个要逃跑却又怕丢分的下意识动作。

擒贼先擒王，抓到这个家伙，恐怕就能知道到底是谁派他们来的。但是他身后流氓众多，卢氏兄弟和我的打法虽然镇住了他们，但是如果让这帮人围上来，我们也是凶多吉少。所以，我几个箭步就冲到了流氓头子的面前，直接一脚就踹在了他的小腹上，这依然是狠招。然后跟着一个“绊子”，便把他按在地上，他的右手被我弯了起来，几乎变形到了最大限度。如果我再使使劲，他必然残废。

流氓头子连声求饶，他身后的小弟也作鸟兽散，撒腿就跑。

卢氏兄弟此时也解了气，站在我的身后，他们都要上去踢上一脚，被我一把拦住，“你们想进监狱吗？”

“可他们想要我们的命！”卢豪显然比哥哥更激动。

“此地不宜久留，你们俩跟我来。”说着，我狠狠地踹了流氓头子一脚。

我把这哥俩带到了我老爸开的饭馆，先请他们吃了点东西，我想即便再有流氓来，我家老爷子那身手也绝对能把他们都撂倒。

“作家大哥，为什么你当时不报警把那个流氓抓起来？”卢杰坐在我家饭店的桌前，露出了惊奇的表情。

“没用，那帮家伙一看就是被人雇来的，就算抓到他们，也不会把真正想置你们哥俩于死地的人供出来的。”

“我们哥俩这年轻轻的一身病，给了那么一点安家费就让走人了，现在他们还派人来赶尽杀绝。这次到了警局，我们什么都愿意说！”卢豪年轻，比起卢杰来显得更沉不住气。

“作家哥哥，你说待会儿警察来接俺俩，俺俩从没经过这场面，心里有些发怵啊！”卢杰低着头。

“有什么害怕的，一会他们问什么，你们就说什么，说实话就行！”

卢豪一拍胸脯道：“我不怕，有作家哥哥和大队长在，就是再进警局，我也没事。”

“是副大队长！”我提醒了一句。

卢豪对我投来了无比羡慕的眼光：“你那功夫是从哪儿学来的？刚才那帮流氓欺负我们哥俩的时候，你几个招式就把他们整得拼命往外跑。”

我指了指身后，说道：“这家饭店的老板，是个武林高手！我这几招都是跟他学的。”

“我也想跟那位大师学几招。”

“你想当我师弟？那可没门！我师傅这一辈子只收一个徒弟，那就是我！哈哈。”

我的脑袋后突然刮来了一股凉风，我瞬间感觉自己的后脑被重重的一个巴掌拍了一下。

我抬头向后望，见一个英武的厨师模样的男人站在身后，问道：“爸！你这是？”

“他说的那个人就是我，我就是那个武林高手。”我爸爸根本没有理会，而是冲着卢氏兄弟笑了。

卢氏兄弟也跟着笑了起来。

13

三日后，再次开庭。

温和平让卢氏兄弟作为证人出庭。

“卢杰，你是不是曾经在王都铜业当工人？”

“不是工人，而是劳务工！”

“现在呢？”

“现在被他们辞了，无业。”

“为什么被辞了？”

“因为我和我弟弟都染了病！”

“什么病？能说吗？”

“俺们也不知道，反正病名挺长的。我已经交给警方一份体检报告了。那里边记录了详细的病情。”

温和平转过身来，对一脸木然的乔安民一笑，然后转头向刘法官说道：“审判长，这就是卢氏兄弟的体检报告，他们所患的疾病和大港村的村民们无异。我们在这兄弟俩的工作服上也检测出了和大港村周围土壤里完全一致的毒素，这份报告是我们请第三方检测机构做的。哦，对了，乔律师一定会问，这也很可能是来自其他的企业的污染啊。好了，不用你问了，我来给你解释我为什么这么说，我们根据水路的调查报告，把所有的排污企业的名单全部调查，并取了水样进行分析，发现大港村周围的水质污染，就是来源于王都铜业。”说完，温和平就把两份报告都交给了书记员。

乔安民没有说话。

温和平继续说道：“我这里还有一份王都铜业和这兄弟俩签订的保密协议，尊敬的审判长、审判员，常规情况下，离职员工和公司签的保密协议，保的是技术秘密、商业秘密。可是在王都和卢杰卢豪之间的这份保密协议上，这兄弟俩不仅不能向任何人透露，他俩是因为长期干处理重金属废泥渣的活，得了肝损伤的病，还不能把工厂阳奉阴违使用两套排污手段告诉别人。这叫什么？这叫铁证如山！”

刘法官点了点头，说道：“被告代理人，你们还有什么要问证人或者是质证意见吗？”

乔安民草草翻看了下，说道：“我们没有其他意见了。”

刘法官继续说道：“既然双方都说完了，在休庭前，我这个平时审案不愿多说话的人，想在这里对在座的，不管你是哪边的立场，说几句话。”

法庭立时一片寂静。

刘法官有些惆怅地说道：“我们做法官的，理论和法律要求我们只对法律负责。但实际上，有时我们还得听一点儿上级的意见，至少法院内部还有研讨案子的会议吧。我想说的是，如果法外声音也得听听的话，我们应该多听点老百姓的声音。老百姓说，他们现在是比过去有钱了，可如果有钱的代价是疾病、死亡，是没法种庄稼、养牲口的家乡，有钱也没意思。怎么办呢？大家做各自该做的。我们法官能做的，就是在法律范围内对那些明知故犯污染环境的和对那些被污染伤害的，该重罚的重罚，该重赔的重赔。直到有一天，我们每个人可以安心地喝水、吃饭和在大街上自由呼吸空气。”

法庭瞬间掌声雷动。

14

甘凤强递给我和大周一个布包，说道：“秋兰嫂临死前说了，把这个给你，是她手织的。”

大周打开布包，是一条编织围巾，在围巾下角有两个字：“感谢”。

大周把围巾递给了我，我眼睛里已经充满了泪水。

甘凤强叹了口气说：“还有件事，王本新也住院了，大夫说是癌。”

大周和我听到这话后，半天也说不出话来。

甘凤强继续说道：“他让我带句话，说他对不住你们。”

我和大周咬了咬牙，把不知道是应该责备还是同情的问候吞了下去。

一个多月后，刘佳终于醒转了，她看到的第一个人是我。

我从病房外把门拉开，将一捧玫瑰花塞了进去。

“喂，作家！”刘佳噘着嘴，“这种花好像不是送病人的吧。”

我把身子挤进了门里，嬉皮笑脸地说道：“你说应该送给什么人？”

“好像应该是给情人才对啊！”说完，刘佳的脸红了。

“你有男朋友吗？”

“我？”刘佳使劲摇了摇头，脸颊像一片红云一样绯红。

有些人肯定会问我，为什么你到现在都不把判决的结果写出来呢？

原因很简单，这个案件的民事判决被搁置了，因为很快这起案件得到了省级纪委重视，一大批厅局级高官被“邀请”协助调查，王都铜业的主要负责人已经被控制，现在本案还在审理之中……

我和大周也和大港村的村民一起关注着这个案子，也许正义总有迟到的一天，但正义永远是正义，谁也无法抹杀！

第七章
生命的轴索

1

“黑弥撒起源于一本叫作《洪诺留斯的巫术之书》的文献。它是一种献祭动物以鼓励魔鬼的活动。”葛程一边滑动着ipad，一边悠闲地喝着咖啡。

这几天总在大周和葛程嘴里听到“黑弥撒”之类的词语，我有些不屑一顾：“现在还有谁信这玩意？还组织给魔鬼献祭品，这都是欧洲中世纪的迷信活动吧？”

葛程撂下了手中的iPad，说道：“结果恰恰相反，全世界各地都隐藏着残存的撒旦教的组织。比如，近期最著名的一起撒旦祭祀事件就发生在德国。”

“撒旦教？”这勾起了作为作家的我的好奇心。

“撒旦教最早出现在12世纪，从那以后，不同时期、不同地区的撒旦崇拜，在形式上有些出入，但基本上是依循我们前边说的‘黑弥撒’（Black Mass）的仪式来进行的。崇拜撒旦的人，是如何看待自己信仰的呢？这些人最典型的解释是，撒旦才是这个世界的真正统治者。在基督教和犹太教教义中，撒旦是与上帝为敌的鬼王；撒旦教，则是对基督教、犹太教精神统治的一种极端反抗。”

我深深地咽了一口唾沫，说道：“听起来还挺吓人的。”

葛程说着把iPad翻了过来，屏幕上出现了一对穿着怪异、化着浓妆的外国男女，“这就是德国发生的献祭品的事件！有‘吸血鬼’之称的丹尼尔和曼纽拉·路达夫妇前日在德国波鸿接受审判。该案件牵涉正在西方国家蔓延的邪教撒旦教，加上事件的血腥味和两名被告古怪张扬的行径，因此备受媒体关注”。

我看着这一对夫妇，有一种不寒而栗的紧张感，问道：“这两口子干什么了？”

葛程显然不爱多说话，她把iPad递给我，我照着照片下的报道念出声来：

他们用一把铁锤和刀杀死了自己的朋友，然后吸食他的鲜血。两人在法庭上声称受到魔鬼撒旦的驱使。26岁的丹尼尔是一名汽车零件推销员，他与23岁的妻子曼纽拉都是撒旦教徒，自称“吸血鬼”。死者弗兰克·哈根，33岁，是路达夫妇的同事，谋杀就发生在夫妇两人的公寓里。警察找到哈根的尸体时，发现尸体已经开始腐烂。一名检察官在法庭上说：“我从没见过如此恐怖残暴的谋杀场面。他们在他身上共刺了66刀，他们显然以此为乐。”路达夫妇在死者的胸口上刻上了撒旦的标记（五角星），将一把解剖刀插在他的胃部，公寓中四处摆放着人的头盖骨、墓地灯笼、解剖刀和熏香。被告在法庭上声称，接到魔鬼撒旦命令，要他们为他送一个人类祭品，因为魔鬼的宫殿里还缺一个宫廷小丑。在律师宣读的一份被告声明中，路达夫人说：“这不是谋杀。我们不是杀人犯。我们是在执行命令。撒旦下令，我们只有服从。这不是什么恶行，我们是不得已而为之。”

念完，我就把iPad又推还给了葛程，说道：“这也太变态了吧！”

“这还叫变态？1996年‘1·19南大碎尸案’，比这个变态多了！”说着，葛程又在搜索什么。

“行了，行了！小姑奶奶，我服了你，你不嫌恶心，我还嫌恶心呢！”说实话，作为一个悬疑小说作家，我对于“1·19南大碎尸案”的细节，不比葛程了解得少，而且我看过网上发布的被害人被分尸后的照片，如果葛程是想给我搜那个照片的话，我是绝对不想再看一遍的，因为实在是太恶心了。

“你真的认为这件事和撒旦教有关？”坐在旁边一直一言不发的大周突然说道。

葛程一阵冷笑："之前你解剖霍飞尸体时，不也做出了同样的判断吗？"

大周再次沉默了。

我觉得气氛有些尴尬，大周和葛程一直都是这个样子，我问道："对了，副大队长不是给过你一本他父亲之前的调查笔记吗？有什么发现？"

大周突然转过身来，说道："作家！这件事……你就……"突然，大周的电话响了起来，他接通了电话，"嗯！啊！"的答应了一番，便挂断了电话。

我一看大周的眼神便知道又有了什么案子，问道："怎么了？"

"说曹操曹操就到！副大队长打来的！找咱们过去，有案子！"

2

躺在解剖台上的是一个年近花甲的老人。

"这就是周大爷？"我用食指捅了捅旁边的副大队长。

"对！你也知道这件事？"

我总爱奚落副大队长，但不知道为什么，他却对我一点都不反感。我说道："你不看报啊？整个T市的报纸都在报道，要如何送别周老英雄！"

"现在情况有点麻烦，还不知道老英雄是怎么死的！"

"报道不都说了吗？"

副大队长说着叹了口气，对我们描述了整个事件的经过：

2011年7月28日夜里十一点半左右，六个男子各骑一辆自行车，悄悄地摸到了我市晨光医用品基地宿舍，他们打算偷走摆在地上的三个氧气瓶。

69岁的工厂返聘工人周大爷在巡查时发现了这些小偷，高喊道：“抓小偷！”但是，当时夜深人静，又在僻静的工厂区域，哪有人来帮忙？

周大爷竟然就这么追了出去，由于窃贼托着氧气瓶，行动缓慢，周大爷以年迈的身躯，追到大路上，竟然看到了他们的踪影。

六名歹徒本来都很害怕，怕是厂里的保卫室派来了大批保安，本想弃瓶而走，但是没想到只看到一个老头气喘吁吁地跟上来，顿时放肆起来。

先是一个歹徒捡起地上的一块石头向周大爷砸去，这周大爷异常威猛，竟然也捡起了地上的石头进行反击。接着一名歹徒在路边捡起了一根棍子，绕到了周大爷背后猛地砸了过来，棍子顿时变成了两截，蹒跚的老人顿时眼冒金星。很快，一块罪恶的石头向周大爷砸来，正好命中周大爷的前额，老人顿时鲜血四溅，当场昏迷。

见老人倒下，歹徒们推着自行车立即消失在夜色中。

接着，警方接到了群众报案，110巡警车迅速赶到，血迹斑斑的地面上躺着奄奄一息的周大爷。

老人很快被送到了医院，这件事立即被大众媒体传播，严惩凶手的言辞越来越多，这件事也受到了省公安厅的重视，成为一桩限期侦破的大案。

副大队长在调查一个盗窃案时，得到了一个重要的线索，一个绰号叫“老六”的河南人伙同五个老乡在盗窃中打伤了一个老头儿。副大队长顺藤摸瓜，很快将“老六”的外甥抓获。经过三天的审讯，这名嫌疑人承认，自己的舅舅老六，伙同包括自己在内的六名老乡偷窃一座厂房的氧气瓶时，打伤了老人。

又过了三天，六名嫌疑人全部被抓获，他们对自己的罪行供认不讳。所有歹徒到案，下一步便是如何按照法律程序惩治凶手了，而没几天，老人终于还是没有挺过去，这起事件变成了一起不折不扣的杀人事件。

法医按照正常程序，对周大爷的尸体进行了解剖，可是，解剖的结果却出乎所有人的意料，死者除了头皮有些破损外，颅内没有发现淤血，身体其他部位也没有找到任何引起死亡的致命伤。没有死因，又如何能成为呈堂证供？又如何指控凶手！一起民愤极大的案件却因为无法找到原因而变得很难判定。

大周穿好了防护服，走到老人的遗体前，凝视着这位英勇献身的老人，再次对老人进行了生理解剖。

大周很快完成了对周大爷的第二次解剖，他走下台时，表情严肃地对我和副大队长说："我认为之前法医做的常规检查没有任何问题。"

这句话，基本已经决定了这个案件的基调。

副大队长说道："可是，这关系到我们是不是要把证据提交到检察院，对几个嫌疑人进行故意杀人罪的起诉，而且对方律师也已经一再催促检方了！"

我有些惊奇地问道："对方律师催促检方？"

副大队长点了点头，说道："而且这个律师你也认识，而且很熟！"

"律师很熟的，不多啊！哎……难道是？"

副大队长叹了口气："对，就是那个刘佳！你的……"

"她？她这会不是应该在医院里吗？"

"据说她昨天刚出院，马上就投入了战斗，向检察院施压！我们是昨天刚刚做完的尸检，她就知道消息了！"

"我给她打个电话，让她把申请撤下来！"

副大队长冷笑一声，道："我靠！你凭什么命令人家，她是你什么人？况且……人家那是维护当事人的利益，无可厚非。"

"什么无可厚非，是不分是非！"说完，我便走到解剖室外，拨通了刘佳的电话。

3

“干吗这么着急找我？”刘佳提着粉红色的小包坐在我的对面。

我笑了笑，说道：“想请你吃个饭呗。”

“我看没这么简单！”刘佳指了指我的头。

“这么快就出院了？干吗不再住两天？”

“我没你这么好的命，大作家！成天坐在家里就能挣钱，而且还名利双收，我们是要靠拼的。”刘佳的眼中显然有了一种无奈。

“一个女孩没必要这么拼吧？况且，你不是还有我吗？”说这话时，我脸上一红。

刘佳嫣然一笑，说道：“你说的那件事我还没有答应你呢！你可别这么沾沾自喜。”

“今天来不是为了那件事！”

“哦？为了什么事？”

“老六这个人你认识吧？”

“你的消息够灵通的！”

一进入正题后，我突然觉得这个话题沉重了起来，说道：“其实你的消息也挺灵通的，这么快就知道法医那里给那几个歹徒定罪的证据不足。”

刘佳脸色突然僵硬了起来，说道：“你想说什么？”

“干吗要替那些罪犯辩护？”

“他们只是犯罪嫌疑人，况且这不过是每年司法局指派给我的司法援助案件而已。”

我有些不自然地笑了笑，说道：“司法局会把这么有舆论色彩的案件交给一个大病初愈，还应该躺在病床上休息的律师吗？”

刘佳的脸上有些挂不住，但是她还是对我笑了笑，说道：“老律师们不愿意接这样的案件，所以只能派给我们这些青年律师了。”

我的脸上有些不悦，说道："说得好听，你其实不过是想出名罢了！我告诉你，这个案子在舆论的风口浪尖上，你打赢和打输都对你不利，干吗要冒险接这样的案子呢？"

刘佳叹了一口气，说道："怪不得呢，作家先生是兴师问罪来了！作为律师，我们的职业道德就是尽力为当事人洗脱罪名，这是我们的职业操守，我有错吗？"

"这……"

"我知道，我这么做，是有让一个律师逆袭的渴望，但是，我也是为了法律的公平，法律给了当事人一个充分辩解的机会，所以才会有我们律师这个行业，难道我们有错吗？在律师的世界里，胜者即是正义！我想你根本无法理解这一点。"说完，刘佳便站了起来，"对不起，我想我们都应该冷静一下，我先走了。"

当她转过身的一刻，我突然说道："我也是法律系毕业的！你说的我能理解！但是为了你所谓的胜利，利用媒体资源给司法部门施加压力，难道这也是所谓的律师的操守吗？"

刘佳一下子愣住了，她抿了抿嘴唇，说道："我想你想让我回答的那个问题，我已经可以回答你了，对不起，我们并不合适，可能以后连朋友都做不了！"说完，她真的转身离开了。

待她离去后，我独自坐在饭店的厅里发呆。

此时，服务员拿着一本菜单走了过来，问道："先生，请问现在可以点餐了吗？"

"对不起，我没带钱！"说着，我也站起身来，走出了餐厅的大门。我知道，此时服务员正用鄙夷的眼光看着我。

当我刚刚走出大门时，却听到自己的手机响了起来，是副大队长打来的！

"作家，检方同意以杀人和偷盗两项罪名起诉老六他们了！"

"哦？为什么？"

"大周找到了新的方法，可以证明周大爷的死是因为那几个歹徒的打击所致。”电话那头副大队长兴奋地喊道。

“你他妈怎么不早五分钟打电话？”我愤怒地挂断了电话，朝着天空看了半晌。

4

“确实发现了一些神经损伤的证据。”大周的眼睛一刻也没有离开显微镜，“用银染色体技术或是免疫组化技术可以证明这一点。”

“大周，你这又是些什么新鲜玩意？”我有些抓狂，这样的法宝干吗之前不拿出来，害得我和刘佳搞得很不愉快。

“20世纪90年代左右，有一门技术突飞猛进地发展着，这就是免疫组织化学技术，它突破了传统常规的做法，利用组织切片中的相关抗原与特异性的抗体结合，加上显色剂的处理，通过显微镜取得观察结果。通过这种技术，我们能看到更细微的神经变化。”大周继续开启背书模式。

我有些着急：“帅哥，能不能说得通俗易懂点！这玩意对周大爷的案子有什么用？”

大周把眼睛离开了显微镜，看了看我，然后示意让我过去看看显微镜下的切片，他说道：“你看这是我从周大爷头部取出的神经细胞的切片，然后将它染色，这个你在高中时应该学过吧？”

我凑过去看了看，然后点了点头。

大周继续开始背书：“切片染色的目的是使组织内不同的结构染上不同的颜色，以利显微镜下观察，一般以伊红苏木素作为显色剂，但是要查清楚一些特殊的细胞成分，这种染色就有局限性了，而神经细胞的轴索对银试剂有特殊的亲和力，用银染就能很清楚地显示出轴索中是否有损伤，当然也可以对轴索成分的特异抗体做免疫组化，以显示轴索是否有损伤。”

我挠了挠头，问道：“你说了这么半天，什么叫轴索啊？”

大周不好意思地笑了一下，说道：“对了，忘了告诉你这个门外汉了。所谓轴索，指的是细胞的触角，它们在神经中起传导作用好比是生命的电缆，当电缆断了的时候，生命也就无法继续了，而轴索断裂，只有一种可能性，那就是外力引起的！”

我点了点头，闭上了一只眼，冲着显微镜的镜筒看去，“轴索断了！”我兴奋地大叫了起来，那气势不亚于发现了哈雷彗星。

副大队长也松了口气，说道：“总算能给老人一个交代了！”

我鼻子哼了一声，说道：“是能给领导一个交代了吧？”

副大队长笑着指了指我，说道：“作家，你又来！”

“你们都有交代了，不知道我该怎么交代了！哎！”说完，我只有一声叹息。

大周和副大队长面面相觑。

5

法庭接到检察院的公诉申请，开始了庭审阶段。

刘佳没有想到检方竟然拿出了杀手锏，但是她好像也并不想束手就擒，说道：“我要提请法庭注意，检方所提供的相应检验理论，并非法医的常规检验，而是基于一个法医的经验而谈，这种检验结果，被告并不能认可。我们对这份检验报告提出质疑。”

三名法官面对这样的质疑，互相耳语了几句，主审法官突然向检方发问：“控方，能否请做出这项检验的法医出庭，由被告代理人进行询问？”

检方主控检察官站了起来，说道：“周法医就在庭外，听候询问。”

在国外生活多年的大周，早已习惯了这种法医上庭的节奏，他不慌不忙地站在证人席上，只不过在这时候的中国，证人上庭，少了宣誓这一环节。

刘佳站了起来，走到周法医面前，在中国的法庭中，律师一般处于非常弱势的地位，更不允许在庭审辩论中随便走动。但是刘佳是个年轻的女律师，而在王都铜业的案件中又因为承担公益诉讼而闻名全省，更因为其被恶势力伤害而受到了媒体的关注，博得了众多的同情。而这个案件发生后，由于其是几位歹徒的辩护律师，更使她成了风口浪尖上的人物。但是媒体很快便转变了风向，开始大肆宣扬几个犯罪嫌疑人的悲惨背景，认为他们是因为背井离乡，家中老人重病瘫痪，不知道如何凑足医疗费才铤而走险。而公众的评论立即形成了严惩凶徒和宽容相待两种截然不同的阵营。

我看着眼前这个瘦弱可爱的姑娘，心中突然有了一种非常复杂的感情，没有谈过恋爱的我不知道这种感觉是爱她多一点，还是有点怕她多一点?

刘佳终于开始说话了：“周法医，我非常清楚，您是一位明星法医。”

大周气定神闲，说道：“不敢当！我就是我，一个普通的法医而已。”

“你没有理解我的意思，所谓明星是指您的盛名在某位作家的大肆宣传下，已经名满全国，而明星法医和权威法医到底有没有区别呢？我想请周法医回答这个问题。”

检察官突然站了起来，说道：“反对，这个问题和本案无关。”

法官冷冷地说了一句：“反对有效！被告律师，请你不要再谈及和本案无关的问题。”

“审判长，我其实要说的是，对于这项法医判断的标准，依据是什么？众所周知，对于脑部创伤的判断依据，一直是以颅内的损伤程度作为依据的。但是根据传统的颅内检验，并未检查出任何的损伤情况，我想请问周法医，你所提出的这个拗口的，对了，叫什么银染色体技术或是免疫组化技术，这种技术到底有没有得到国家的权威认可。”刘佳此时的话铿锵有力，而她似乎和大周也变得像陌生人一样。

检察官刚想提出反对，又觉得自己反对的理由很薄弱，又把屁股坐到了椅子上。

大周叹了口气，说道：“早在1989年，在《中国法医学杂志》上就有人发表了对这项技术的研究方法。”

“请问这个人是谁？”

“是家父！”

“之后呢？这项研究取得过哪些进展？”

“弥漫型轴索损伤是一种很少见的损伤类型，1998年后才受到国内一些法医的重视，随之展开了对这项技术的相关研究，其后的个案也在专业的杂志上进行过报道。”

“个案？几个个案就能成为依据吗？我想问问周法医，知不知道科学的重要依据是什么？”

大周不紧不慢地回答道：“是实验！”

刘佳似乎得到了她想要的答案，说道：“没错，是实验！实验是什么，是一万次地抛出硬币，才得到了硬币两面各有大约五千次朝上的几率，这才是实验。只凭几个个案，能断定老人的死，就是我的几个当事人所致吗？”

大周沉默了！现场所有人都沉默了，包括检察官。

刘佳乘胜追击，继续以雄辩的姿态说道：“我们都知道，法医的心理负担其实是常人难以理解的，在死因的鉴定方面，他们常常埋藏着焦虑和不安，如果查不出明显的死因，对他们的职业而言就意味着某种意义上的失败。当然，有时候，有些案件由于复杂的外部因素，比如证据的灭失、现场保护遭到破坏、疾病的困扰等等，都会影响到检验的结果，这当然不能都归因于法医的水平问题。著名的专家在阴沟里翻船的例子比比皆是，更不要提什么明星法医了。我认为根据疑罪从无的司法原则，对于这样毫无根据的法医鉴定，应该予以推翻，还我当事人一个清白。”

大周开始了自己的反击：“法医一直是一个蕴含着高科技的职业，必须随时关注到国际文献，接受先进的法医理论。同时，法医的实践性非常强，也必须善于总结，才能举一反三，提高检验的技术。你刚才说我是什么明星学者，好！你又可否关注过我每年在很多学报上发表的论文呢？很多人总是注重表面的东西，而忽略了法医所做的最基础的努力。当所有的技术人员对这个工作一筹莫展，陷入进退维谷的窘境时，又有多少人关注到是法医的经验最后得出了正确的结论呢？站在你面前的不是什么明星法医，而是一个站在科学前沿的权威人士。审判长，我对我的判断深信不疑，也对自己所作出的所有书面性文件负责！”

审判长面对二人的辩论，点了点头，随后宣布法庭调查结束，等待法院的最终判决。

不知道为什么，面对这样的辩论，我真的喜欢上了这个在检察官眼中令人讨厌的刘佳姑娘，也不知道为什么，我更敬重这个在别人眼中是明星法医的权威大周了。

一个多月后，法院做出了判决，六名嫌疑人以抢劫罪和盗窃罪被判处有期徒刑，但是并没有因为故意杀人罪而被定罪。

刘佳再一次被舆论卷入了旋涡之中，而她与大周的对决语录也成为各大媒体争相报道的头版新闻。

那一天我站在法院门口等她，她和周围很多人热情地打着招呼，走出了法庭。

“你在等我？”刘佳停在我的面前，似乎没有先前面对大周时的那种气势，她又变成了一个满脸柔弱的小萝莉。

“想请你吃饭！”

“干吗？”刘佳抿了抿嘴。

“我能说两句心里话吗？”

刘佳似乎又变回了那个可爱的小女生，腼腆地点了点头。

“也许，你的作为让所有人都无法理解，但是我仍然认为你在法庭上时很帅！”

她低着头笑了笑，说道：“前几天我说的话有点重了，但是那件事我可没有答应你哦！”

“不管怎么样，我决定，不把你追到手，我就不结婚了。”

刘佳“切”了一声，掩面而笑，之前的阴云消散了。

“听说检方要提起抗诉了！”副大队长兴奋地说道。

大周的脸上却没有任何表情。

我似乎也失去了对这场争论的兴趣，在一旁看着报纸，突然我看到了头版新闻，顿时有些尴尬，说道：“明星法医首败青年女律师，我说大周，你说明星法医这个词是在表扬你的技术精湛呢，还是在表扬我写你的文章是那么的文采飞扬呢？”我把报纸摊在大周面前，坏笑着。

“不关我事！我只是个法医而已！”大周面无表情地喝着他的咖啡，似乎这世间的荣辱和他毫无关系。

只有葛程不住地叹着气，把另外一份报道摆在了大周的面前。

报纸上赫然写道：“昆明到宁夏的列车上发生特大分尸案！”

大周的表情顿时凝重了起来，说道：“该来的，还是会来的！”

葛程此时转过头来，郑重地对大周说：“这事还不能证明和黑弥撒有关，我要去现场调查一下。”

“你别去，要去也是我去。”大周坚定地说道。

“不行，还是得我去，这里还有你的任务。”

大周和她之间似乎存在着某种默契，也好像知道她要去哪，他从牙缝里吐出了四个字来：“一切小心！”

我从他们不寻常的表情中推测到那个像幽灵一样的“黑弥撒”可能又出现了。

第八章

高墙之光

1

郊外的小平房内，狗和猪的叫声持续了好几天，在黑夜里更显得诡秘瘆人。

清晨，我和大周全副武装地穿着防护服站在这间低矮破旧的农舍前，我们的身后还站着大周的两个学生。

大周打开门锁，推开了门。

门内的场景异常恐怖，三条狗和三只猪被捆在了铁栅栏上，身体扭曲，脖子耷拉着。

两名助手走到六只动物面前，仔细检查了半天，然后回头冲着大周摇了摇头，看来动物们早已断了气。

猪、狗的尸体随即被大周的助手解了下来，拉去检验。

大周这次实验的目的只有一个，那就是为了证实一个结论：长时间遭固定体位捆绑，会导致静脉中形成血栓，栓塞心脏致死。

实验得出了肯定的结论！

“你做这实验干吗？”我看着摆在解剖台上的这几具尸体问道。

“受人之托！”大周表情有些凝固，似乎话里有话，“这不是吃一堑长一智吗？”

我坏笑了一声，说道：“啊？我们的周大法医，你这是闹情绪啊！”

大周无奈地摇了摇头，说道：“还不是拜你那个小情人刘律师所赐啊，我现在干活可小心了。要经过千百次的实验才行。”

我没有理会他的怨气，问道：“你这是受谁之托啊？”

“司法局，是监狱系统的事！最近全国监狱发生了四起意外死亡事件，司法局本着对犯人负责的精神，对死因进行了详细的分析。最后，我得出了一个结论，这些犯人的死亡可能和被监管人员长时间使用手铐固定，导致静脉血栓有关。”

我有些吃惊，说道：“这个课题？可有点……”

“你放心，为了这件事，我翻阅了三百多万字的资料，跑了十几家医院，求教了多位专家学者，并且买了三十多只家犬，从量心率、测呼吸到各种实验。现在我准备把这项实验的数据和结果上交司法局和公安部，希望能让他们改良手铐的制造。”

我呵呵一笑，说道：“你别什么事都往刘佳的那句话上扯。这件事可是有利于中国人权的好事啊！”

大周有些无奈地摇了摇头，说道：“一朝被蛇咬，十年怕井绳啊，我是怕再遇到你那个梦中小情人啊！”

我脸一下子就红了，刚想反驳两句，没想到大周的手机又响了。他仍旧以“嗯啊”的姿态接通了电话，挂了电话后，他苦着脸摇了摇头，说道：“跟我去趟苏北县的县政府吧！”

“怎么了？”

“数百村民正在围攻县政府，上级有令，让我赶紧过去。”大周挑了挑眉毛。

“这事归防暴警察管吧？”

大周摆了摆手，说道：“谁知道呢！到那你就知道了。”

2

县政府被几十个人团团围住，这些人喊着口号，拉着横幅，上面写着“冤假错案、刑讯逼供、无罪释放、严惩凶手”。白底黑字，晃得让人有些发慌。

再加上上百名看热闹的老百姓跟着起哄，把县政府围得水泄不通，县政府变成了一座四面被围的死城，里面的人想出也出不来。

当我开着车，行驶到县政府门口时，副大队长一眼就看到是我的车，赶紧凑过来，拉开了我的车门。

“你们可来了！”他着急地嚷道。

我是个耐不住性子的人，还没等腿迈下车子，就问道：“怎么了？这是？”

“别提了！县看守所里有个叫王岗的犯罪嫌疑人，在昨天晚上突然死亡。死者家属认为这是非正常死亡，他们要求县政府给个说法，并提出了一些不合理的诉求，这不就把大门给堵了吗！”说着，副大队长脑门上也出了汗，他也觉得这事很棘手。

我只看了一眼门前的情况，就知道为什么要让大周来了。

那真是一个可怕的场景，这里已经变成了一个活人哀号的人间地狱。死者八十多岁的老母被抬到了现场，横在了县政府门前。

几百名不明真相的群众，拍打着县政府的大门，嚷嚷道：“我们不相信你们，你们官官相护，我们要市里的周法医来检验！”

副大队长并没敢这么快就暴露出大周的身份，而是小声地介绍道：“他们坚持要让你尸检，而且尸检的过程要全程录像，现场的所有人还要见证解剖的过程。我们的人已经做了两个小时的工作了，他们死活不同意。”

我皱着眉，对于这种情况也很无奈，因为不久前刚刚发生了“躲猫猫”的监狱丑闻，这时候，可算是一个敏感期。

站在门前维持秩序的警察显然已经做好了一切准备，但是他们仍是有所顾忌，唯恐场面进一步失控。

“不结束这种混乱场面，正常的鉴定程序就无法展开了。”大周似乎没有我们的紧张感，说着便上了车，似乎他在等待着这种场面得到控制后再出场。

副大队长摇了摇头，也跟着大周上了汽车，而我也拉开了驾驶室的门，坐了进去。

又过了半个小时，形势没有丝毫变化，副大队长坐在汽车里急得满头大汗，说道：“照这样下去，就算到了晚上也鉴定不了啊！”

“要不我去说说！”我自告奋勇道。

副大队长摆了摆手，说道：“太危险了，再说你根本不是司法系统的人，你去说，算哪一道？”

我们俩刚争论到这里，大周突然拉开了车门，走下了车。

我下意识地拉了他一把，说道：“我靠！大周，你干吗去啊？你是法医，不是谈判专家！”

大周回头对我笑了笑，说道：“他们点名让我去，我不去，这事估计一辈子都解决不了，再说既然我来了，干吗不去看看。”

副大队长倒没有我那么紧张，他跟着下了车，靠在了大周的右边，说道：“一起上，注意安全。”

我只好硬着头皮下了车，紧跟在他的左边，也充当起了保镖的角色来。

“我就是你们要找的周法医，有什么事，大家就跟我说！”大周说道。我们三人缓缓朝人群走过去，一下子喧嚷的人群就被吸引了过来，很快我们就被团团围住。

大周被他们推来搡去，有人还拖住了他的大长腿，弄得大周有些踉跄。我和副大队长则开始负责警戒，喊道：“都退后，退后！你们还想不想解决问题？”

大周艰难地来到了县政府门前，这时他还是那种平常的表情，一点也看不出他的紧张，他站在门前，缓缓说道：“我就是大家要找的市里的周法医，是专门应大家要求来解决这件事的，希望大家冷静点，协助我查明死者的死因。”

一名壮硕的男人冲了过来，咆哮道：“周法医，谁能证明你就是周法医，而且就算你是周法医，我也不相信，我们要请北京的专家来鉴定。”明显，他在挑事！

大周和他的个头差不多，只是身材瘦弱，他轻笑一声，随即说道：

“你可以不相信我，但你们要相信科学。”然后，他把食指指向了那个大汉，摆出一副训斥的表情，“这么冷的地面，这么大年纪的老人躺在这里，有你们这么不孝的子孙吗？”

原来，这才是大周下车的理由，他从来不愿意多管鉴证之外的事情，但是今天他看到了那个孤零零躺在地上的老太太，还是动了恻隐之心。

大家张着嘴巴，这才把目光一齐投向了老太太。八十多岁的老太太张着嘴，披头散发地，一直喘着粗气，上午她就被子女抬到县政府门口躺了大半天，下午这又折腾了三个多小时，人多嘈杂，又惊又悲，她早已累得虚脱了。这些子女只知道吵闹，早把老太太给忘了，现在一经呵斥，才忽然觉得老太太真的很可怜。

大周说着，快步走过去，蹲下来，拉着老太太犹如枯槁的手，大声说道：“老人家，让您受罪了。”

老太太扭着头，瘪着嘴，呜咽道：“领导，我儿子死得冤枉啊！”

大周点了点头，说道：“我是法医，专门来鉴定的，您放心，我们一定会查个明白的。”

老太太紧紧握着大周的手，唯恐他跑掉。

副大队长见势，冲着站在旁边的几个老太太的子女喊道：“你们还不赶紧把老太太先扶进房间里休息？这么大年纪了，还能再折腾吗？你们让周法医来，现在周法医也来了，还有什么不放心的！”

刚才带头闹事的大汉似乎还想继续纠缠，但是几个防暴警察在副大队长的授意下站在了他的旁边，他也哑了火。

副大队长见势头很好，继续“乘胜追击”，大声喝道：“事情闹得再大，最后还不是为了解决问题？我们一定会秉公执法，希望你们好好考虑，派出代表，跟我们谈，只要是合理合法的要求，我们一定会认真考虑的。”

僵持的局面终于被打破了，死者的几名亲属争执了一番，派出几名代表和大周等人进行谈判。

3

死者家属共派出了三名老人的子女，也就是死者的兄弟和姐姐，其他人依然围在县政府的门口，不过这次他们不是站着，而是散坐在院子里。

谈判很艰苦，死者家属咬定了另外两个条件不松口，“要求全程录像”和“现场群众见证解剖过程”，毫不退让。

对于这两个要求，无论副大队长如何苦口婆心地解释，也无济于事。

结果，还是大周出手了，他不紧不慢地说道：“对尸检过程全程录像违反国家的有关政策和法医学规定，也违反了我国的风俗习惯。数百人现场见证尸检，一来会干扰法医的鉴证，二来你们都是死者的家属，要知道解剖可是赤身裸体的，你们怎么能让自己的亲人赤裸裸地暴露在大庭广众之下呢？”

副大队长越听越觉得有道理，一拍大腿，说道：“对呀，你们这么做！解剖完之后，你们家就成了全村的笑话了！”

闻言，死者家属交头接耳起来，过了一会儿，其中一个女人站了起来，说道：“可以不录像，不让其他人进去，但是死者是我亲兄弟，一个娘肚子里爬出来的，我去看没问题吧？”

还没等副大队长说话，大周爽快地答应了：“没问题，你们三个都可以进入解剖室，但是解剖室有解剖室的规矩，你们得按照规矩来。”

“行！”女人似乎觉得大周已经向他们妥协了。

一个多小时后，死者家属终于在解剖申请上签了名，并且告诉了县政府外的群众，县政府之围宣告解除。晚上六点半左右，解剖在县政府的殡仪馆进行。

我和副大队长依旧如“哼哈二将”一样，站在大周的左右，大周神情严肃，恭敬地给死者鞠了个躬，而死者的亲属也统一穿上了防护服，站在解剖室内，看得出他们的眼睛里没有大周的那种气定神闲，更像是我第一次接触尸体时的紧张。

大周举起了解剖刀，将尸表、颅脑、腹腔、肝脏，一处处部位按照程序依次打开检验，每个可疑之处都做了病理检查。

我侧目看着几位家属的神情，暗自好笑。一开始时，他们还愤愤地盯着大周手里的手术刀，煞有介事似的围拢在周围，生怕错过任何一处疑点，还不时地发问，样子像是领导在检查工作。

在四个多小时的解剖中，大周耐心地解答了他们所有的问题，比如为什么尸斑不是出血、什么是冠心病、冠心病发作的特点是什么等等。等到检验到腹腔、肝脏等器官时，污血已经沾满了大周的双手，大周还故意将手套在众人面前晃了晃。

三名家属开始退缩了，先是两个死者的兄弟不到两个小时就借口到外边抽烟去了，最后副大队长再喊他们来看，他们也没有再回到解剖室里。

说实话，那种看解剖的感觉，真不是一般人能承受的，这俩哥们真的已经算胆大的了。

但是死者的姐姐却仍然不肯退去，她的位置虽然离尸体越来越远，但是看得出她最关心这个弟弟。

经过四个小时的解剖，大周终于放下手术刀，摘下手套，解剖结束了。

“死者全身没有外伤，死者是死于心脏病，并非是你们怀疑的那样有什么虐囚之类的事。大姐，还有其他的问题吗？如果有，我可以继续解答。”

死者的姐姐愣在了当场，半天才摇了摇头。

大周随后说道：“如果没有的话，我觉得我们也没有必要保存尸体了，因为我们已经将证据保存了。这样下去的话，尸体会腐败，你也不忍心看着你弟弟这样吧？我觉得死者还是入土为安更好一些。”

姐姐仍旧一言不发，但是看得出她已经接受了这个结果。

“大姐，现场你也看到了，尸体没有外伤，我今天只是做了最初步的检验，半个月后会有一份官方的检验结果给您。”没有得到异议后，大周亲自擦净了尸体上的污血，仔细为死者缝合了解剖后的伤口，为死者整容穿衣。这些工作平常都应该是他的助手做的，这是我第一次见他亲自做这些事，他做得那么一丝不苟，就像一位护工在照顾病人一样周到。

在目睹了大周认真负责的解剖过程后，再听了大周合情合理的解释，死者的姐姐对立情绪消失了，她握住大周的手，连声说着“谢谢”。此时，她已经泣不成声，可能在她的心里，她只想给弟弟一种最后的尊重，才参加了这场围攻县政府的活动。

她和她的弟弟都得到了尊重，所以一切仇恨、对峙都化于无形了。

4

晚上十点多，围观的群众得知了大周的鉴定结果后渐渐散去。

我嘿了一声，说道：“漫天星斗啊！没想到啊，几百个全副武装的警察都没能解决的事，就被你这么搞定了。”

大周伸了伸懒腰，说道：“哪有这么容易，我现在腰都快直不起来了。”

我不禁松了一口气，说道：“呵呵，还好，我看百姓们还是蛮讲道理的！”

大周叹了一口气，说道：“中国的老百姓是世界上最善良的人民，他们的愿望也很朴素，就是‘秋菊打官司’里说的‘我想要一个说法！’死人放在哪个家庭都是天大的事，但是只要你把死因检查过程尽量公开，讲清楚人是怎么死的，即使鉴定结论与当事人的希望不一样，他们也会相信你的真诚的！”

我点了点头，跟他一起仰望着星空，心里有着无限的惆怅。

并非所有的看守所大墙内的意外死亡，背后都一定有什么不可告人的黑幕，类似“躲猫猫”事件，毕竟只是少数，监狱或看守所是个管理非常严格的地方。无论真相究竟为何，这都需要司法机关积极地去面对，而不是躲避、遮掩！要么就给公众一个交代，要不就还司法一个清白。只有直面监督，主动接受群众的质疑，公开真相，整个事件才会朝着理性、法制的方向前行。

第九章

迷网，迷情

1

“葛程怎么还没有回来？大学的课还教不教了？”我皱着眉头问大周。

大周平静得出奇，看不出他的情绪有任何的变化，他说道：“她是旅行学者，在大学里也是客座教授，不回来也没人问的。”

副大队长这段日子也成了大周解剖室的常客，他似乎挺爱喝大周泡的咖啡。他一边喝一边说道：“我说兄弟，像葛小姐这样的大美人，可不能让她跑了，你得多关心一下人家。”

“你想错了！我们不是那样的关系。”大周说完喝了一口咖啡，从他的眼神里我捕捉到了一丝异样。

对于葛程和大周的关系，我一直存在着各种猜想。大周回来了这么长时间，他们之间一直不冷不热，即便偶尔露出的一丝情愫，也不能说明两个人的关系，但是可以肯定的是两个人也绝非朋友这么简单。

此时，我的手机响了起来，是刘佳打来的。

“作家！”

“怎么了？小鬼！”

“我又接了个案子。”

“行啊，大律师，打赢了之后别忘记请客！”

“不开玩笑了，这次案件有点复杂，我想请你来帮我参谋参谋！”话筒另一边的刘佳似乎非常着急。

“少来了，我算老几啊，你是想请大周参谋参谋吧！上次的事，你给周法医来了个下马威，这次不好意思开口是不是？你放心吧，大周可不是这么小气的人。”说着我瞟了瞟旁边的大周，他像没听见一样，在一旁继续品尝着他的咖啡。

电话那边立刻就否定了我的判断，“不！不！不！作家，我就想请你来！”

“我？”我摸了摸后脑勺，看着副大队长冲我坏笑的样子，有些不知所措。

2

原来，刘佳又接了一个司法援助的案件。接这种司法援助案件的律师常常会要求当事人认罪，最后可以向法庭提出从轻处罚的请求。

但是，刘佳却告诉当事人，检察院是以两项杀人指控提出公诉，如果都定为故意杀人罪，当事人必死无疑。她想为当事人做无罪辩护，但是要他说出整个案件的事实。

当事人名叫廖勇，是个五十多岁的大叔，相貌丑陋，身材矮小，是一家私企的小职员，月薪不过四千元，离婚，上有七十老母，下面还有一个正在上高中的儿子，绝对算是一个升级版的“屌丝”大叔。

“这么年轻的律师，打无罪辩护，你让我怎么相信你？”廖勇虽然身份低微，眼神里却有一种强烈的自信。

“我叫刘佳，前两天报纸上说的青年律师力挫明星法医的那个律师就是我！廖先生，不是说律师年轻，官司就一定会输！”

廖勇叹了口气，说道：“好吧！反正也是死马当成活马医！”

“我看您的样子，也并非是一般的人物。”

廖勇没有任何紧张感，说道：“恢复高考以来的第一代大学生，能是一般的人物吗？只不过现在落得个如此下场，也算是时代欠下我们这辈人的债。”

坐在看守所玻璃窗的另一面，刘佳似乎觉得她和廖勇的心其实也有着一种隔阂，这种隔阂并非是代沟之类的简单沟壑，而是一种时代分层格局下的悲哀心绪。

廖勇终于敞开心扉对刘佳讲述了案情的经过，这个经过让一直以来都自信满满的刘佳顿时有些不知所措，她才联系了我，希望我能给她一些帮助。说实话，当我了解了案情后，我也觉得这件事非常棘手。

大约两周后，庭审开始了。

此时，检察官将一份书面报告交到了法官的面前，说道：“这是案件的第一名死者，顾晓君和嫌疑人廖勇之间的一份QQ聊天记录，证明了廖勇和顾晓君之间的关系非常密切，而且无话不谈。请问，你是什么时候认识顾晓君的？”

廖勇坐在被告席上，神色没有一点慌张，说道：“具体时间我也记不清楚了，但应该是2009年的事。”

“通过什么方式？”

“QQ！是她胡乱地查找吧，或者是摇一摇那样的功能。”

“摇一摇那是微信！大叔！”检察官是个不到三十岁的青年，血气方刚，对于这样的案子他自然认为胜券在握。

“好吧，反正就这么认识了。”

“请问你当时在QQ上登记的身份是什么？”

“就是一个普通的公司职员，只不过年龄写得稍微小了一点。”

“小多少？”

“二十几岁吧，我在QQ资料里说我只有二十五岁！”廖勇的表情依然很平静。

听审席上已经有几个人开始笑出了声来。

年轻的检察官也跟着笑了一声，然后马上发问：“当顾晓君看到你的时候，是什么感觉？”

“网友见面嘛，都有这么点诧异的感觉，不过交谈起来也就习惯了。况且，她自己也隐瞒了很多东西。”

检察官似乎很有兴趣听这个话题，问道：“哦？隐瞒了什么呢？”

“年龄和相貌！年龄比实际年龄小三岁，把自己说成是二十二岁，而相貌吗？也和QQ头像相差甚远。”

“就是这个头像吗？”检察官举起了一张照片，而这张照片竟然招来了旁听席上的一阵笑声。

“是的，就是她！”

检察官也跟着笑了起来，说道：“大叔，这个女人是个影视明星，你真的是抱着这样的希望去和死者见面的吗？”

廖勇却一点笑意都没有，他平静地点了点头。

“说说后来的经过吧？把你如何杀害第一死者的过程详细描述一下！”

“我们在几次聊天之后感觉很投缘，就约定见面，没想到双方见面之后，彼此之间就产生了好感。但是，之后晓君就要求我跟她结婚，我并没有同意。几次之后，她终于跟我摊牌，说她想和她老公离婚，和我结婚，她还抽出刀子要自杀。我在抢刀的过程中误杀了顾晓君，怕承担责任，就把顾晓君的尸体抛入湖中，凶器也一起抛到湖里了，就是这么回事儿。”廖勇轻描淡写，把事件的经过描述了一番。

年轻的检察官狠狠地一拍桌子，说道：“一派胡言。”

刘佳突然举起了右手，说道：“反对！审判长，这里不是审讯室，我的当事人有在这里诉说经过的权利，检察官无权对我当事人所述事实进行主观评价。”

法官不假思索地答道：“反对有效，我要警告检察官，这里是法庭，请注意你的言行。”

检察官一看便知是个特立独行，拥有着难以想象的自信和膨胀欲望的“80后”，他根本没有理会法官的警告，而是继续发问道：“廖勇是一个比死者大二十几岁的老男人，而且没有钱，没有身份，长得也很丑陋，死者虽然不是明星，但是大家也看到了，她长相甜美，怎么会因为他而要离婚呢？这显然不合情理。”

旁听席顿时哄笑起来，法官敲着法槌要求肃静。

检察官一指天花板，说道："廖勇承认杀人的刀是他的，而并非是顾晓君的。请问顾晓君怎么会拿廖勇带来的刀去自杀，这太不符合常理了。大家可以想象顾晓君是个全职太太，生活美满，丈夫和她的关系非常好，只不过丈夫时常出差，所以她在家里很寂寞，才会一时无聊找消遣的对象，廖勇这才因为网络走进了她的视线。一定是当廖勇提出要与顾晓君发生性关系时，遭到顾晓君拒绝，廖勇恼羞成怒，杀害了顾晓君。"

刘佳满脸怒容地站了起来，大声喊道："反对，检察官在臆测整个凶案过程。"

法官大声喊道："反对有效！"

"审判长，我没有其他问题了。"检察官故意用眼神瞟了瞟刘佳，坐在那里开始坏笑。

检察官的询问结束，到了律师询问的环节。刘佳站了起来，开始反驳检察官的推测："第一起凶案发生在廖勇的车内，经过法医对现场采集到的血液样本的测定，死者是在副驾驶的座位上被刺死的，那把凶刀一直放在副驾驶座前的储物柜中，储物柜上也发现了顾晓君的指纹，说明顾晓君打开过副驾驶的储物柜，知道里边有一把刀。而廖勇一直都是驾驶员，坐在左侧的驾驶位上，法医在检查方向盘上的指纹时没有发现顾晓君的指纹，也就是当时开车的并非是顾晓君，而是廖勇。最有可能拿出那把刀的人就是顾晓君。这也正好符合了我当事人刚才所叙述的案情经过。至于那把刀，我想很多司机都会在车里放一些例如球棒或是木棍之类的东西，以防抢劫之类的事情，这本身就无可厚非。"

"反对！因为凶器还没有找到，这根本就是猜测。"

刘佳举起法医的报告，反驳道："凶器是一把十厘米以上的凶器，在车内，还有什么地方能盛放这种凶器而不被人注意呢？只可能是副驾驶的储物柜。况且，如果是廖勇从副驾驶的储物柜中拿出刀，再威胁顾晓君，顾晓君有大把的时间可以拉开车门逃跑，为什么会在车里被杀害？"

此时，法官并没有对刘佳的说法表示异议，而是直接宣布休庭三天，三天后继续开庭。

3

“这件案子果然很棘手！”我不住地挠着头发。

“你也知道警察和检方那帮家伙都是先入为主的，我在外围调查调取证据时，遇到了不小的阻力。多谢你，给我找来了这么强有力的法医报告，还要谢谢大周不计前嫌。”刘佳喝着果汁，似乎对我很感激。

我摆了摆手，说道：“谢他干什么，这家伙干什么事都是秉公而断的，你对他有恩或有仇，都不会改变法医报告上的评判。”

刘佳嘿嘿一笑，说道：“不管怎么说，这份法医报告对嫌疑人更为有利。”

“哪里话，只不过这些证据还不足以为廖勇脱罪，就算你的说法成立，也必须要说通，为什么一个男人的副驾驶储物柜中会放一把凶刀。”

刘佳叹了一口气，说道：“是啊，这是个难点！”

我砰砰地拍着胸脯，说道：“放心吧！我会继续调查下去的，其实这个案件还有很多的死角呢！我会逐一调查的。”

“作家，给你添麻烦了！”

“切，咋还会说这种话，咱俩这关系……”

刘佳红了脸，说道：“讨厌……”

庭审在三天后进入了第二阶段。

此时，检方传唤了顾晓君的丈夫阮大鹏。

检察官自信地问道："请问您的职业？"

"一家公司的执行董事！"阮大鹏是个身材挺拔的男人，虽然长相一般，但是身材很符合现代女性的审美需求。

"年收入是多少？"

"超过三百万。"阮大鹏说这话时，眼眉挑了一下。

"请问你和你太太的感情如何？"

阮大鹏有些惆怅，眼圈发红，说道："我们感情很好，结婚后不想她太累，就让她在家做全职太太。"

检察官扭过头来，说道："审判长，正如您所看到的，死者和她的丈夫关系很好。而死者丈夫无论哪一方面都比嫌疑人要优秀很多，没有理由死者会喜欢上嫌疑人这样的男人，而抛弃自己的丈夫。"

此时，刘佳站了起来，说道："金钱，地位，身高，长相，没错，这也许是大多数少女考量的丈夫条件。但是，死者是一个二十六岁的女人了，她的标准还只会是这些吗？男人对于婚姻来说，第一把戒尺就是忠诚！这是已婚女人对丈夫最为基本的要求，但是阮先生，请问你做到了吗？"

阮大鹏突然被问住了。

此时，检察官像是察觉到了什么，站起来说道："反对，对方律师的说辞和本案无关。"

"这是在证明死者到底是抱有一个什么样的心态去见我的当事人，怎么能说与本案无关？"

法官稍微考虑了一会儿，说道："反对无效！被告代理人，请你指出证人对婚姻不忠诚的证据来，否则本庭将会考虑你诬蔑证人，予以训诫。"

"这是最近几天在一家宾馆门口拍到的照片，一个刚刚经历了丧妻之痛的男人，会做出这种事吗？"说着，她把这些照片交到了书记员的手上。

"辩方律师，这些证据好像你没有在庭前提交。"法官突然问道。

刘佳点了点头，然后看了看坐在旁听席上表情轻松的我，笑了笑，说道：“没错，审判长，这些证据也是我昨天刚刚取得的。”

法官看了看，示意检察官将照片拿去，进行质证。

检察官看到这些照片后，脸色惨白，原来照片中是阮大鹏搂着一个女子走进一家宾馆时的情形。当然，这样的照片自然是出自我这个“侦探”之手。

“审判长，根据证据原则，被告嫌疑人并不能提供这些证据的合法来源，我希望法庭对这些证据不予采信。再说，这些照片上的时间显示都是发生在凶杀案之后，并不能……”

刘佳冷笑一声，说道：“我就知道你会这么说，所以我要求提请第二份证据，这份证据是由一家快捷宾馆提供的，时间是死者死前六个月。”刘佳把一张光盘交到书记员手里。

这份证据是我拜托副大队长调查的，在警方的案卷中，最初阮大鹏也被列为怀疑对象，但是在死者死亡时，他正好出差，经过调查后他也确实没有作案时间。

警方在外地的调查中询问了宾馆人员，证实了阮大鹏确实没有作案时间。而我拜托副大队长调取了案发时一整天的宾馆录像，竟然发现阮大鹏和另外一个女子有染，而且我查找了阮大鹏出差的时间，发现他每次都是入住这家宾馆，而这家宾馆的录像显示，几个月内，这个女人数次进入过他的房间。

检察官脸色发青，一言不发。

刘佳则拿着大周的另外一份检验报告，交到了法官的手里，说道：“这是一份对于死者死因之外的尸检报告，是法医研究所的周法医重新检验后得出的。当然，对于死者的死因，这份检验报告中并没有提出任何的异议，但是在女性生殖系统的检查中有一项重大发现，那就是死者患有先天性的输卵管粘连，几乎不可能治愈，也就是说，死者患有不孕不育症。这恐怕也就是他们夫妻感情破裂的导火索。”

检察官气急败坏地喊道：“反对，这与本案无关。”

刘佳没有回应，只是看着法官。

“反对无效！”法官郑重地说道。

4

几个小时里，检察官仍旧坚持自己的观点，而刘佳做出了未发现凶器应该遵从疑罪从无原则的辩护。两个人针对所有证据，展开了拉锯战。法官最后宣布休庭，三天后开庭。

刘佳拿起电话，说道：“案件正朝着有利于我们的方向发展。”

廖勇突然笑了一下，表情还是非常轻松，说道：“小姑娘，你只是在第一起案件中占了上风而已，别忘了我可是牵扯了两起命案。”

刘佳举起了右拳，俏皮地笑了笑，说道：“放心吧！这个案子我一定能打赢。”

廖勇似乎对自己的案子并不关心，说道：“我儿子怎么样？他今年高三啦，可不要影响到他高考。”

刘佳沉默不语，因为我和她一起走访过廖勇的家，可以说，这样的一场诉讼早已在民间传开。廖勇的儿子廖杰也已经成为学校和媒体的焦点，他现在的处境比他的爸爸好不了多少。

我从廖杰的眼神里似乎寻找到了一些东西，却怎么也抓不住，因为这孩子的眼睛和他的父亲一样深邃，这可以算得上是一种超越了同龄人的成熟。

廖勇最关心的是廖杰，可这孩子还真有些让人担心，刘佳此时也只好含糊着答应。

于是第三次庭审正式拉开了序幕。

检察官很快就进入了第二起凶案的陈述。

专案组警官周海出庭作证，检察官的询问围绕着顾晓君母亲被害的情节进行了询问。

周海在法庭上公布了警察的调查结果：“在发现顾晓君尸体四天后，在本市的一家酒店内，发现了第二个女死者，也就是顾晓君的母亲袁硕的尸体。警方认为，袁硕被杀的原因是，她在女儿的案件没有进展的情况下，在家中发现了女儿的另外一个手机，但是她没有把这个手机交给警方，而是独自通过手机上的短信追查案件的真相。”

检察官有点纳闷，问道：“警方一开始没有搜到这个手机吗？”

周海摇了摇头，说道：“其实，一开始我们根本没有往情杀上面想，在死者家里的电脑中没有任何的QQ和聊天记录，说明死者在每次聊天后都特意删除了自己的账号和QQ，或者是死者压根就没用电脑登录过QQ。而死者的手机我们也查过，没有任何和被告人有关的线索。”

“那这部手机袁老太太又是如何发现的呢？”

“这个我们到现在也不知道！可能是母女两人有一些秘密吧。”

检察官经过几天的调整后，又恢复了之前的神气，“那请问，警方通过这个新的手机，都发现了什么？”

周海继续说道：“袁硕在得知女儿的死讯后，一直居住在女婿家，她不时来到警局询问进展。可能就是在这段时间里，袁硕在收拾女儿遗物的时候无意中发现了女儿的手机，但是这个手机并不是她女儿平时使用的，号码是完全陌生的，也很老旧，像是很长时间不用的样子，这个手机卡是不用身份证就能购买的那种号。袁硕在这个手机里发现了大量的QQ聊天记录、短信和通话记录，由此发现了廖勇的存在。她顺藤摸瓜，找到了廖勇，并约他在宾馆见面，可能是她已经料到了廖勇会对自己不利，在此之前她把手机寄给了自己的女婿阮大鹏，警方这才能通过手机找到廖勇。我们推测是廖勇急于拿回证据，拿刀威胁袁硕，但是袁硕早有准备，与廖勇的搏斗中，廖勇杀害袁硕。”

检察官此时对刘佳坏笑了一声，说：“请问这个案件的凶器找到了吗？”

周海得意地笑了笑，说：“找到了，廖勇是主动投案的，他很快就交代了藏匿凶器的位置。凶器上也检测出了廖勇的指纹。”

“审判长，我暂时没有问题了。”检察官满意地坐下了。

刘佳站了起来，她冲着周海问道：“请问周警官，杀害本案第二死者袁硕的刀子到底是谁的？”

周海直接回答：“是廖勇的。”

“你胡说！这把刀明明就是死者袁硕的。”接着，刘佳便向法庭提供了我调查而来的新的证据，一份超市的发票和收银员的录音。

法官仔细地看了看发票，又倾听了录音。

“对！就是这个老太太买的！因为在我们这种便利店里买刀的人很少，所以印象很深。”

“你愿意出庭作证吗？”这是我的声音。

“这……还是算了！”收银员的声音变得胆怯起来。

刘佳放完录音后继续说道：“很明显，刀是袁硕带来的，是袁硕想为女儿报仇，而举刀想要杀死我的当事人，我的当事人只是基于正当防卫，错手杀死了袁硕。我知道我提供的证据控方一定会提出异议，但是这是一件人命关天的命案，所以我希望法庭对事实部分做出法庭调查。”

周海的脸色发青，顿时急了：“胡说，你们没有看到审讯记录吗？廖勇承认那把刀是他的！”

刘佳对周海怒目而视道：“当然看到了！但是我也请周警官看另一份法医报告，这是法医研究所的周法医做出来的，对廖勇身体的检验报告。”

周海立即脸色一变，坐在证人席上，眼睛滴溜溜地乱转。

刘佳没有理会他，站在法庭上继续慷慨陈词：“审判长，周法医在廖勇的身上检查出了脂肪栓塞。”

法官眉头一皱，“何为脂肪栓塞？”

“我们平时的肺血管是用来经营气体交换的，人体的血液红细胞通过血管运行，一下子就携带了氧气，而对廖勇的身体检查发现，廖勇虽然没有任何外伤，但是皮下的脂肪却有着大面积的瘀伤，这种脂肪被碾碎了以后直接进入血管，随即运行到了肺部，堵在了毛细血管中，大量的脂肪堵在里边，使得肺脏的气体交换功能无法实现。”这是我从大周那里一字一句学来，又现卖给刘佳的，这是大周经典的背书似的解释。我当时满脑子都是大周如果站在法庭上背这段话时的样子。

廖勇正好咳嗽了几声。

法官突然问道：“我还是不太明白，这和本案有何关系？”

刘佳把拳头狠狠地砸在了被告席的桌子上：“审判长，造成脂肪栓塞的可能性只有一个，那就是我的当事人遭受过刑讯逼供！所以，警方的审讯记录根本不可信。”

我坐在旁听席上，狠狠地握紧了拳头，默默地为刘佳的又一次胜利庆祝。

此时，法庭内开始了喧哗之声，与嘈杂形成鲜明对比的是检察官那张无比难看的脸，他额头上的汗珠滚滚而下，他坐在那里一句话也说不出来。

三名法官开始交头接耳，互相交换起了意见。

随后，主审法官敲响了法槌：“肃静！由于案件出现重大变故，法庭将会对辩护人的证据进行进一步调查，现在宣布休庭。”这一次，法官并没有宣布下次开庭的时间，谁都知道刘佳抛出的这枚重磅炸弹的分量。

法庭内所有人的表情都很夸张，只有廖勇，像是什么也没有发生过一样平静。

5

周海因为刑讯逼供而接受组织调查，而法院做出裁决，驳回检察院的公诉，责令公安机关另行调查，补充证据。

负责这起案件的警官变成了副大队长。由于他的加入，本来已经对刘佳十分有利的形势，突然直转而下，因为经验丰富的副大队长很快找到了关键性证据——第一起案件中杀害顾晓君的那把凶刀找到了。

据廖勇交代，顾晓君的尸体是被他扔到了我市的洋湖中，这里是一个死湖，平时死水一潭，蚊虫滋生，少有人来！廖勇也承认把凶器扔在了这个湖里，但是经过反复打捞，并没有发现凶器。

副大队长断定廖勇在撒谎，那把凶刀不在湖底。凭借经验，他在找到第二把凶刀的地方开始了拉网式的巡察，没想到，就在发现第二把凶刀不远处，警犬“汪汪汪”地狂吠起来。

很快，第一把凶刀被发现了，在上面发现了廖勇的指纹和顾晓君的血迹，法医鉴定，该刀即为杀害顾晓君的刀。大周随后对这把凶刀进行了检验，然后和顾晓君尸体上的伤口进行了比对，得出了一个结论：从刀口和尸体的伤痕来看，刀只有一次性刺入的痕迹，并没有像廖勇所说的拉扯和向外拔刀的痕迹，这说明廖勇并没有和顾晓君抢夺过凶刀，凶刀是直接插入被害人的身体的。

这一结论立即成为了副大队长的主要证据，他准备直接提交法院，同时，第二起命案也有了起色，副大队长找到了至关重要的第二位证人——老年大学的教师张大海，他和袁硕在老年大学里是师生，和袁硕关系密切。

两个月后，经过一系列的补充侦查，庭审再次展开。此时的刘佳已经耷拉了脑袋。

除了大周做的法医鉴定外，张大海还带来了一份至关重要的证据。

检察官此时正站在张大海面前。

“请问张老师您和本案的第二死者袁硕之间是什么关系？”

“师生！不过，我们可能有今后共同生活的意愿。”

“请您再说得清楚一点！”检察官眨了眨眼睛。

“我们约定在年底结婚登记，成为正式的夫妻。”张大海说着揉了揉眼睛，显然他的眼睛已经湿润了起来。

“那您觉得袁硕是一个怎样的人呢？她会不会因为女儿而去报仇，杀害对方？”

“袁硕是一个非常温柔和贤惠的女人，而且她的力气非常小，怎么可能去对一个男人行凶呢？”

“我的问题问完了！”检察官此时又回到了座位上，眯着眼睛看刘佳。

刘佳站了起来，走到了张大海的身边，问道：“请问张老师，您是什么时候开始认识袁硕的呢？”

“两年前，她来老年大学上课的时候。”

“两年？只用两年的时间，您能充分了解一个人吗？况且，袁硕唯一相依为命的女儿死去了，她会是一种什么心态和动机，我们永远也无法洞悉。”刘佳似乎还在做最后的抵抗。

“不！我能洞悉她的心情，因为她在临走前给我留下了一封信。”张大海颤抖地从他的衣服兜内掏出了一封书信来，交给了书记员。

主审法官低声问道：“张老师，我们可以当庭宣读这封信吗？”

“没问题！”张大海坚定地说道。

主审法官将这封信交给了书记员，书记员展开信，大声地朗读了出来：

大海：

知道女儿的事后，我真的哭得不成样子！喉咙都哽咽着，实在是难受！

就在得知晓君噩耗的这几天里，我像是过了几年，没有一天不想念我的孩子。不管我如何努力让自己忘却，但总会在某一个不经意的时刻，某一个不经意的碰触，让我泪流满面。我永远也不能忘记晓君给我带来的快乐和痛苦。就让我把这封信送给我在天堂的孩子吧。我写给你这封信，是怕我撕开自己血淋淋的伤疤，怕痛。

有孩子的日子是快乐的。每个孩子给父母带来的快乐都是无价的，都是永恒和真实的。现在回想起和女儿在一起的每一段时光，我仍然能感到那一分从心底涌出的温柔，那是一种能让钢铁熔化的温柔。

还记得晓君刚出生时，她是那样的娇小和丑陋。红红的皮肤皱皱的。她只有在我的怀里才会感到安全，才会安静地睡，才会停止哭泣。我快乐地看着我的孩子，并真心感谢上天赐予我这个如此美丽的小精灵。

孩子的爸爸死得早，所以在遇到你之前，我把所有的寄托都放到了她的身上，可以说她是我的全部。

但是那个无情的人，不仅勾走了我女儿的灵魂，还要了她的性命，女儿临死前来过我这一趟。不知道为什么，我和她的储物柜里多了一个破旧的手机，我起初不知道这是女儿的，但是事后却发现了手机里的秘密。女儿竟然和一个男人有私情，而和这个男人约会后，她就失踪了。

几天后，警方终于发现了她的尸体，但是他们的破案速度就像蜗牛一样缓慢。我知道凶手是谁，也给他打了电话出来见面，我等不及了，我要去找他理论，问他为什么要害死我的女儿。

放心，我只是找他理论，让他去自首，我不会有危险，我买了防身的家伙。

大海，没有了女儿，你就是我的全部，等我回来！

信中描述了事件的始末，袁硕只是想去调查真相。当书记员念完这封信时，刘佳瘫软在了律师席上，这封信说明袁硕并没有杀害廖勇的意思，只是想与他理论，至于私自买刀，可能只是一种自卫。也就是说廖勇并非正当防卫，他这项杀人罪可能跑不掉了。

此时，检方提供了一份法医的鉴定报告："经过笔迹鉴定，证实这封信确实出自死者袁硕之手。"

我想刘佳怎么也不会想到，第一次审判中起到决定性作用的大周的鉴定报告，竟然在第二次审判中成为了检方的制胜法宝。

我当时还偷瞄了一眼廖勇，此时他没有沮丧，竟然在嘴角露出了一丝浅淡的微笑。

可这还不是事件的全部，正当整个案件即将盖棺定论的时候，我旁边的那个人却突然大喊了起来，我认识他，他是廖勇的儿子廖杰。

"顾晓君是我杀的！不关我爸爸的事！爸爸只是在为我顶罪而已！"

6

廖杰的叫喊声让在场的人目瞪口呆。

廖勇最先反应过来喊道："你胡说什么！"

"爸爸，人是我杀的，我对不起你！"廖杰站在旁听席边声嘶力竭地大喊起来。

这次轮到检察官的脸上面如死灰了，如果真如廖杰所说，这件案件将会第二次被法院打回，补充侦查，这件事将是检察机关的奇耻大辱。

主审法官当庭宣布休庭，法警立即逮捕了扰乱法庭秩序的廖杰。三天后，案件又被打回到了检察机关，要求补充证据，重新侦查。

而负责这起案件的副大队长，在审讯廖杰的时候，终于获悉了事件的全部真相：

在无聊的高三生活中，廖杰用父亲的名字买了一部手机来聊天，认识了网友顾晓君，两个人约定了见面，却没有想到一起投入了情网，两个人互相隐藏了身份。

顾晓君说自己是一个二十六岁的大龄剩女，而廖杰却说自己是一个二十四岁的小白领。两个人互道衷肠，竟然很快有了不正当的男女关系。

顾晓君率先坦白，说自己是有夫之妇，希望廖杰能跟自己结婚。但是廖杰不干，坦言自己只是个高三的学生。廖杰每次都是开着父亲的车出去约会，他爸爸的副驾驶储物柜里一直放着一把防身用的短刀，这件事顾晓君也知道。

案发当日，顾晓君再次旧事重提，廖杰依然说自己还在上学，不可能和她结婚。顾晓君认为廖杰欺骗了自己，抽出了副驾驶储物柜的刀想要自杀，廖杰当时慌了，并没有阻拦，而是看着顾晓君真的就把这把刀插进了胸膛。他当时吓坏了，很快又冷静了过来，他知道即便报警，自己也和这起案件脱不开干系。他搜遍了顾晓君的全身，没有发现什么可以证明她身份的东西，所以就把她的尸体扔进了湖中，把刀埋在了一座久未有人使用的废弃厂房边。剩下的只有自己默默祈祷了。

没想到几日后就有人给他打电话。打来电话的人不是警察，只是说捡到了一部手机，这部手机里只有廖杰的号码。

廖杰慌了神，他在琢磨这是不是警方的圈套呢？他觉得绝不能让顾晓君的手机落入警方之手，所以一口答应去见面。

在见面的宾馆里，廖杰见到了袁硕。袁硕质问他为什么要杀害自己的女儿。在廖杰怎么解释都无法满足袁硕的心意时，袁硕竟然从包中掏出了一把尖刀。

廖杰是个孔武有力的青年，几下就把这把尖刀夺了过来，握在了自己的手中，没想到的是袁硕竟然一头撞了过来，想要再夺回刀子。

廖杰面对已经接近疯狂的袁硕，挺起了刀，闭上了眼睛。当他再睁开眼睛的时候，发现老妇人撞到了他的胸口，自己手中的刀已经插在了老妇人的胸前。

此时廖勇出现在门口，原来他早就发现儿子行踪可疑，并悄悄跟来。眼前这一切，竟然没有让这个饱经风霜的男人慌张，他支走了儿子，他决定要为即将高考的儿子隐藏全部罪行。

廖杰起初并不答应，但是廖勇告诉儿子，如果能找到一个好的律师，他完全可以脱罪。所以，在刘佳往日里为廖勇辩护的时候，廖杰并没有站出来。

而当案件到了山穷水尽之时，廖杰终于忍不住把真相公之于众。

7

几日后，案件重新进入庭审阶段。

在廖勇宣判前最后一次会见中，刘佳再一次会见了廖勇："你可能会被冠以伪证罪，不过这个罪名应该不会判实体刑罚，加上被关押的时间，审判后应该很快就能出狱了。"

"我关心的是我的儿子。"廖勇的眼睛差点瞪了出来。

"他的事就比较麻烦了，警方也正在侦查阶段。由于你儿子案发时其未满十八岁，他即便是被判故意杀人也不会被判处死刑，当然我也会尽自己所能，让廖杰被判定为正当防卫。"

廖勇恶狠狠地瞪着刘佳："是不是你找到了我儿子，让他帮我承认罪行？"

刘佳的眼神里闪过了一丝歉疚，说道："是的！其实事情的真相我早都了解了！而且了解的要比你知道的还多，因为我得到一个很厉害的侦探帮忙。"

“你是怎么想到这些可能是我儿子干的？”

“是庭上检察官的那一席话提醒了我，一个这么漂亮的少妇为什么会找你这样又丑又没有钱的老男人当情人呢？虽然这句话挺刺耳，但这确实是现实！”

廖勇叹了口气，说道：“你还了解什么？”

“你可能认为你自己是个非常了不起的人！但是在每一次时代的改革中，你却都是被剥夺了利益的那个人，本来进入了一家国企，后来在国企下岗，你多方寻找出路，经历了创业、股市，你起起落落，但最终都失败了，现在只能屈身在一家小私企。老婆跑了，孩子是你唯一的希望，是你可以东山再起的资本，所以，你不能让你的孩子出事。当然你也有想凭借这个官司证明自己实力的意思，你几乎办到了。但是你还是输给了一个人。”

“谁？”

“法医大周！不仅是你，这次连我都得认栽！”刘佳说着，摇了摇头，站起来转身离开了会见室。

廖勇激动地拍着会见室的玻璃。

在廖勇的谩骂声中，刘佳离开了看守所，门外站满了采访她的记者。刘佳这次没有接受任何采访，而是退出了人群。

“刘律师，这次您能为被告脱罪，是不是有运气成分呢？”

“您是不是会继续为被告的儿子脱罪？”

“刘律师，您在业界被称作麻辣律师，这次和周法医的对决，您认为是谁输谁赢呢？”

刘佳的表情难看极了，她像是一只被众人围住的小麻雀，怎么也跳不出那个包围圈。

我冲进人群，拉住她的手，带着她硬生生地冲出了人群，把她塞进我的车里，我随后也跳上车，并快速启动了汽车，车子终于甩开了众人的包围。

看守所门前的道路泥泞不堪，而且到处都是大坑，这条路久未修缮，像是为了防止罪犯逃跑刻意而为的。

颠簸的车子，让人顿时清醒了不少。

“其实，我也不知道这件事我是办得对了，还是错了！”刘佳低着头，对自己有些怀疑。

“你知道邓析这个人吗？”

刘佳摇了摇头。

“这个人算得上是你们律师的鼻祖，他是春秋时郑国的大夫，号称铁嘴。他颠倒黑白，把郑国的法律搞了个乌七八糟，最后此人被郑国丞相子产杀了。邓析在历史上虽然是一个反面人物，但是他做的事真的一点意义都没有吗？《左氏春秋》上说：‘杀邓析，以用竹刑！’由于他的存在，郑国重新修订了各种法律，填补了法律的漏洞，法律最终得以进步。律师的意义其实就是这样的，你们在庭审中发现了法律的漏洞，立法机关就会进行弥补。从这点上看，你和大周的工作其实是一样的。”

“律师和法医一样？”

我笑了笑，说道：“对啊！你第一次说他的轴索断裂的结论缺乏实验依据，他就向全国的医学权征集这项实验的数据，力图能够得到证实，他的努力和你一样，都是希望法制前进。所以，无论你做什么，都无须自责，你们只不过是一枚硬币的正反两面，其实都是在推动法制继续前行，这就足够了，况且，这个案子你还没有输哦。”

“怎么？还有转机？”刘佳兴奋地从座位上跳了起来，脑袋撞在了车顶上，她摸着头顶，冲我傻笑着。

“你真是个冒失鬼！”我笑着把一个信封交给了她，“这是大周做的一份笔迹鉴定记录。”

“哦？谁的？”

“张大海不是提交了一份袁硕死前留下的信吗？经过大周的分析后，推翻了之前其他鉴定人员的结论，这封信是伪造的！”

刘佳简直不敢相信自己的耳朵，问道：“伪造的？之前为什么没有检验出来这是伪造的呢？”

“对于笔迹的检验，一般的鉴定人员采用的是比较完备比照技术，不过，大周仔细核对了很多袁硕之前所写的文字和相关的材料断定，这封信虽然笔迹极像，但是却在用词和笔力上和袁硕相差甚远，因此大周最后断定这封信是他人伪造的。”

刘佳突然联想到了一个人：“张大海？他在老年大学是教书法的，一定是他伪造的，他为什么这么做？”

我把方向盘一转，车子已经开出了颠簸的监狱区，驶向了大道，“我一开始也纳闷呢，张大海为什么要伪造这封书信呢？后来我发现了一个秘密。”

“什么？”

“顾晓君的亲生父亲其实就是张大海，袁硕的妈妈只是个普通的女工，当时袁硕是‘文革’时下放到工厂的大学老师。袁硕的丈夫是个粗人，经常喝酒闹事，袁硕当时就喜欢上了温文尔雅的张大海。顾晓君是袁硕一次意外的婚外偷情跟张大海有的孩子。后来张大海回到了高校，也结了婚，两个人本来就没有什么联系了。”我叹了一口气道。

“张大海和顾晓君是父女？大周验完DNA啦？”

“没有，是副大队长拿着这份笔迹鉴定记录审讯张大海后，他主动交代的，DNA的检验随后也肯定会做的，现在看来应该是不会差。”

“可是即便张大海就是顾晓君的父亲，但这对廖杰杀害顾晓君的案子本身并没有什么价值啊？”

我呵呵一笑，说道：“后边的事，就更离奇了，其实张大海目睹了女儿顾晓君死亡的全过程。”

刘佳这次连“啊”的一声都没能发出来，她只能瞪着眼睛诧异地望着我。

“张大海也没想到袁硕报了老年大学的书法班，他也很意外他们竟然还有个女儿。袁硕此时的丈夫已经死了，而张大海的老婆也在几年前因为乳腺癌去世了，所以袁硕就提出来想和张大海结婚。张大海心里挂念着女儿，却被袁硕以结婚为条件要挟，如果不结婚，就休想见到女儿。张大海因为自己的名誉和地位，不同意结婚，但是他却很想见见女儿，所以就总是跟踪顾晓君，想以这种方式和女儿见面，没想到却目睹了廖杰和女儿在车中的经历，他看到了女儿死亡的全过程，但是因为不能解释清楚他为什么会在现场，所以一直都没有说出真相，不过每一场庭审，他都会去看，也从中大致了解了女儿之死的来龙去脉。”

“他那天到底看到了什么？顾晓君到底是怎么死的？”其实，从头至尾，刘佳也没有相信过廖氏父子的话。

“如廖勇所说，顾晓君一开始便想要自杀，他的儿子廖杰没有阻拦住，所以顾晓君是自杀而死的。”

刘佳释然了，问道：“那袁硕呢？当时袁硕被杀时，张大海也在现场？”

我摇了摇头：“顾晓君死后，袁硕把一封带有浓浓杀意的信交给了张大海，信中说她要亲手杀了那个凶手。但是信中写明了当年他们俩因为偷情而产下女儿的经历，所以这封信被张大海保留了下来。张大海膝下无子，得知顾晓君是自己的女儿后，欣喜若狂。但是女儿的死给他的打击太大了，在经过了两轮庭审后，张大海以为自己的女儿是被骗了感情才自杀的，于是把女儿之死的怨气都发在了廖勇一个人的身上！”

“既然张大海已经看到了和顾晓君在车子里的是廖杰，为什么不直接举报廖杰，而非要廖勇偿命呢？”

“一来举报廖杰是凶手，就会暴露自己和顾晓君的关系，二来他和廖勇同为父亲，可能也存在着子不教父之过的观念吧！”

刘佳点了点头，说道：“所以他有了要向凶手一家报仇的念头，因为自己是书法家，他模仿了袁硕的笔迹，希望法庭能给廖勇死刑的惩罚。其实，张大海知道袁硕也很可能是自杀，是她自己扑向了那把尖刀，因为能支撑袁硕活下去的两个人，一个是他，一个是女儿，而这两个人一个她得不到，另一个永远离开了自己，所以她选择了死亡，这样做可以惩罚杀害自己女儿的人，也可以让张大海悔恨终生。”说完，刘佳看了看我，那眼神像是希望得到我的肯定。

我把右眼一眨，说道：“别看我，这是你作为律师的推论，要怎么说才能让法官相信，就得看你的本事了。”

“太好了，有了这样的证词，廖杰的这场官司就赢了。但是，我其实还是有一点纠结，顾晓君为什么要自杀呢？”刘佳的脑袋里有些空白，她实在想不明白人为什么会想着死。

“与她有关的三个男人——她的爸爸、丈夫和情人都欺骗了她。我想任何女人都无法接受这样的事实吧。”

刘佳有些惆怅地笑了笑，说道：“每个人都有两张脸，一张是给别人看的，而另外一张是给自己看的。无论给人看的那张脸多么光鲜，最后隐藏在黑暗中的那张脸，其实才是真正的自己！”

我稍微把车速提了提，因为我也觉得有些郁闷。

刘佳说得对！人类的虚荣、自私、痛苦、扭曲都隐藏在这张脸的背后，而真实的脸不是靠解剖刀就能剥离出来的。

此时，我的电话响了，是大周打来的。

“喂？大周？”

“作家，葛程回来了！能不能来我的研究所一趟？记着！你一个人来！”

“好！”我在大周的话中嗅到了一丝不祥的气息，可能葛程带回来的不是什么好消息。但我还是冲着旁边的刘佳微笑了一下，像是什么也没有发生一样。

第十章
黑弥撒之舞

1

我站在研究所的大门内，看到大周孤零零地坐在研究室的桌前，这是我第一次看到他坐在研究室里，眼前却没有摆着他最喜爱的咖啡。他佝偻着腰，高大的身材顿时大打折扣，我一下子觉得当年那个阳光帅气的青年，经过岁月蹉跎后已经不复存在了，中年的阴影已经笼罩在了他这张英俊的面庞周围，看来任何人也逃不过时间的追赶。

“葛程小姐呢？”我环顾四周，不见葛程的踪影。

“她实在是太累了，先回家休息了。”大周有气无力地说道。

“大周，发生什么事了？为什么这么急找我回来？”我知道一定发生了什么事，刚把刘佳送回了律所，就急匆匆地赶到这里。

大周深深地叹了一口气：“我一直说不想把你卷进这件事里来，但是葛程说，如果不告诉你，可能你也会有危险，所以我觉得还是应该提前知会你一声。”

“黑弥撒？”我早已料到，大周所说的黑暗一日终于到来了，这时我没有任何的恐惧，只有兴奋。

大周把一份报告摔在了桌子上：“葛程去调查了刚刚发生在一辆从云南开往宁夏的列车上的碎尸案，结果证明，这起案件和黑弥撒有关。”

我打开报告，上面简单陈述了案情，在一列从昆明开往银川的列车上发现了十几个旅行袋，里边发现了大量的尸块，拼凑起来是一具完整的女性尸体。

我仔细阅读了报告后，把它还给了大周，问道：“这怎么可能？”

大周不动声色，问道：“怎么就不可能了？”

我皱着眉头说：“既然是分尸案，抛尸的地点应该越隐秘越好！怎么会把尸体这么大张旗鼓地放在火车上。而且，现在火车的安检极其严格，能把这么多包尸体残肢带上火车，绝非易事！”

大周的脸上露出一丝无奈："谁说死者是被带上火车的！死者就是一个普通的乘客而已，监控录像显示她是自己走上火车的。"

"啊？"我瞪大眼睛看着大周，"难道说？"

大周点了点头："人是在火车上被杀的！杀人和解剖尸体的地点就在一个软卧的包间内。"

"没有人发现？"

"整个切割尸体的过程是在一个小时之内完成的！尸体先被抽干了血后再进行解剖。其间，没有发出过任何声音，就连隔壁包房的人也没有察觉，尸体的出血量极小，凶手绝对是个解剖的高手。"

我的心脏咚咚咚地像要跳出来一样，这已经超越了我自己的心理承受能力，我问道："云南到银川的火车全程要几个小时？"

"36个小时！"

"死者是在哪里上车的？"

"昆明的始发站！"

"在哪一站被发现的？"

"终点，银川站！"

"也就是说，火车带着这些尸块，绕了大半个中国？"

大周无奈地点了点头。

我的脑子里已经被各种问题塞得满满的，但还有一个更为重要的问题："为什么说，这起案件和黑弥撒有关？"

"因为这起案件和1996年的'南大碎尸案'有着很多相似之处，列车上的女死者和当年的刁爱青一样，同为黑弥撒祭品。"

"又是'南大碎尸案'？"我马上想到了副大队长的那本日记。

大周打开了抽屉，从里边拿出了一个破旧的小册子，我知道这就是那本副大队长视如珍宝的刑侦笔记，是他父亲留下来的。

"作家，火车碎尸案的相关材料和尸体残肢，后天就会送到法医研究所来。你今晚先看看这本笔记，希望你对案情有个大概的了解。"说着，大周便把这本笔记交到了我的手里。

2

对于“南大碎尸案”，我想只要是一个侦探迷，都会梦想着可以凭借一己之力侦破此案，但是将近二十年过去了，这个案件仍然没有结果。

这个案件的各种报道，还有网上的评论可谓是成千上万。不过为了那些可能还没听说过这个案件的读者，我还是要在这里简单地介绍一下案情。

案件的死者叫刁爱青，女，生于1976年3月，遇害时为南大信息管理系现代秘书与微机应用专业成人教育脱产班专科一年级学生，在鼓楼校区学习和生活，遇害时不满20岁。她住在鼓楼校区南园四舍，该宿舍楼当时人员复杂，流动性大。

据刁爱青生前的好友回忆，她个子高约1.65米，身材适中，长相普通，短发，单眼皮，眼睛稍有些近视，看书写字时会戴上眼镜，在嘴角的右上方有颗痣，如菜籽般大小。她说起话来嗓音稍哑，语速偏快。据刁爱青的一个同学回忆，死者字迹娟秀，有时候会故意把自己的名字复杂化为“刁爱卿”。

1996年1月10日夜间，据称是由于当时同宿舍女生违反学校规定使用电器，导致担任宿舍长的刁爱青也受到了处罚，刁爱青心情不佳，赌气外出散心，此后再未回到宿舍。死者离开前，铺平了自己的被子，似乎表明死者一开始并无外出的打算。目击者最后看见死者的地点是青岛路，死者当时身穿红色外套。

1996年1月19日，一场大雪之后，刁爱青的尸体被发现。一名打扫卫生的妇女在新街口附近捡到一个提包，包中装有400多片煮熟的肉片。后来她在清洗肉片时发现有三根手指混在其中，随即报案。之后，尸体另外的部分在水佐岗路和龙王山被发现，均被包在提包以及一条床单之中。尸体在煮熟后，总共被切成了2000多片，刀工十分精细，码放整齐，可见凶手的残忍与超强的心理素质。

案发后，南京市警方高度重视，并成立了专案组进驻南大，当时附近几乎所有居民都受到了盘查。直到案发之后三个月，专案组一无所获，才撤离南大。

案件至今毫无头绪。

其实，在接触副大队长的那本刑侦日记前，我知道的和大家几乎一样多，甚至可能大家看过网上的各种流言和评论后，知道的比我还要多。

但是，我现在要公布的这份笔记里不仅披露了更多当年案件的侦办细节，而且它还隐含着一个难以想象的巨大秘密。

2008年7月1日

我是一位当年参与侦查“1·19碎尸案”的警察，虽然事情已经过去12年，但我对这一碎尸案仍然记忆深刻。

现在，我得了不治之症，生命即将结束，我知道可能在我的有生之年已经无法破案了，所以我把这些年所经历的案件的调查和笔记整理了一遍，写在这本日记本中，然后交给我的儿子，希望这本笔记能在将来给予我的同事们一些帮助。

凶手确实很残忍，我们发现的尸块竟达到2000多片，并不是民间传说的1000多片。每块都切割得很小很整齐，从凶手碎尸的手法来看，应该是比较专业的，对解剖知识有一定程度的了解，我亲眼看到过死者的手脚，肢解得很整齐。死者的头和内脏都被煮过。

由于当年还没有DNA鉴定技术，法医只能通过尸片上的体毛特征、肌肉纤维组织等确认死者为女性。当年警方为侦破此案发动了人海战术，进行了广泛细致的排查。当时市里几乎所有的警察都不同程度地参与了这起案件。有的是被抽调到专案组直接参与，更多的则是在所辖片区进行排查工作。当年凶手的抛尸地点大多集中在闹市区，一共有五个地方。凡是在抛尸现场出现过的人，比如说垃圾箱附近，只要倒过垃圾的人，我们都会逐一进行排查，当时确实很紧张，因为每个人都有可能是嫌疑人，我们生怕漏掉每一条线索。根据凶手抛尸的地点以及相关调查情况，我们推测凶手应该就住在大学校园附近，而且很有可能是骑自行车进行抛尸的。

根据凶手的碎尸手法，警方曾一度认定凶手的职业是医生或屠夫，并对符合作案条件的这两类人进行了广泛排查。由于被害者是大一新生，交际并不广泛，而且这名女生比较内向和单纯，这给警方的调查带来了一定的难度。

虽然到目前为止，“1·19碎尸案”尚未能破获，但警方从没有放弃过对此案的侦破。

2008年7月2日

昨天有些累了，只写了那么一点儿。

其实案件还有很多细节，是官方没有公布的，具体原因我不知道，可能是为了不引起恐慌吧！别说是市民了，就连我这老刑警，每当有人在我的耳边提起“119”这三个数字，我都觉得后背阴冷，因为这是一起太过于残忍的案件。

当时，经过我们的分析，认为凶手杀害死者，可能是有特定的目标范围的，而且这可能会是一起接二连三发生的连环杀人案，针对的对象是女学生。

当时正是各学校期末考试的前夕，我们连夜给各大院校发了通知。那时候，我儿子还在上高中，他回家就告诉我，老师把女生都留下了，让家长一个个来学校接人。

市民们传播此类消息的速度是难以想象的快，但是他们传说的也并非都是空穴来风。很多人传说，凶手是一个恐怖的变态狂，他把被害者身上的肉全都剐成了涮羊肉一般的薄片，有些吃了，剩下的则乱扔在城市的各个角落。还有人说，死者的脑袋和内脏也全都被煮熟了，好像那个凶手杀人的目的，就是要享用一顿美味的人肉大餐。

而我却要在现在说，肉和内脏是不是被人吃了，我们不知道，但是从尸体的完整程度上来说，内脏确实没有找到，骸骨除了头颅外，也没找到，但是碎肉来自于身体的各个部位是事实。

那实在是一个过于恐怖的场面，而且是我亲眼所见的，在看过死者的尸体后，我展开的联想都如脱缰的野马，更别提那些根本没有看过尸体的市民了。

除了那具恐怖的尸体外，我记得的都是一些涉案物品。给我印象最深的是一件红色的羽绒服，死者遇害时所穿，它是和一堆尸块一起被找到的，和死者的同学描述的一致。那颜色就像是被血染成的一样。后来接连好几天晚上我都会做噩梦，梦到一个穿着那件血红色的衣服的人突然转过头来，却是一副骷髅的模样。

就连我这个老刑侦都如此杯弓蛇影，民间就更别提了。此后很快就有新的传言，说那个变态杀手已经放出话来，以后每个月都要吃一个人，而他锁定的目标就是那些穿红衣服、留着长头发的年轻女孩。

谣言的传播程度从某个侧面也能反映出市民们的恐慌心理。我们并不应该责备那些相信和传播谣言的人，作为警察，我们更应该问问自己，为什么他们会那么害怕？为什么没有人站出来保护他们？消灭恐惧，惩治罪恶，这原本是警察的职责。然而当这座城市需要我们，当民众需要我们的时候，我们又在做什么呢？

2008年7月4日

昨天太累了，可能是回想起了当年的案件的原因，直到现在，我所做的噩梦几乎都和这起案件有关，我真的想快些解脱，但是死神似乎不肯让我离开。

“1·19案”发生之后，社会反响巨大，民众间惶恐情绪蔓延，谣言四起，给大家正常的生产生活造成了极大的负面影响。刑警队在近一年的时间里未取得任何突破性的进展，犯案凶手一直逍遥法外，以至于广大的人民群众失去了安全感。在今年的政府工作民意测评中，市公安局名列倒数第一。

说实话，作为一个刑警，我几乎跑遍了全市的每个角落，但是仍然没有找到任何能够彻底侦破案件的线索，我现在只有把我当年所了解到的一切，哪怕只是一丝一毫，都尽量详细地记录在这本笔记上，以供后来的人查阅。

最先发现案情的，是一位清扫大街的老太太。她在清早上班的时候，在东坝路的垃圾堆边发现了一个黑色塑料袋。因为当时非常早，垃圾堆基本上是空的，所以那个塑料袋非常显眼。出于好奇，老太太打开了塑料袋，看到里面是一整袋新鲜的肉片。她以为是猪肉，觉得是哪个赶早市买菜的人丢失的，就把那袋肉带回家。在清洗肉片的过程中，她居然在肉片里发现了三根手指，人的手指！老太太吓个半死，大呼小叫地跑出屋子。周围邻居过来了解情况之后，赶紧报了案。警方指挥中心接到报案的时间是上午7点23分，没错，我一辈子都不会忘了那个时间。

15分钟之后，我就带着相关的技术人员赶到了事发现场。

肉片很新鲜，给人的第一印象确实像是刚刚从市场上买来的猪肉。整袋肉片净重4.75公斤，一共是436片。肉片的切口非常平滑，码放得也很整齐。每片肉的面积在二三十平方厘米之间，每片肉的厚度在两三毫米之间。后来，经法医鉴定，这些肉片均来源于成年女性的腿部肌肉，而那三根手指则是来自女性左手部位的中指、食指和无名指。

发现这袋肉片之后，我们已经意识到可能要出恶性案件了，后来的事实也证实了这种猜测，只是我们当时还没能预料到，这起案件的性质到底会恶劣到什么样的地步！

到了上午9点7分，指挥中心又接到市民报案。这次是两个建筑工人在某工地上发现了一个废弃的旅行包。我们立刻马不停蹄地往第二现场赶去。当我们到达的时候，现场已经被附近派出所的民警保护起来。当时有很多人在警戒线外围观，而那两个报案的工人则是一副失魂落魄的样子。当时作为市局刑警队的队长，我已经觉得此事非同小可，所以当我赶到现场时，也顾不上做笔录，先打开那个旅行包。虽然已经做好了充足的思想准备，我还是被旅行包内的惨状震住了。那会正是数九寒天，但我清晰地记得，我身上的冷汗一阵阵地往外冒，止都止不住！

那旅行包里装着一个人头，是被煮熟的人头。虽然是个老刑警，但当时我的喉头还是发出了咕咕的声音，我记得自己费尽力气才把那翻涌而上的干呕欲望压了回去。

因为被煮过，所以那个人头是暗红色的，脸上的皮肤全都水肿起来。我不知道凶手当时是怎样一种心态？在这样的心态下操作如此可怕的罪行，那真是一个闻所未闻的冷血恶魔！

当时每一个在现场的人，已经不能只用“震惊”两个字来形容了。

2008年7月6日

由于前天写的那些文字，我整整一天都没吃饭，感觉自己的身体更虚弱了。今天我还是拼尽全力，拿起了手中的笔，因为我觉得这是我留在世间最后的几章文字了。我也不知道此时的写作还有什么意义，但是我就是想写，就像是背后有一股神秘的力量在推动我前行一样，其实说实话，我已经走不动了。

鉴于案情重大，我立刻将相关情况向上级领导作了汇报。很快，专案组成立了，我被任命为这个专案组的组长，千斤重担压在了我的肩头。

对于专案组，我提出了三点要求，一是在全市范围内进行排查，寻找死者尸体的其他部分；二是调查近期市内失踪的女性人口，确定尸源；三是加强巡逻和安全警示，以防歹徒再次行凶。

很快就有了新的发现。在一处垃圾堆里又找到了一个黑色塑料袋，袋子里装有近5公斤的人体肉片和两根手指；到接近中午的时候，在公路旁的草丛中又发现了一个用破旧床单卷起的包裹，在包裹内找到了第三个装有人体肉片和手指的塑料袋，除此之外，包裹里还有一整套女性的内外衣物，折叠得整整齐齐。之后，我们又在街道的一侧发现了第五包尸骸。

在此之后，警方就再也没有找到过死者的其他遗骸。

没错，一共就是四包肉片，还有一个装有头颅的旅行包！肉片一共不到15公斤，也就是说，遗骸有一半以上都没有找到，包括她的主体骨骼和内脏。

我当时推理，多半是案犯对剩余尸骸的抛弃采取了更加隐蔽的方式，比如说掩埋、焚烧，或者是抛弃到城郊野外等。但是经过这么多年的思考，其实我现在觉得这个推理是有问题的。因为，既然这么多肉片都被找到了，那么尸体的内脏和骨骼为什么要被处理掉呢？凶手应该有他的目的，也就是说这些内脏和骨骼对他来说还另有用处。

当然，社会上还有一些毫无根据的谣言说内脏被凶手吃了，我觉得对于一个变态杀人狂来说，这也并非是不可能，但是凶手为什么会把也能一起吃了的肉片丢弃呢？难道他对人类内脏有着特殊的喜好？我到现在都还没有搞清楚这个问题。

好了，也该说说尸源是怎么确定的了，我们先是排查了全市近期的失踪人口，但没有找到目标。无奈之下，我们又在全市发行量最大的日报上刊登了认尸公告，并且附上了死者的衣物照片，也就是那件红色的羽绒服。很快南大的几个女生来联系专案组，说她们宿舍的一个同学有好几天没回来了，而认尸公告里的那件羽绒服很像是她平时穿的衣服。

专案组立刻带着这几个女生对死者衣物进行了实体辨认。她们一致认为那几件衣服就是失踪的同学所穿。这个时候我心里已经有百分之九十的把握。随后那几个女生又提出来要看看尸体，我本不想让她们看，因为那场景确实是太恐怖了。不过那几个女生却很坚持，也许是同学一场，确实放心不下吧。于是我就把胆子最大的一个女生带到了法医那里，她只对那颗头颅瞄了一眼就确定说就是她，就是她！同时她像虾米一样弓着身体连哭带吐的，鼻涕、眼泪、胃液什么的全都出来了。死者的身份终于得到确定：死者就是我们后来熟知的南大大一的学生刁爱青。

据她的同学说，她从1月11日上午外出，此后就一直没有回来。

根据她们所说的这句话，我就开始怀疑这几个学生了，因为同在一间宿舍，刁爱青失踪了八天，难道她们没有人报警吗？而且，据我当时了解，刁爱青是个农村来的孩子，性格比较内向孤僻，和室友的关系都不是很好。失踪前，刚刚因为女生宿舍里有人违规使用电器，当时担任宿舍长的刁爱青也受到了处罚，她为此和那个使用电器的女孩大吵了一架，然后便赌气走了，这一走就再也没有回来。

根据这样的线索，我把几个嫌疑人做了逐一排查，然后竟然发现这些孩子竟然全部都有不在场证明。而她们没有报警的原因也很简单，当时正处于期末，大学里的课程已经结束了，学生们都在复习备考，她的宿舍同学，虽然知道刁爱青失踪了几天，但也没有多想，因为死者此前就有过夜不归宿的先例。而且她的老家距离市里也就100公里的路程，回家复习也不一定。若不是那几个女孩看到了认尸公告，恐怕死者身份的确认时间还要拖延几天。

我觉得她们的说法倒也说得通，而且当时也没有什么手机之类的通讯工具，联系起来确实很难。所以，我转向对她们的不在场证明进行排查。

结果发现，这几个人在这八天内几乎都在一起，没有人有过半天以上长期离开宿舍的时候。在抛尸的当天，她们也互相都为其他人做了不在场证明，基本上可以排除她们的嫌疑。

但是，谁又是凶手呢？

2008年7月7日

昨天写了这么多字，体力已经有些透支了，躺在床上仍旧咳嗽不止，我知道死神已经越来越接近我的病床了，我只是靠着挂满输液架的液体和他捉迷藏。

没时间了，我还是把自己所知道的都写在这本笔记上吧，不知道自己能不能写完。

死者与舍友间的关系并不亲近，否则她们不至于对她的行踪一点都不了解。死者刁爱青遇害时还不满20周岁，我屡次查看过她的履历，这是一个各方面条件都非常一般的女孩。据她的同学反映，此人的性格比较内向，甚至是有些孤僻。平时她很少在宿舍里和舍友们相处，即使在宿舍的时候，也多半是一个人听歌、看书什么的。她大部分的课余时间都是在校外度过，不过具体在干些什么，有哪些朋友，却很少有人知道。

当时，没有手机，也还没有QQ，要查社会关系，谈何容易？只能靠调查走访的方法去了解死者曾和哪些人有过接触。可由于死者一贯保持着独来独往的风格，这样的走访就很难获得有效的信息。

分析死者的社会关系，这是任何一桩凶杀案在侦破时的首选思路，可这第一步就遇到了困难。我们只能采用最笨的办法，大海捞针！好在这个案子人手充足。

因为社会影响太大，市局不得不公开向民众下军令状，年内务必破案。随后整个系统的警力几乎全被调动起来，在整个省城进行了一次大排查。

虽说是大海捞针的战略，但如果完全胡子眉毛一把抓的话，即便有再多的警力也难以应付。当时我们划定了一个范围、两个区域、三个人群进行重点排查。

“一个范围”是以南大为中心，因为死者的活动轨迹显然也是以此为中心的。我们几乎调查了全校所有的师生，同时对学校周围的商店、饭馆等公众场所也进行了走访，结果没有找到作案嫌疑者。唯一的收获就是找到了刁爱青生前经常光顾的几个学校附近的音像店和书店。

但是，死者死前几天并没有再光顾过这些地方，店主也没能回忆起多少有关刁爱青的细节，所以，这个线索意义不大。

“两个区域”是根据抛尸地点分析出来的最有可能的歹徒行凶地点。从空间分布来看，发现死者残骸的地点并非是一条直线，而是形成了一个奇怪的图形。考虑到歹徒不太可能携带多个包裹外出抛尸，所以他的抛尸行为应该是分成四次完成的。从案犯心理来说，他在每一次抛尸的时候都不会重复此前走过的道路。照这个思路分析，五个抛尸地点应该出现在作案现场的五个不同的方向。所以我们将这个范围内两个居住聚集点也作为重点排查区域。这就是所谓的两个区域。

但是很遗憾，仍旧没有发现任何的嫌疑人。

然后，我们又开始对人进行了排查。所谓“三个人群”，就是医生、屠夫和外来流动人员。

从尸体被残害的程度来看，凶手的心理承受能力极强，而且分尸的手法娴熟老练，如果从职业特征来考虑，可能医生和屠夫比较吻合这种特点。另外外来流动人员处于社会底层，性需求压抑，做事不计后果，很容易滋生报复社会的心态，所以我们把这类人也定为重点摸排的对象。也许，这样评价那些外来务工人员有些过于苛刻，但是在那个年代，也许这就是事实。

也许是我们的鄙视受到了惩罚，即便是这样颇有讲究的排查，也仍然没有获得预期的效果。

我今天写得太累了，想要歇歇，但是我不知道明天我还能不能拿起手中的笔。也许倒下未必不好，但是如果我倒下，对于“1·19案”来说，则是一场遗憾的灾难。

2008年7月8日

今天不知道为什么，我的身体突然好了一些，也说不定这是回光返照呢，所以我还是不能停下我手中的笔。

现在来说说那该死的现场勘验吧。1996年1月19日那天凌晨时分，我市恰好开始下雪，直到上午九点多钟才渐渐停歇，案犯抛尸时留下的脚印、指纹等痕迹都被积雪破坏了。就好像是老天也要故意刁难我们呢。

这些年我潜下心来，仔细分析了一下当时凶手的心态，觉得这根本不是什么老天爷的问题。因为我市的雪本就不多，那一年冬天也只下了两场雪。怎么就这么巧，死者失踪了八天后，非赶上下雪这天才抛尸？

会不会是凶手特意选择这样的恶劣天气，用以掩盖他的罪行呢？如果那天没有下雪，也许他会等待，或者选择其他的方式毁灭痕迹，总之我不认为他会在现场留下类似脚印、指纹这样的明显线索。

如果真的是这样的话，基本可以把外来人口排除，因为我个人认为凶手是个心思缜密的高智商罪犯。这点胡思乱想，算不算我为案件做的那么一点点贡献呢？也许仅就这么一点点吧！

然后，我们对现场的勘查，转向了放着受害者遗骸的那几个袋子，看看能不能从这些物证上找到突破口。

在犯罪现场遗留物中寻找线索也是警方惯用的刑侦手法之一。从理论上来说，每一件遗留物都可以调查到它的出处，再以出处为源头追寻同类物品的流向，便可以大致锁定物品使用者的活动范围。

可惜，对于“1 · 19案”来说，这样的法宝也不灵验了。

我们很快就绝望了，首先是装肉片的塑料袋实在太过普通，市内任何一家菜市场、杂货店几乎都能找到，并且都是免费取用；而用来装头颅的旅行包和包裹衣物的床单不仅普通，还都是非常陈旧的物品，其使用年限至少已超过五年。要查出这些物品五年之前的来源和流向，那几乎是不可能的。凶手是个滴水不漏的家伙，这绝对不是什么临时起意的犯罪，而是精心策划过的。

凶手似乎非常熟悉警方的探案程序，在每一个环节都采取了极具针对性的防范措施。我带着专案组没日没夜地奋战了几个月，可还是一无所获。

我感觉，这个凶手背后有一个强大的团队，或是一股神秘的力量，我甚至想过这个家伙杀完人后，就被外星人带走了。我是不是老糊涂了？或者病入膏肓？

身为刑警队长，我必须坚持下去，死马当作活马医吧。在接下来几个月的时间里，我带着我的队员像过筛子一样把省城几乎筛了一遍，就像早就预料到的那样，我们连凶手的一根寒毛也没有抓住。就这样一直到1996年年底，组织上为了平息民众的不满，把我这个专案组长给免了。

这样的处理，让人感到憋屈。不过话又说回来，此事产生这么大的社会影响，总得有个说法吧？凶手找不到，刑警队长难辞其咎。毕竟在这个位置上，就要承担相应的责任。

当时免我的职，对我倒也是一种解脱，我已经被那起案子压得实在是受不住了。嘿，可这样的事情对一个警察来说无疑是最大的耻辱。

但是，谁知道在今年，在我人生的最后一段时日，却有一个人又把这个伤疤揭开了。

笔记就此戛然而止！当我合上笔记的那一刻，我觉得自己像是在无间地狱里走了一遭。我揉了揉眼睛，天色早已昏暗下来。我回想起笔记中的每一个字时，都会心剧烈地跳动了一下。

此时，我再也按捺不住自己那颗刚刚被恐吓过的心，拨通了大周的电话：“笔记我看完了，触目惊心啊。”

大周只给了我一句简单的回应：“明天下午，叫上副大队长，咱们老地方见。”

3

副大队长刚刚处理完廖杰的案子，他从警局里走出来，显然已经非常疲倦，但他看到我时还是露出了微笑。

“作家，你怎么在这？还为廖杰的案子到处跑呢？你为了刘佳那个小妮子，可真够投入的……”

“我在等你！”我脸上毫无表情，故意打断了他的话。

“等我？”

我笑着把他父亲的笔记在他的面前晃了一晃。

他的笑容突然变得僵硬起来，然后便在脸上渐渐消失了。

我想他知道，该来的东西，谁也无法逃避！

我们走进了常常出入的咖啡厅，大周和葛程早已等在这里。

“终于都到齐了！”葛程竟然罕见地先开口。

我坐在沙发上，点了两杯咖啡，而副大队长则指了指我们几个，说：“你是说我们四个到齐了？葛小姐这是要凑一桌麻将啊？我们什么时候变成一个组织了？”

“从你在网上化身黑弥撒开始，我们就已经在一条船上了。”

副大队长的表情阴沉了起来：“黑弥撒？我有点听不懂。”

我有些犹豫，但还是开了口：“你就别装蒜了！2008年6月19日21点49分，有个叫黑弥撒的网友发了一篇帖子，叫《关于南大碎尸案的一点想法》，据‘1·19案件’的侦办警员证实，这篇文章就是你写的！”

副大队长叹了口气，显然他觉得没有必要再隐瞒下去：“作家果然是全国闻名的侦探小说作家，这种事都能调查出来，不过我很想知道你是怎么知道的呢？”

“不是我调查出来的，而是伯父留下的这本笔记！伯父是当年这个案子的专案组组长，因为这个案子被免职。但是，过了十多年的时间，他都没有旧事重提，却在2008年7月写下了这份笔记，是为什么呢？”

“那是因为我爸当年已经病入膏肓。”

“恐怕还有一个原因吧，就是他的儿子发了这个帖子，揭开了他十几年来刚刚愈合的伤疤。”我充满自信地说道。

葛程此时把iPad交给了副大队长，上面是天涯的原帖，楼主的名字确实是黑弥撒。

副大队长突然露出了一丝狡诈的微笑：“真不应该把这本笔记交给你们！”

我突然抢白道：“说这些已经晚了，你那时候还不是警察，是一个银行职员，可是却因为这个帖子而受到警方的关注，成了警方的重点调查对象。”

副大队长仰天长叹：“三年前，我的确不是警察，之所以当时会在网上谈起这桩悬了十几年的无头案，完全是因为我的父亲。从他侦破这个案子开始，我就再也没有见到他的脸上有过一丝笑容，即便他查出自己得了肝癌，却还是不肯放过自己，每日念叨的都是这个案子，可以说，为了这个案子，我失去了父爱，失去了爸爸能给我的一切。所以，我就在网上发了这个帖子，其实是想解开自己心头的郁闷罢了，没想到这帖子很快就被炒作起来，我还被列为特大嫌疑人，最终父亲也知道此事。为了继承我父亲的遗愿，我最终选择了报考警察。”

我有些好奇：“你是从什么时候开始关注这个案子的？”

“发生这个案子时，我还在上高中。我妈去世得早，我爸工作又忙，所以一放学，我基本上就先去警局，因为这样能蹭他们食堂的饭吃。那时候，我就开始听警员们议论这起案件。当然，我也没少听我父亲讲述过这个案件的细节和经过。但说实话，我觉得他们大部分人都是在讲故事，基本没什么有价值的线索。在这种情况下，我只能凭借自己的猜测做一些推理。这些推理和我爸爸之前所做的推论有很大的不同。我曾经试图跟我爸爸讲过，但结果却被他打了一顿，让我闭嘴，理由是我小小年纪不好好学习，干吗掺和大人们的事？”副大队长似乎在回忆往事，嘴里唏嘘不已。

我把笔记本放在桌子上：“我看了你父亲的这本笔记，确实和你帖子上写的观点有很大的不同，比如你父亲提出凶手很可能是三类人：医生、屠夫和外来流动人员。”

“我爸之所以这么判断，无非是因为尸体被切成两千多片，刀工精湛，才这么推理。但问题是，嫌疑人的作案手法真的与职业有关吗？你们看过《沉默的羔羊》吧？汉尼拔是这三种人吗？显然不是！我觉得凶手和汉尼拔一样，他不是什么专业人士，也绝非流动人口，他的解剖学可能是自学成才的。”

一直没有多言的大周冷笑一声：“说起来，那个电影当时确实很火，有人模仿汉尼拔也说不定呢！”

此时，服务员把两杯咖啡放在我和副大队长面前。

大周把咖啡杯举了起来，在鼻子前嗅了嗅，说道：“你觉得犯罪嫌疑人是怎样把被害人杀害并分尸的呢？”

副大队长也端起咖啡杯，说道：“这个问题，我考虑了很久！死者应该是被凶手骗到他的住处或是某个地方实施犯罪的，这也就暴露了凶手的身份。”

我点了点头：“死者不大可能是被凶手强行带回住处作案的，因为如果凶手与死者之间并不熟悉，被害人必然会激烈反抗，即便是成功将其带回住所，杀人后再分尸，也没有必要将尸体切成两千多片，或者说凶手根本没理由这样做，所以，偶遇的说法基本可以排除。既然不是偶遇，那么嫌疑人与被害人之间应当是熟悉的，至少是认识的。也就是说，凶手就在死者认识的人当中。”

葛程和大周没有朝副大队长这里看一眼，就又把眼光盯在了他们眼前的咖啡上，像是眼前的事跟他们没有干系。

副大队长突然问道：“但是作家，你想过吗？刁爱青是一个非常孤僻的人，跟她相熟的人我父亲早就都做了调查，为什么就没有任何收获呢？”

“因为这个人除了刁爱青外，和她的其他同学和朋友并没有交点。”

副大队长笑了笑，满意地喝了一口咖啡，说道：“刁爱青是个乡下孩子，朋友不多，一个人来到陌生的城市，你说她会以怎样的方式认识凶手呢？”

“相同的爱好！”葛程冷不丁插了一句。

副大队长做了一个响指，说道：“没错，就是他们有共同的爱好。被害人性格孤僻，平时很少与同学交流，但这并不代表她就没有爱好。或许正是由于被害人的爱好与大多数人不同，才会导致她不与同学交流，而当被害人遇到一个与她爱好相同的人之后，她的心情会是怎样？一定是非常高兴，并且很乐于对这个人敞开心扉，对于凶手来说，被害人身上也必然有能够吸引他的地方，这些应当是使两人互相熟悉的主要原因。那么究竟是什么样的爱好呢？如果你们认真看了我爸的笔记，就会知道，刁爱青除了书店外，还常去的一个地方就是音像店，但是我父亲并没有在其中查到什么。”

这个话题似乎连大周都有了兴趣，他不时朝着副大队长看上两眼，不像先前那般冷漠了。

我仔细搜索了一遍自己的记忆，说道："我记得1996年那阵刚刚兴起光盘。不过，那玩意可不便宜。光盘还好说，听歌的CD机可都是奢侈品。"

副大队长喝了一口咖啡，说道："作家，想必你也看过我发的那篇帖子了。"

"我早就看过了，没想到是你写的。"

"我认为南大周围的小粉桥、青岛路、陶谷新村甚至延伸到汉口西路、阴阳营一带，是文化气息最浓的地方。这里的种种完全不同于城南或下关的市井小巷，也不同于新街口等商业区，这里之所以独特，主要就是因为文化。这样一个充满文化气息的地方，那些受过高等教育的人当然愿意在此居住，也包括凶手。如果死者和凶手在这一带见面，是再合适不过了。"

我嘬了嘬牙花，说道："我看你的帖子上说，你从音像店联想到了当时满街售卖的打口碟！"

"没错，我市最早卖打口碟的就在南大这一带。打口碟一般要比其他正版光碟便宜不少，因为打口碟都是正版光盘，质量好，只是盘盒上有些损伤，碟本身并不受影响。这种CD的内容多是一些国内不常见的欧美流行音乐、乡村音乐，更多的则是摇滚乐、重金属，甚至那些极端音乐。"

我狠狠地拍了一下自己的大腿，说道："我想起来了，我记得小时候经过那里，总能听到把心脏都要震破的咚咚声，没错！就是重金属摇滚。不过我总觉得那就是为了招揽生意，买那种碟的人并不多。但是，这和音像店有什么关系？"

副大队长顺着我的思路说道："很多人有一个误区，认为听摇滚乐或重金属甚至极端音乐的人，个性一定十分张扬，装扮也一定奇形怪状，其实不然，听这类音乐的人，恰恰性格比较内向，不爱说话，外表也很普通，人也很低调，尤其是听重金属和极端音乐的人。这类人即便现在也是少数。如果是两个喜欢这种音乐的人在那里碰到一起呢？"

我终于明白副大队长要说的话，说道：“死者和凶手的共同爱好是死亡摇滚！”

“所以，我才在网上写了自己推测的经过，被害人刚入学不久，一次在校门口逛街的时候偶然接触到打口碟，她立刻就被那些以前从未听过的音乐所吸引，但在当时，CD还比较少见，而一款普通的CD随身听对于她这个穷学生来说也是奢侈品，用现在的话说，她很郁闷。就在这个时候，凶手出现了，他主动向被害人介绍这些音乐，当他了解到被害人没有听这些CD的条件后，便主动带她去音像店，买了一款当时最流行的随身听送给她，并约定以后这里就是他们的约会地点。”

我恍然大悟，“对啊，你说一个乡下丫头，可能是因为喜欢音乐就进了音像店。但是这里就有个问题了，音像店可不像书店，书店的书买不起，还可以翻翻，但音像店的光盘可不是想听就能听听的，而且那时候，音像店和路边摊可不一样，那里放的都是些流行音乐，可不是啥重金属。死者爱去音像店，说明这个凶手不是音像店的老板，就是这里的常客。”

大周微微摇了摇头，却没有言语一句。

副大队长继续侃侃而谈：“我从小跟警局的心理学家范师傅一起学过心理学的罪犯画像，我自己也推理出一副凶手的模样，他拥有成熟稳重的外表、文质彬彬的气质、优雅的谈吐，案发时年龄在30岁至40岁之间，性格内向，为人谦和，单身，受过高等教育，文化素质较高，喜欢听音乐，亦有可能爱好文学，住在南大附近，独居，懂得一些医学方面的知识，但没有人知道。”说到这里，副大队长突然顿了顿。

我越听越入神，催问道：“快说，后来呢？”

“凶手取得了被害人的信任，在凶手面前，被害人表现出前所未有的健谈，她觉得自己喜欢这个男人，而凶手似乎也被这个女孩身上的某种东西所吸引。后来发生的事，我不敢妄加猜测，也许他们相爱了，甚至发生了性关系。”

葛程冷笑一声，问道：“那动机呢？”

副大队长有些犹豫，但是还是继续说道："也许是死者的外表，或是气质，又或是穿着打扮勾起了嫌疑人对往事的回忆，一段发生在童年或少年时期的并不美好的回忆，激起了他隐藏在内心深处的一个念头，那就是杀死被害人。他觉得只有这样，才能将心爱的女人永远留在身边，尽管他可能已经不是第一次这样做了，他觉得被害人太像童年时的'她'了，她们的共同之处太多太多，有时他甚至会觉得她就是'她'。凶手开始不可自拔。每当与被害人相处的时候，嫌疑人总是回忆起'她'，回忆起'她'给他带来的快乐，当然，也有伤痛。"

我似乎被副大队长的说法征服了，顺着他的想法，开始了自己的再创作："这确实是变态杀人狂的心态。凶手的童年或少年时期基本上都经历过一件或数件对他们身体乃至心理造成伤害的事件，这类事件则在他们心灵上留下了阴影，从而导致后来的犯罪。被害人像极了'她'，他爱死者，所以要把她永远地留在身边，但首先，他要为她'赎罪'。凶手在这个过程中获得了生理和心理上的快感。看着被害人的身体像切羊肉似的被切成了一片一片，嫌疑人感到，她的罪赎清了，但这肉体依然污秽，必须丢弃，只有灵魂，才是永远洁净的，只要被害人的灵魂能和他在一起，他就满足了。"

突然，葛程咯咯咯地大笑起来。

这笑声惹得整个咖啡厅里的人都往这个方向看。我觉得这么粗鲁的笑声不应该发生在像葛程这样的美女身上，但是她的笑声真真切切地让我感觉到毛骨悚然。

"葛小姐，你怎么了？"副大队长也有些手足无措。

葛程还是忍不住笑："我觉得你们两个凑在一起，简直是绝配！一个二流警探，配合一个三流小说家，给我们编了一个看似很精彩，却对破案毫无意义的故事。"

我认为我和副大队长的推理已经无限接近案件的真相，但是却被葛程这一盆冷水泼得异常清醒。没错！这些都是臆断，当年的警方排查不可说不细致，就算是再隐秘的凶手只要是在南大这个区域内，恐怕没有人逃过警方的调查，可是我还是有点不服输：“也许……也许我们说的就是真相呢！”

“真相？”葛程又是一笑，“正因为这件事的真相我一清二楚，所以我才说你们两个人刚才所说的这些玩意儿都是无稽之谈。”

“啊？”我和副大队长同时睁大了眼睛瞪着葛程。

“警官先生，别再演戏了！你家老爷子在笔记里提到的揭开他伤疤的那个人，并不是你！他也并不是由于你被警方调查，才写的这本笔记。”葛程突然间收掉笑容，板着脸说道，“如果说这篇帖子有什么可取之处的话，就只是黑弥撒这三个字而已！”

4

就在我们三人聚会的第二天，在列车上被肢解的尸块，被专用的冷冻车运至了我市的法医研究所。

由于这起案件属于特大案件，除了大周外，国内还请来了很多专家到场会诊，一次震惊全国的杀人案变成了一次中国法医的峰会。但由于案件的特殊性，这次解剖，我被法医研究所拒之门外，更多的解剖细节，根本无从知晓。

我坐在我们常去的咖啡厅里，等待着大周。希望他们能在结束工作后，第一时间赶来，并给我带来更多的消息，但是看来可能还要等很久很久。坐着无聊之时，我望向昨天副大队长坐着的地方，回忆着葛程昨天后面和副大队长的对话，这段对话，让我在未来的两天里都沉浸在噩梦之中。

“黑弥撒？”副大队长有些不可思议地呆坐在原地。

“你能说说，为什么会取这个名字当网名吗？”

副大队长的脸上突然露出了一丝不解的神色，说道：“就是觉得这个名字很酷，我就取了。”

“你连黑弥撒的含义都不知道，就说自己是这篇帖子的作者，这太可笑了。据我所知，黑弥撒这个账号并非是新注册的，而是在发这篇帖子之前的两年就注册了，ID注册时间为‘2006-8-13 22：14：00’，直到现在为止，该ID登录73次，发帖4篇，回复12次，而其余3篇帖子都是发在这篇帖子之前，回复也是！你觉得这像什么？”

“像是一个根本不会用论坛的人在反复实验如何发帖回帖。”我不假思索脱口而出。

“所以我觉得写这篇帖子的人完全是因为这个帖子才注册的这个号，对吗？”葛程翻动着手中的平板电脑，把所有的数据都给副大队长看了个明白。

副大队长板着脸，默不作声。

“我先给你介绍一下，什么叫黑弥撒吧！黑弥撒可以说是撒旦教会的一个祭奠，又或者说是这个祭奠的主事，说得通俗点，就是为邪恶宗教行凶的杀人犯，是魔鬼的帮凶!”

“我……”

“你不用辩解，其实有些事已经很清楚了！首先说，南大杀人案和撒旦教有着千丝万缕的联系，撒旦教，指以撒旦为信仰中心的教派。由于撒旦自中古世纪以来就是邪恶的化身，因此此宗教争议颇大，被大多数人认为是邪教。在欧洲信奉撒旦的人很多，他们组织起了一个个邪恶的组织，用来吸引一批狂热的青年教徒，为他们为非作歹。这个教会确实是一个隐秘而强大的组织，据说美国的自由女神像就是由法国的撒旦教捐赠的。”

刚想插话，我就被旁边的大周拦住了，他冲我摇了摇头，意思是先让葛程把话说完。

“在基督教的教义中，撒旦是与上帝为敌的鬼王；撒旦教，则是对基督教精神统治的一种极端反抗。20世纪90年代的中国，正是思想大冲撞的时候，外来的思潮，不管好坏一股脑地涌入了大学的校园。当时，撒旦教就这么无孔不入地渗透到纯净的校园之中。由于其教义很神秘，当时又没有什么境外的经费支持，一开始加入这个组织的是一大批家庭背景过硬的高干子弟。而杀害刁爱青的，就是中国的撒旦邪教所为。”

副大队长的额头冒了汗，他突然站起来，大喊大叫起来：“何以见得？你怎么就这么肯定这是邪教干的？”还好周围喝咖啡的人已经嫌我们几个人吵，走了一大半。

葛程突然又拨动两下iPad，然后递给副大队长一张图，说道：“这是当时所有发现尸体和与尸体相关的可疑地点的地图，你把这五个地方连起来，觉得像什么？”

“好像是一个图形。”我答道。

“没错！”葛程拿起手机中自带的电子笔把这个图形在电脑中勾勒出来，“这是什么？作家，你见多识广，应该认识吧？”

“是十二星座之一的摩羯座！”我顺嘴答道。

葛程满意地笑了笑：“没错！摩羯座象征的是孤独的爱，其守护星是土星，而其守护神就是农神撒旦！说明摩羯座与撒旦教有关，摩羯座也叫山羊座，而摩羯座的图腾就是一只山羊的骷髅头。”葛程又在iPad上翻到另一页，给我们看，“这就是撒旦教的徽章！”

iPad上显示出一张恐怖的羊头。

“啊？这岂不是？黑弥撒就是……”我的脑子里突然之间有了一种非常邪恶的想法。

“没错！作家，你的推理完全正确，写这篇帖子的人就是当年的黑弥撒，也就是这个撒旦教祭祀的主事，换句话说就是当年的凶手。”葛程在笑，她是当时那间咖啡厅里唯一一个还在笑的人。

“几个抛尸的地点能说明什么呢？这只不过是个巧合罢了！”副大队长冷静地说道，但是他越这样越加重我对他的怀疑。

大周和葛程此时都把目光集中到副大队长的身上，我心头一紧，怎么也不敢相信和自己并肩作战这么长时间的副大队长竟然是凶手？

“我不是凶手！”副大队长从牙缝里挤出这几个字。

“他怎么可能是凶手？他那时只是个高中生啊？一定是什么地方搞错了！”我摇了摇头，觉得这里一定有什么误会。

大周冷峻地一笑：“谁说他是凶手了？”

“我大胆地推测一下吧，其实，写这篇帖子的人不是你！”葛程的嘴角扬起笑意，她的话像是一下子就戳中了副大队长的心脏。

我迫不及待地想知道答案：“那是谁？”

“是你的父亲，对吗？黑弥撒这个号是他注册的。”葛程不紧不慢地说。

“你？你怎么……”我的眼睛瞪得溜圆，显然我才是这个屋子里最一无所知的人，“帖子是你们家老爷子写的？难道……”

葛程并没有理会我，眼神直勾勾地看着副大队长：“虽然我跟警官你不是很熟，但是从你日常的行为举止来观察，怎么看这篇帖子都不像是你写的！”葛程一语中的，其实我也一直很奇怪，一直干劲十足，脑力有限的副大队长怎么会写出这么一篇逻辑严密的推理帖来呢？如果这是一个老人所写，而且反复实验发帖回帖，一切也就都解释得通了。

“我……”副大队长张口结舌，两只眼睛开始不停地转动。

此时大周突然说道：“其实你一早就知道你父亲和这个案子有牵连，对吧？”

副大队长还是不说话，但是他的沉默似乎已经给出了答案。

“我说老兄，你老爹到底和这个案子有没有关系啊？你快说啊！”我急得差点摇晃起他的胳膊来。

“号码确实是我爸爸注册的。”副大队长终于抬起了头，他那失去光泽的面庞显得苍老，说完，他便垂头丧气地朝沙发的靠背上仰去。

此时，我觉得自己的脑袋还在嗡嗡直响：“伯父干吗要写这篇帖子？”

葛程见副大队长仍旧不愿意回答这个问题，干脆答道：“警察就是凶手这个假设一直没有人提起过，更何况专案组组长就是碎尸案的凶手，这更是一个没人敢想，也没人会想到的伪命题。你的父亲正是因为没有人知道这一切都是他干的才郁闷。很多变态杀人狂都会在杀人后炫耀自己的成果，抛尸其实是对自己犯罪的一种炫耀。你父亲按捺了这么多年，却没有人怀疑到他，他当时的那点快感已经消耗殆尽了。当你的父亲得了癌症，自知时日无多后，他希望以网络的方式把自己的所作所为呈现出来，让人们再次把焦点集中在他的身上，当然这么做的目的无非有两个，可能是他想获得人生中最后的那一点满足感，也可能是想揭露真相，赎他当年的罪。”

我越听越郁闷：“可如果真是这样，他干吗要把这篇帖子转到副大队长的名下呢？”

葛程却越讲越轻松：“这篇帖子发布后不久，网上就有一个网名叫“很多的”网友，直接质疑了写这篇帖子的人的身份，并以非常精准的文字分析出这篇帖子的作者就是凶手。所以，害怕了，当然他并非害怕死亡，而是害怕自己的真实身份曝光。所以，他把发帖的行为转嫁到案发时还在上高中、没有作案动机的儿子身上，而后自己又写了这么一本毫无价值的笔记，去洗白自己……”葛程说着，拿起了笔记本，在副大队长的眼前挥舞了一下，问道：“我说得对吗？”

“我也不想自己的爸爸是个变态杀手！”副大队长终于开口了，此时咖啡厅里又恢复到宁静的气氛中，他几乎是用嚎叫说的这句话，而当他回忆起当年的事时，我都能感觉到他内心的挣扎和痛苦，“我爸爸写完这篇帖子后不久，就对我说，他是警察，只不过是一时兴起写了这玩意，现在有人质疑他是凶手，为了不惹麻烦，所以如果有警察来问帖子的事，就让我承认帖子是我发的。我也觉得这个推理很好玩，就答应了。当时，我还不知道爸爸得了重病，只是觉得他总是咳嗽，脸色发黄，提不起精神来……但是，我怎么也想不到，我爸爸他……”副大队长的情绪突然变得激动起来。

“恐怕这个答案连你自己都不能接受吧？”葛程轻轻地摇着头。

副大队长低下了头，他哭了，哭得很伤心，说道：“当初我被警察带走反复查问，但是很快就被释放了，我其实并没有把这件事往心里去。有一天，我看到爸爸在烧东西，那是他最后一次能站起来行走时的情景。我看得清清楚楚，他烧的是一张他和一个女孩的合影，而那个照片里的女孩就是那个分尸案的死者刁爱青，而我爸爸就笑着站在她的旁边。我那时就明白了。他为什么要让我承认那篇帖子是我写的！因为他就是……”此时，副大队长已经泣不成声，想来这是他人生中最痛苦的一段经历。

“不用哭！因为这个案子还远没有结束！我刚才说过，这是撒旦教在作案，你的父亲可能就是想借黑弥撒这个名字引起世人的注意罢了，未必就是他亲自执行的犯罪，充其量他也只是个帮凶罢了。如果说我们这里谁背负着更重的十字架的话，我和大周想必不比你轻松。”葛程的眼神终于柔和起来。

“你们？”我突然联想到了一件事，然后倒吸了一口凉气。

大周努力地用眼神望向我：“没错，作家！我的妈妈和葛程的父母，包括前不久死去的那个变性阿姨赵雁，其实都是这个邪教组织的成员，而且在教中都比副大队长的父亲的职位要高，实际上我们都是凶手的孩子。”

5

四点钟左右，大周风尘仆仆地走进咖啡屋。

我问道：“解剖完了？”

大周拉开椅子坐了下来，说道：“根本不用解剖，尸体是一片一片的。”

由于昨天的事，服务员用异样的眼光看了看我们，根本就没走过来的意思。

我注意到服务员的表情，所以朝大周使了个眼神，说道：“干脆别在这谈了！换个地方吧！”

“去哪？”

“我请你吃麻辣烫！你叫上葛程，我还有话问她！”经过一夜的思考之后，我终于从昨天的惊惧和慌张中缓过神来。

“不健康，但是可以试试！”大周的言语依旧简洁。

此时，天气已经转凉，城市并无多少秋日的气息，恰恰相反，一丝寒意开始侵袭着这个城市的每一个角落。

我、大周和葛程坐在一家我时常会去的冷清小店中。

“这么一家店，也只有作家你能找到！”葛程轻蔑地说了一句。

我的面部有些僵硬，似笑非笑道：“这家店可是从我小时候就有了，来的人还不少呢！”

大周尝了一口碗中的鱼丸，说道：“嗯，味道不错！”

我也夹着几根金针菇吃了起来，说道：“总是喝咖啡，怎么也得来点清口的东西。”

大周指了指自己的碗，说道：“这东西清口可够重的。”

葛程这么讲究营养和卫生的人都下了筷子，她把一根青菜夹进嘴里，咀嚼了两口之后，表情变得很舒服的样子，但是她是那种绝不会轻易出口赞美别人的人，所以我也没奢望她能说点什么好听的话。

吃完，葛程抹了抹嘴，说道："作家今天请我来，是不是想问我为什么会追查列车分尸案？我是怎么知道这个案子和'1·19碎尸案'是一脉相承的。"

我低着头笑了笑，说道："这个我已经知道了！"

"哦？"葛程显得很意外，就连大周也向我投来疑惑的目光，像是在问我是怎么知道的。

"是路程，从昆明到银川的这趟列车，把所有的车站连起来，也是一个摩羯座图形。"我一边说着，手里一边比画起来。

"果然是聪明人！懂得举一反三！"葛程满意地笑了笑，"其实还有一点，那就是'1·19案件'发生的时间和刚刚发生的案件时间同属于撒旦的生辰，也就是撒旦圣经上所说的'666'日。"

"撒旦圣经？"

"撒旦圣经是撒旦教的著名教徒Anton Szandor LaVey所写的，他也是人们口中的撒旦教教主。而撒旦圣经除了一些神秘难测的教义外，还有一点就是有较完备的撒旦历法！而'1·19碎尸案'和列车分尸案的日子，都是撒旦圣经上所记载的撒旦的生辰。这部历法也被称作撒旦历法。"

我有些好奇，竟然会有这么古怪的历法，不禁问道："可是1月19日和现在的日子差了好几个月，就算按照春夏秋冬的基本时节来说，也差了好多日子呢？"

葛程此时把一个鱼丸放在了嘴里，说道："撒旦教的教义非常神秘，到现在为止，也没有人能够完全读懂它。撒旦历的计算方法很诡异，传说是将一个女人从怀孕到生下孩子来的时间作为一年！也就是说，撒旦教的历法一年只有10个月左右。"

我挠了挠头，说道："也就是说，每逢撒旦的生辰，都会举行黑弥撒活动，会有活人被杀害当做祭品。"

大周在一旁点了点头，说道："就是这么回事！"

“但是那也应该每10个月有一次祭祀活动啊，1996年到2011年这15年的时间里，却只有两起碎尸案发生？”我的问题越来越多。

“你看到的只是在中国而已，在全世界范围内，每逢‘666’日，必有大案发生！这几乎是一个铁律了！”葛程接着把自己的iPad拿了出来，然后又拨动了几下发给我：

1998年11月，美国一个名叫加里·里奇韦的卡车油漆匠在法庭上供认，在过去20多年里他先后杀害了48名妓女，并将这些人肢解，他特意将受害者的生殖器切割下来，放在福尔马林里。

2001年4月，俄罗斯警方逮捕了一名36岁的俄罗斯人安纳托利·克里格蒂斯克。这名俄罗斯人猎杀过二十多名妓女，他将受害者的人皮制作成“皮革”，最后将这些受害者的人皮缝制成一件“皮夹克”，穿在了自己身上！

2006年12月，人们在英国萨福克郡伊普斯威奇市的树林及溪流里先后发现5具赤裸女尸，其中两具尸体被摆成钉十字架形态，状态恐怖。

2008年9月，日本人宫崎的暴行令人毛骨悚然，他诱拐及杀害了4名小女孩，然后把尸体肢解，而且还把部分尸体残骸吃掉，并将此过程拍摄了下来，行为十分变态。

“这些都是撒旦教干的？”

葛程点了点头，道：“这些罪犯全部都是臭名昭著的撒旦党徒！这些只不过是已经确定是撒旦教所为的案件，还有一些在‘666’日发生的恶性案件由于无法找到凶手而根本没有办法确定。”

放在我桌前的麻辣烫里有很多肉类，我还一口没吃，今天恐怕我也不想再吃一口了。

“副大队长的父亲，我没有见过，我不知道他是不是那个冷血的杀手，但是大周的母亲我亲眼见过，她是个无比善良和美丽的女人，她怎么也会是邪教成员？”我再也抑制不了自己心头的感情，变得激动起来。

大周拍了拍葛程的肩膀，说道：“剩下的事，还是由我来说吧！”

葛程看了看大周，微微点了点头。

大周叹了口气，深邃的双眼望向前方，说道：“其实，对于母亲的印象，我是模糊的，而我当初因为恶魔医生那个案件也只是了解到她是个遗传基因的学者，她被裹挟进了一个组织，这个组织靠她克隆来的人体器官换钱，仅此而已。但是，当我去日本后，意外地遇到了葛程，才从她那里得到这个组织更多的细节。”

我立即想到，这个组织可能就是撒旦教。

“我和大周是小学同学，我们的父母也都是曾在南大任教的同事。不过，我很小就被我爸爸送到日本去了，在日本早稻田大学毕业后，我又去了美国。”葛程从上衣口袋里掏出一个证件来，“其实，我现在的真实身份是驻日本的美国籍FBI（联邦调查局）探员，我的任务就是在全世界各地调查撒旦邪教。”

“FBI？你当我在看柯南呢？”

葛程像是卸下了面具，此时的她面容也松弛了不少：“我确实是FBI！我之所以能成为美国联邦调查局的成员，也是因为我的父母。”

“你的父母？”

“也不知道为什么，我很早就被父母送到了日本，受到在那里的叔叔和婶婶照顾，而父母竟然很少让我回国。2008年的时候，我惊闻父母双双去世的噩耗，死因是车祸！虽然每年寒暑假父母都会到日本看我，但是我对他们真的没有什么好感。我在收拾他们的遗物时，突然发现了一个秘密，原来我的父母都是撒旦教成员，而且是骨干成员。”

“你怎么知道的？”

“我在日本学的是社会学，主修的方向是宗教！我在他们的遗物中发现了撒旦圣经和撒旦教的徽章，最主要的是，我还发现了一篇文章。这篇文章是我父亲的笔迹，一看就是手写的草稿。内容竟然是那个网友

‘很多的’在副大队长父亲发的帖子后的回帖。也就是说，我的父母就是‘很多的’，是他们揭露了黑弥撒就是凶手这件事，而从一个侧面揭发了这件事和撒旦教有关。从那时起，我便开始关注到南大碎尸案。”

“所以，你才去了美国。”

“不全是！虽然我一直在日本生活，但是我怎么说也是个中国人，所以一直没有加入日本国籍。后来，我利用我的学术身份加入了美国国籍。其实，如果我不是美国国籍的话，恐怕我会回国当警察也说不定呢。”

我想了想，道：“在美国能调查撒旦教的恐怕只有FBI（联邦调查局）或者是CIA（中央情报局）了。”

“FBI的选拔考试稍微容易点，所以我就去参加考试，没想到顺利地通过了，可能也因为我学的是社会学和宗教学，还有我在日本和中国的生活背景，我很快被派到亚洲地区，负责监视撒旦教的行动。”葛程顿了顿，又吃了一个鱼丸，“真的很好吃啊！”

“你到底发现了什么？”

葛程看了看大周，大周冲她点了点头，意思是该向我全盘托出的时候了。

“我在国外调查中遇到了很多曾经加入过撒旦教的人，这些人很多已经移民到了欧美国家，或是日本等国。他们最初是以一些高干子弟为班底组成一个联席会，他们当时正直青春年少，对撒旦的神秘教义有共同的兴趣才集结在一起的。这个组织里有非常著名的科学家，比如大周的母亲；也有一些成天只会花天酒地的官二代们，他们喜欢时常凑在一起，吸毒，听重金属音乐，寻求刺激。中国的撒旦教最早并非是完全由于信仰而结成的组织，它在最初就分裂成了学会组织和流氓组织两个帮派。一开始本来是学会派占据了领导者的角色，因为这些人都是各学院的精英，前途不可限量的栋梁之材，比那些只会享乐的纨绔子弟要强得多。而大周的母亲则是当时学院派的代表人物，因为她掌握着一项重要的技术。”

大周恐怕觉得后边的故事再让葛程讲下去，她会难为情，所以接过了话题："我的母亲最初是克隆技术的尖端学者，而不用性器繁殖人类，其实也是撒旦教义中的一章，被看作是神圣的传承。"

"难怪，我觉得伯母也不是那么凶残的人。"

葛程继续说道："但是，流氓派却在后来对大周母亲所掌握的学会派发起了攻击，他们扩大了教会，把很多寻常人家的年轻人也招揽进了撒旦教，当然，进入撒旦教的这些寒门子弟就变成了任由他们驱使的奴隶。"

"刁爱青就是这么进入教会的吧？"我突然觉得我向真相迈进了一大步。

葛程的眼睛一闪一闪的，她似乎很满意我的提问，说道："死者刁爱青当年是如何进入教会的细节，我们不得而知，但是从一些老教徒的口中，我们得知了一个事实，那就是她很快被定为祭品的人选。作家，我不知道你注意到没有，国外的那些撒旦教徒的恐怖杀人事件，他们的受害者有一个共同的特点。"

"女性，妓女居多！"

葛程打了一个响指，说道："没错！刁爱青常把自己的名字写成刁爱卿，《红楼梦》里秦可卿的那个卿字，你知道是什么意思吗？"

我摇了摇头，这绝对不在我的理解范畴。

"卿就是古代妓女对自己的一种称呼！而在当年'1·19案件'的调查中，警方还忽略了一个细节，就是刁爱青喜欢去拜祭李香君的墓！一个大学生，干吗总去一个明末妓女的墓前拜祭呢？"

我突然想起了刁爱青的照片，猜测道："因为刁爱青嫌自己的长相太普通了！她很羡慕李香君虽然沦落红尘，却时时能被男人惦记着。"

"跟你沟通真顺畅！"葛程长嘘了一口气，"所以，刁爱青的这种妓女情结，使她很快成为祭品的不二人选。"

"那你的母亲，还有那些科学家们，会同意献祭吗？"我朝着大周看去，眼神里充满了质问。

大周说道："我母亲当然不会允许的！"

葛程叹了口气，说道："很多人加入中国的撒旦教，真的是为了撒旦教的教义而来，这个崇尚奇幻、向往自由的教义确实很有吸引力。而大周的母亲也是希望想借助宗教的力量，让人们接受克隆技术，冲破传统的伦理学束缚。如果当时的撒旦教向左倾斜一下，可能会变成一个非常棒的科学学会。但是没想到，撒旦教在中国的总教主发了话，要进行祭祀。这就一下子决定了这个教会的邪教本质。"

"那个教主是谁？"我着急地问道。

葛程攥着拳头狠狠地说道："我要是知道，早就去抓他了！这个人很神秘，据说是中国撒旦教的创始人，但是就算教中的高级干部也不知道他的真面目。"

"你说，伯母会不会知道？"我朝大周投去了疑惑的眼神。

"我都不知道我母亲是撒旦教的人，怎么会知道她知不知道自己的教主是谁之类的事呢？"大周的眼神很无辜。

"他母亲确实不知道，这事我亲口问过她。"

"啊？"我瞪大了眼睛看着葛程。

葛程笑了笑，说道："放心吧，这些年她被列入FBI的证人保护计划中，目前她隐居在一个非常安全的地方。"

大周可能已经从葛程那里听说了这件事，继续说道："当时我母亲和葛程的父母，还有包括赵姨等人都提出过，如果出现活祭的场面，就会退会。但是当时流氓派提出了一个要挟的条件，那就是把中国撒旦教成员的名单公布出去，并公布真相。如果让政府知道有大批知识分子加入这个组织，后果不堪设想。"

"之后，便是'1·19'那场残忍的屠戮。后来，这件事经过了几个月的调查却还是毫无进展。"

我终于明白副大队长父亲在这件案子里的作用："因为调查这个案件的专案组组长其实也是撒旦教的人。"

葛程轻轻地点了点头："到底是何人行刑的，现在还不清楚！但是，确实是因为他的原因，这个案子历经了十多年的时间却没有前进半步，从这点上来说，他也是凶手。”

我也终于明白了，副大队长的父亲写那个帖子可能并非是炫耀自己的杀人成果，他是想在临死前赎罪。

葛程的眼睛里流露出了一丝神伤：“可是，当他发那个帖子后，我父亲一看到那个帖子便知是组织内的人所为，误认为是凶手在炫耀当年的罪行，就以‘很多的’为名，写了帖子直戳楼主就是凶手。这也是他们第一次站出来反抗教会，当然我父母也因为这件事付出了代价。”

“你是说你父母的车祸，是……”我大胆地猜测了下。

大周很肯定地说道：“是人为的！当年那个案子是我负责鉴定的，车子被动过手脚，但是凶手一直没有抓到。”

“撒旦教清除了不忠于教会的教徒？”我眼睛发直，显然事情的真相已经远远超乎我的想象。

葛程有些犹豫，说道：“恐怕是这样的！”

大周感同身受，拍了拍葛程的后背，说道：“我母亲当时为了躲避追杀，才留下一条拥有她DNA的人造手臂，想要逃脱。但是，她后来还是被他们捉了回去。”

“那为什么伯母没有遇害呢？”我看着大周，但他好像并不想回答这件事，所以我把头扭向了葛程。

葛程说的话越来越多，这一点都不像平时的她：“任何邪教都需要经费！撒旦教的成员大多是恶棍，他们没有能力维持这个强大的教会。教会需要做一些很赚钱的生意来维持运作。”

“贩卖克隆后的人体器官？”我没有想到一个顶级的科学家就这么被一个邪恶的组织当作了摇钱树。

葛程摇了摇头：“若不是你们两年前捣毁了那家医院，抓获了恶魔医生，可能这会大周的母亲还在为这个邪恶的组织印刷钞票呢。”

我突然又想起了大周的养母赵雁，问道：“那个赵姨也许知道这一切的真相吧？”

大周仍旧不愿回答，因为这些内幕就像一根根毒刺，扎在了他的心头。

“赵雁是撒旦教成员这件事，连大周的母亲都不知道。当初赵雁照顾大周，恐怕也是为了监视他，从而要挟大周的母亲死心塌地地为她们工作。只不过这个秘密被揭破了，那个小偷偷走的那个盒子里，恐怕就有撒旦教的秘密，所以那个小偷死得很惨。”

大周接着说道：“那个小偷被凌迟处死，那刀工和当年处死刁爱青的几乎如出一辙，所以，当时我们就断定这恐怕也是撒旦教做的。”

我不禁打了个寒战，想起现在自己也是知道这个秘密的人，怪不得葛程说我可能也有危险呢！此时，我又想到了一个人，大周的父亲，他当时也是知道大周母亲的秘密而自杀的。可是他真的是自杀的吗？我看着已经异常憔悴的大周，实在不好再追问这个问题了。

过了半天，我干脆转换话题：“那么，今年的祭祀结束了！找到凶手了吗？”

葛程摇了摇头，说道：“今年的祭祀并没有结束，根据撒旦历法，今年是撒旦教的百年诞辰，恐怕火车分尸案不过是个开端罢了。”

6

“火车分尸案只是个开端？”我的心脏几乎要跳了出来。

葛程把吃麻辣烫的大盆一推，用餐巾纸擦了擦嘴，说道：“根据FBI的调查，世界上一共有16个国家拥有比较完备的撒旦教体系，而且近些年来，这些教会好像已经通过各种方式串联到了一起，祭祀也分给每个国家轮值举行，今年正好轮到中国。”

“我的天哪！”我觉得自己似乎已经处于风暴的中心。

大周眨了眨眼睛，看得出他很困，这样奋战一天谁也受不了，但似乎还有一股神秘的力量在支撑着他，他问道："作家，你不是想知道今天我解剖的那具尸体到底是谁吗？"

"也是个妓女？"

"妓女算不上，但是据调查，她在上大学期间曾经做过援交，据说是因为她母亲病了，凑不齐治疗费，才……"

"也是个可怜的人。不过，我现在想知道的是，为什么葛程说火车碎尸案只是个开端？"

"因为我母亲的缘故。"大周的表情有些纠结。

"啊？"

葛程继续给我解释："大周的母亲在两年前，因为你们抓获恶魔医生后成功逃脱，中国的撒旦教也就失去了财源，这对于一个教会来说简直是毁灭性的打击，他们急需一种新的吸金手段。而此时，教会中的顶尖学者多数已经脱离教会，剩下的只是一大帮恶棍罢了，所以他们想到了一个邪恶的营销计划。"

听到这里我打了个寒战："什么？"

葛程此时问了麻辣烫店老板一句："老板有WIFI吗？"

老板指了指墙上，那上面贴着一张白纸，上面的字很小，但确实有个用户名和密码似的东西。

葛程很快链接上了密码，登录了网络，然后把一个网址发给我。

"这是什么？"我看了看，这个网站的名称叫做佛陀的骑士团。

"这是个国外的撒旦教狂热分子做的网站，用来播出一些血腥的真人秀。"葛程说着，点开了一段视频。

视频里讲述的是一个白人女子，她被人追逐后，被按在地上强奸杀害，并在最后被烤着吃的镜头，画面相当血腥暴力，但不知道这是真是假！

我终于有些明白葛程到底要说什么，说道："撒旦教的新财路就是想通过这种血腥视频吸引更多的观众，从而可以通过网络赚到更多的钱。"

葛程无奈地点了点头，“中国方面的链接已经上传到了这个网站，你看看这是什么？”说着，葛程又点开了一段视频。

屏幕上的画面很灰暗，而且有些抖，葛程调大了音量，听得出来，有铁轨的撞击声。

“这是？”我指着画面大惊失色。

大周闭着眼睛说道：“这就是列车案件的行凶视频。”

我看到屏幕里出现一个男人，他身着黑衣，头上戴着一顶黑色帽子，帽子呈三角形，他的整个头都被这顶巨大的帽子掩盖在了里面。

灯光突然亮了一点，我看到列车包厢内的桌子上横躺着一个女人。

下面看到的情节，我想只用语言去形容是无力的，但是大家就不要再去寻找这段视频了，听我只言片语的描述就足够了。

黑衣人先将一根引流管扎进女人右臂上的静脉里，血从导管一下子流了出来，女人全身抽搐了一下，立即就不动了，很显然她被注射了麻药。血被依次注入几个大号的可乐瓶中，然后被一瓶瓶分好。此时，那个女人一动不动了。

随后，黑衣人掏出一把手术刀，在镜头前晃了晃。之后，一场血腥的表演便开始了。黑衣人的刀法纯熟，很快女人就被他开膛破肚，之后他把内脏一样一样地取出来，摆在离摄像机最近的地方。之后，尸体被他肢解成若干块，他把头颅、四肢又细切成了若干块，一块块地装入到旅行袋中。

整个视频时长一个多小时，黑衣人的动作没有任何慌乱和停顿，完全像是演练好的一样，最后黑衣人在镜头面前做出了一个倒十字架的手势。

这个恐怖的视频才算结束。

我的胃里此时已经开始翻江倒海，好在刚才没怎么吃东西。

葛程关闭了视频后告诉我：“这个视频点击率已经超过了1.5亿，光从互联网运营商那里就能分到至少3000万人民币的数额。”

“用这种方式生财？简直是没有人性。”我把手重重地摔在桌子上，心中的怒火已经无法掩饰。

“这个网站上还预告，明天晚上有一场杀人盛宴，所有细节都会在网络上现场直播。”葛程说着，点开了那个网页，虽然网页下面空空荡荡的，但是已经让人感觉到气氛的凝重，而那个视频口的上面竟然还有个恐怖的倒计时，血红的数字一闪一闪的，时间在不停地减少，离杀人盛宴开始的时间，还有……

“必须找到他们要在哪行刑！”我再也不能按捺我那颗正义的心，只不过我真的不知道自己能用什么方法实施我的正义。

“根据FBI线人的线报，地点就在这座城市，但是具体地点不清楚。”

我有些激动：“那不等于又白白送了一条人命！”

“黑弥撒是个非常隐秘的仪式，对行刑的地点很保密。‘1·19案件’即便我们已经深入到案件的核心，也根本不知道当时行刑的地点和行刑人到底是谁。”

“难道我们只能看着魔鬼把祭品送上祭坛吗？你不是FBI探员吗？你不是号称中国最强的法医吗？”我知道此时自己已经到了崩溃的边缘，大声抱怨道，“让警察封城，宵禁，谁也不许在黑夜出行。”

此时，一个人从麻辣烫店外走了进来，冷风一下子从外面吹进来，他走到我的身边，用手掌拍了拍我的肩膀，说道：“这件事就交给我吧！”

“你？”我一看，走进来的正是副大队长，他精神饱满，一点都不像昨日离开时那样沮丧。

“我和大周、葛小姐一样，同样背负着父辈们的罪恶，既然要赎罪，我就应该尽我的一点力。”

我吃惊地问副大队长：“你知道行刑地点？”

副大队长淡淡一笑，说道：“我也是偶然之中得知的，这还要感谢你们昨日的一番话提醒了我，我明晚8点钟可有一场有趣的演出要去看呢。”

7

第二天晚上7点45分，离行刑时间还有15分钟。

“看起来演出已经开始了呢。”葛程把身体转了过来，她似乎很不喜欢这种嘈杂的酒吧环境。

“行凶地点就在这？”我把嘴朝着副大队长的耳边靠去，因为声音太过于嘈杂，我只能尽可能地离他更近。

“你放心吧！错不了！”

“警力够吗？咱们可就四个人，我可不想让这帮恐怖分子把我当饺子馅包了！”

副大队长诡异地一笑，说道：“放心吧，外边都是咱的人。”

坐在旁边的大周会心一笑。若非如此，副大队长怎么能胸有成竹地坐在这间叫黑猫的酒吧里喝酒呢?

葛程向酒吧中央的大屏幕看去，那里边正在播放酒吧大堂内的热闹场景，此时酒吧内已是人头攒动。一个打扮怪异的歌手正在舞台中心高歌，四周的酒客们则在闪烁不定的灯光中乱跳狂舞。

“这还不是正式的演出？”说话间，我看看表，时间已近8点钟。

此时，副大队长站了起来，说道：“这样吧，咱们走近一点，能看得更清楚一些。”他一边说一边从沙发上站了起来。

我和大周毫不迟疑地跟着起身，葛程也站了起来。虽然我还不清楚那演出到底是什么样的，但近距离地观看无疑比在监控室里更能洞悉其中的玄机。

离得越近，那股震人的声浪就越是汹涌。我虽然也听过一些摇滚歌曲，但是如此的重金属音乐，却从未真正体验过。每一个音符都强悍到了极点，在空气中以爆炸的形式向外传递着连绵不绝的冲击波，当那波峰撞击到耳膜之后，就像是重锤的夯击一样，震得人的心脏也要跟着狂跳起来。歌手嘶哑的嗓音夹杂在其中，歇斯底里，不像是在唱歌，倒像是野兽临死前的哭嚎。

大周好像也觉得一时间有些难以承受，他皱了皱眉头，想要说些什么却又放弃了。在这样的声浪下，他即使把嗓子扯破，也很难让我们听清他的话语。

一曲演罢，又是一曲，歌手早已喊得声嘶力竭，音响的声浪更加猛烈，我感觉自己的身体都要被抛到空中一般。我回头看看身后的葛程，却见她正用手按在心口部位，显然也很不适应这样的环境。

不过在表演台周围的那些酒客却完全是另一副状态。他们端着各种美酒，在声浪中激烈摇摆，沉醉于其中。同时他们的目光中散发出一种强烈的欲望，似乎在期待着什么。

我们四人朝着酒吧大堂最中心的位置走去。表演台周围早已被围得水泄不通，此时，一个领班模样的小伙子出现在我们四人面前，副大队长冲他略点了点头，小伙子的身边有几个身强力壮的年轻人。

我看着这几个人感觉眼熟，突然想起这几个人都是时常在刑警队里混迹的老人，原来在内场也有这么多便衣警察，我顿时感到安全了很多。

我们沿着通道来到圈子的核心处。那里有一圈一人多高的玻璃幕墙，把酒客们挡在了离表演台3米开外的地方。幕墙的正面有一扇门，我们四个人站在玻璃墙外的第一排。

我们刚刚站定，台上那位摇滚歌手的演唱便结束了，震耳欲聋的音乐和喧闹声也随之终止。趁着这难得的片刻宁静，副大队长沉着嗓子说了声：“开始了。”

他的话音甫落，就听到“当当”两声，酒吧内的挂钟指向了8点钟。外围的酒客们神情骚动，某种亢奋的情绪正在他们体内快速酝酿着。

音乐又重新奏响，似乎要给酒客们炽热的情绪再添上一把旺火。这次的音乐比先前的更加怪异和强劲，几乎是一种非人间所有的音乐，它并不具有美妙的旋律，很多时候只是像金属间敲击和摩擦而产生的巨大杂音，不过这些杂音无疑又经过精心的编排，从而构成一支仿佛是来自地狱深处的交响曲。那些沉重的音符像是浓黑的乌云一般弥漫开来，遮蔽了听者心头的阳光，唯留下一片充满绝望与恐惧的、令人窒息的压抑感觉。

我对音律不甚了解，可浑身的血液也被这样的音符所侵蚀。每当音乐的节奏到高潮之际，我的太阳穴和手腕处的动脉便随着剧烈跳动，仿佛随时会承受不了压力而爆裂一般。我有些晕眩，便闭上了眼睛，同时努力凝起心神，想控制住身体的节奏。渐渐地，那些音符似乎消失了，而在我的眼前忽然出现了一些奇怪的画面。

我仿佛看到一片鲜血淋漓的惨烈场景，被切碎的尸体在空中飞舞，还有那些被煮熟的人头和内脏。在死者皮肉揎离的脸上，居然隐隐透出一丝诡异的笑容，而她的眼角又分明有浑浊的泪水汩汩而出。当我想凑近些看个分明的时候，死者的眼睑忽然睁开，露出一双布满黑血的眼睛。

我感到心胸处一阵狂跳，几乎要大喊出声。忽然有人抓住我的手腕，把我从那片血肉横飞的虚幻世界中拖了出来。

我睁开眼睛，狂躁的音乐声再次吞噬着我的耳膜，令我烦闷难当。抓住我手腕的人是葛程。

“注意点，作家，这是迷幻摇滚！”葛程提醒我道。

虽然听得不是非常真切，但是我顿时清醒了过来：刚才正是因为自己闭上眼睛，所以思绪才完全被那音乐所掌控，以至于产生了死亡般的幻觉。我吸取了教训，不再去刻意和那音乐对抗，而是睁大眼睛去关注周围真实世界的状况。

只见那些酒客们的情绪已近癫狂，他们摇晃着脑袋，和着那音乐的节奏高喊着：“出来！出来！”就像饥饿的狼群在嚎叫一般。

我和大周对视了一眼，知道他们呼唤的正是副大队长所说的表演，于是我们又把目光转向了不远处的表演台，因为那里正是众酒客视线汇集之处。

终于，在众人的千呼万唤之中，表演的主角款款走上了表演台。这是一个身穿黑色衣服的男子，他的帽子奇大，呈三角形，遮住了脸，穿着紧身的皮衣皮裤，脚上蹬着长筒皮靴。

这装扮和那段列车分尸的录像一样。我心头一紧，终于知道副大队长为什么会如此肯定行刑地点就在这里。

几个助舞的女演员正在演台上舞动旋转，带得台下酒客们的情绪更加高亢。酒客们大口喝着烈酒，同时又在不断地高喊。

黑衣人倒提着一把镰刀，显然是在扮演死神的角色，整个背景的大屏幕上，突然出现了一只白色的骷髅羊头。

此时，这几个伴舞的女郎从台下的小门中又推出一个女子来，这个女人是一身非常正常的白领打扮，她在死神的面前十分惊惧，转身刚想跑，就被死神擒在了手中。黑衣人狂性大发，他撕扯着女人的衣服，女人高喊着："放开我！"

但伴随着她喊声的是台下无数人在高喊着："脱！脱！"

我抑制不住，刚想上去制止，却被副大队长一把拦住，他冲我摇了摇头。我也只好站在原地不动。

很快，女人的白色上衣被撕碎了，她身上仅剩内衣和裤子，她娇弱无力地挣扎着。

酒客们全都陷于癫狂的状态。黑衣人又从女人身上扒下裤子，狞笑着向表演台边缘走去。

玻璃墙外的看客们像是得到了某种暗示，疯狂地想要挤到前排。这时只见那黑衣人一挥手臂，把女人的裤子抛向了台下的人群。众人嘶喊着意欲争抢，一个矮个子男人终于拔得头筹，把这条裤子握在手中，像中了头彩一样兴奋地狂叫起来，然后他还把裤子凑到自己的口鼻前，非常猥琐地深嗅着残存的女人体香。

此时我意识到一件事，毒品！这个酒吧里的人能达到如此状态，一定有毒品在作怪。

表演台上的真人秀已进入如火如荼的阶段。黑衣人把女人的裤子抛到台下之后，不知从何处又扯出了一条长绳。那长绳被染成了鲜红的颜色，舞动起来就像是流动的血液一般。这血色映衬到酒客们的眼中，使他们的眼球也变得血红血红的，闪烁着如狼群一样的光芒。

女人此刻蜷伏在刽子手的脚下，娇弱得失去了反抗能力。黑衣人双手把红绳抻开，然后从女人的脖颈处开始，一圈一圈地围着娇躯捆绑起来。那女人痛苦地挣扎着，但最终还是被捆缚得密密匝匝。

黑衣人使劲拽着残余的绳头，使得绳索深深地嵌进了女子白嫩的肌肤内。从台下看去，鲜红的绳索像极了遍布全身的残酷血痕。最后他将绳头在女人背着的手腕上打了个结。这时，现场的音乐声中隐隐夹杂着女子的呻吟声，那呻吟声听起来极端痛苦，活脱脱便是临终的喘息，令人不寒而栗。

这呻吟声不像真的，而女子好像在喊着什么，但隔着一大块玻璃，再加上重金属的音浪，根本听不清楚。那些围观的酒客却在这样的呻吟声中获得更大的快感，他们的呼吸变得更加急促。

这时从后台又钻出两名黑衣男子。他们合力推着一个铁制的大台案，那案子卧在滑轮车上，大约一米半高。

两名黑衣人将台案推放到表演台中心，他们伴着音乐摆了几个充满暴力感的姿势。当音乐略入低潮的时候，他们便重新退到后台。

随后，这场表演的主角又成了那个黑衣人。只见他走上前，将那个女人打横抱起，绕台展示一圈之后将她放在了铁台案上。似乎是为了配合这样的暴力场面，演台四周腾起了一阵缭绕的烟雾。当烟雾散尽之后，黑衣人又拿起那把明晃晃的镰刀，镰刀在彩色的灯光照射下反射出阴森的光芒。

我心中一惊，凭我多年习武的经验，可以判断这镰刀是开了刃口的“真家伙”！这样的东西被拿到舞台上，不知下面的表演会出现怎样血腥暴力的场面？

此时，葛程的对讲耳麦里突然传来了什么信息，然后她贴着耳朵对我说道：“国外的网站开始直播了，虽然有一定时间的延时，但是他们已经确定，国外正在直播的就是这场表演。”

“那就没错了！干吗不上去抓他们？”我有些急了。

副大队长按住我，说道：“别着急，我都做了部署。”

虽然眼前的一切非常恐怖，但是那些酒客却是见怪不怪，或者说，他们本就是为了那些血腥和暴力的场景而来！当闪着寒光的镰刀亮出的时候，他们爆发出轰然的喝彩声。酒吧内一时间群魔乱舞，鼎沸翻腾！

黑衣人将女人的四肢连接在台案的四角，这个可怜的女人彻底成了死神的囚徒。然后他把镰刀高高举过头顶，向众人展示着镰刀的森森锋芒。音乐在此刻戛然而止，喧嚣的看客们也屏住了呼吸，他们瞪圆了血红的眼睛，像一群饿狼紧盯着演台上那只白嫩的猎物。

女人挣扎着，乳房高耸着，整个身体被扭曲成一种诱人的姿态。红绳、白肉、黑色的面罩和内衣，这三种色彩对比鲜明，直看得人目眩头晕。

“你还不出手？再不出手可就……”我捅了捅副大队长。

副大队长把右手食指放在唇边，做了个“嘘”的手势，然后他轻轻地道：“现在出去，他们会狡辩说这只是一场表演！”

黑衣人酝酿片刻之后，他忽然一用力，那镰刀突然直直落下。

“住手！警察！”突然，副大队长扬起手中的手枪鸣枪示警。整个展厅内尖叫声不断。

台上的死神顿了一顿，但他竟然没有停手，还是将镰刀直直地插入女人的身体，台上的女人发出一声凄厉的惨呼声，伴着这呼声，镰刀的锋刃已经深深地扎在女人裸露的胸乳上，血液立刻顺着镰刀的锋刃汩汩流了出来。

舞台上有专用的麦克风，被放大的惨呼声传遍了全场，与鲜血相映衬，产生出极为震撼的效果。刚才还被枪声震撼的酒客们的身体都随之凛然颤动了一下，脸上则现出紧张与刺激相交杂的亢奋表情。他们还以为刚才副大队长鸣枪的举动也是表演的一部分呢。

音乐在此刻再次响起，节奏越发躁乱疯狂。在金属的摩擦声中隐隐传来野兽低沉的嗥叫声，而女人暧昧的呻吟声和如诉的哭泣声亦夹杂在其中，足以激发出男人心中原始的欲望和嗜血的冲动。台下围观的酒客们轻舔着嘴唇，捕捉着空气中那甜丝丝的血腥气息。他们已经处在彻底疯狂的边缘！

几个便衣警察掏出枪，同时朝着玻璃罩射击，但是所有的子弹都被挡了回来，有个警察还被弹回的飞弹击中，痛苦地倒在地上，血从他胸口里流了出来。

台上的黑衣人更加有恃无恐，他从尸体上慢慢地拔出镰刀，然后将右手高高举过头顶，新鲜的血液顺着剑尖滴落在他裸露的前胸上，越发衬显出其狰狞可怖的气质。

黑衣人像是深谙这样的气氛，现在他就要将这最后的一团烈火点燃。于是他向着前方迈出两步，冲台下的酒客们舞动自己的左臂，像是要招引他们冲上演台一般。在这样的挑逗下，那些早已膨胀的兽性终于彻底地爆发了，人群疯狂地向前涌动，每个人眼中都闪烁熊熊的欲望之火，色情的、嗜血的、弥漫着死亡气息的欲望！

黑衣人见状，把镰刀再次对准女人，就像先前一样，用双手握住镰刀的柄，朝着女性的胸部插去。但这次，镰刀的切割速度变得越来越慢，而且是横向的，锋刃再次划破女人娇美的肌肤，惨叫声亦随之响起。

酒客们认为这都是表演的一部分，立即狂躁起来，他们对某些事情已经期待太久，实在难以压抑亢奋的情绪！看客们如胜利般齐声欢呼起来，他们的邪恶欲望在血腥的杀戮过程中得到了满足。而台上的死神则更是如痴如狂，他慢慢将镰刀举起来，然后伸长舌头去舔舐刀尖上弥漫的鲜血。

我和大周仍旧在使劲摇晃着玻璃板，玻璃板却纹丝不动。

“这不是表演，我们是警察！把灯打开！”副大队长又接连朝着天花板开了两枪，打碎了几个灯泡。

“这帮家伙吸毒了，不会听你的，召特警吧！”我瞬间撂倒了旁边一个失控的酒客。

“请求支援！请求支援！”副大队长朝着耳麦里疯狂地喊道。

特警们突然端着冲锋枪包围了会场，所有人都被强行控制，恢复理智的酒客们才知道这不是一场表演。

场面终于被控制了，酒客们全部蹲在原地。

我疯狂地摇晃着副大队长：“你不说全都准备好了吗？你这个刽子手！”

“作家，你别闹了！”葛程突然拿过了iPad，“境外的表演并没有结束！我们上当了！”

8

“酒吧的经理已经被控制了。”一个警员向副大队长报告道。

“队长！发现了大量的摇头丸、冰毒和大麻！”另外一个队员报告。

“将所有的酒客分期分批带去警队。酒吧的老板和服务生全都单独关押。”

“是！”

当所有的秩序得到控制，那个竟然是防弹玻璃做的防护罩也被警员们从内部拆除，我和大周双眼直愣愣地盯着台案。

黑衣人把滴血的镰刀交到一个警员手中，自己退在一边，副大队长目光像钩子一样盯向案板上的女人。

女人显得娇弱无依，鲜红的血液渗在雪白的胸口上，组合成冷酷而又艳丽的色彩。她连挣扎的力气也没有了，只是喘息呻吟着，然后坐起身来，呆呆地望着警察，似乎除了体力外，别的毫发无伤。

我走上前去，问道：“你没受伤吧？”

她摇了摇头。

“你叫什么名字？”

走近才看出来，女人的妆画得很妖艳，她还故意把大腿露出来，娇滴滴地问我：“先生，我叫小云，今晚是不是要跟您过夜？”

“你他妈给我滚！”我像是受了侮辱，差点朝她啐了一口。

副大队长冷着脸拍了拍我的肩膀，然后对大周和葛程说：“这里由我的同事处理吧，咱们先找个安静的地方说话。”

副大队长带我们进入一间包厢，我做的第一件事就是先把那厚厚的隔音门关死。被那极具冲击力的音乐折磨了半个多小时，我早已烦闷欲呕。即使现在外边都已经安静了，但我的耳膜却仍在嗡嗡作响，有种外边还在放着音乐的错觉。

这是一间卡拉OK包房，但是眼前的屏幕上放的却是刚才舞台上表演的内容，原来VIP客户还可以坐在这里“享受”这个过程。

沮丧的副大队长一下坐在沙发上，找开关关掉眼前的电视。我们刚刚近距离观看整个表演过程，说实话我是再也不想看上一眼了。

葛程坐在沙发上，她算是我们中最冷静的一个，她看到眼前有个水壶，便给自己倒了一杯水，也不管水已凉，“咕嘟嘟”地连喝了好几口，似乎这样便能抹去刚刚受到的不良刺激。稍微缓过些劲之后，她放下水杯，问道：“既然咱们受骗了，就代表着可能有另外一起案件真实发生了，作家，你怎么看？”

我没好气地瞄了一眼副大队长，恨恨地道：“我更想听听他的说法。”

显然副大队长也绝非毫无准备：“我之所以选择这里，是因为这里符合撒旦教集会场所的所有特点。”

大周此时也恢复了冷静，他心平气和地说道：“很明显，你在寻找一个喜欢极端音乐的、暴力嗜血的，并且对刀刃有着良好操控能力的色情狂。你认为只要找到这些人的聚集场所，就和黑弥撒八九不离十了。”

“我在这里找到了符合撒旦教和黑弥撒的所有元素！关键是这场表演对外公布的时间和那个直播帖完全吻合。而且，我也是看到直播帖的正式直播后才动手抓人的，怎么还会失误？”副大队长显然也对自己的失误，感到愤恨。

我此时也冷静下来，对于这个俱乐部形式的酒吧来说，这里进行的表演可不是普通人能够接受的，而那些热衷于此道的会员们的确都符合“喜欢极端音乐、暴力嗜血和色情狂”这些撒旦教邪教徒的特征。从现场状况来看，死神杀人的手法和碎尸案中凶徒的作案手法，和那个直播帖中的直播完全相似，就算有不同，由于直播帖和实时有时间差，而且拍摄的角度又不一样，也很难断定这两个现场的差别！看来，我们完全掉入了一个圈套中。

“看来我们暴露了，撒旦教的人完全知道我们的行踪，而且知道我们想的是什么，所以才故意做了这个局。”此时，葛程打开iPad视频给我们看，“直播已经结束了！但是在另外一个场馆中一定有这么多的信徒在狂欢，而那里可是假戏真做。”

葛程突然问道：“那个黑衣死神怎么说？做得这么像，肯定他和撒旦教有关系。”

“他说他只是个演员，而且这场演出是三个月之前就定下来的。”

大周关切地问道：“那个被刺的女孩又是怎么回事？没有真的伤害到她吧？”

我差点没骂出来：“她好着呢，她就是个……”此时，我我反复思量着这里边的玄机，难道是撒旦教的人也知道有这个表演，所以才想出这个声东击西的诡计来？

副大队长说道：“我们刚才看到的，应该算是一个魔术。”

我们三个人都没有吱声，这样简单易懂的事，根本不用他来说明。

“哼，那血的效果也够逼真的！”副大队长继续说道，他的情绪越来越激动。

大周在一旁耸了耸肩：“我刚才看过现场了，血包是事先准备好的，只要镰刀触碰到人的身体，就有装置挤压血包，血液就会瞬间喷射出来。”

“咱们接下来怎么办？”副大队长似乎还不死心。

葛程有点幸灾乐祸的感觉：“反正这次这个场子里，毒品、色情交易应有尽有！大鱼也肯定不少，你完全可以交差了。”

“行了，葛小姐，你就别取笑我了，你知道我说的不是这事！”

“你们知不知道网鱼和钓鱼的区别？”大周突然说道。

“大周，现在哪还有心情研究这个？”我觉得有些纳闷，一向沉默寡言的大周怎么会突然这么说，“这和黑弥撒有什么关系？”

“渔网你们都见过吧？很大一张，一网撒下去，能够抓住很多鱼。你们说，这是不是很好的捕鱼方式？”

我突然意识到了一个问题，大周是在用捕鱼来比喻捉到黑弥撒的事。

大周没有理会任何人，继续自言自语道：“我曾和我爸爸出海，见过渔民捕鱼，当渔网被拖上船的时候，满网的鱼活蹦乱跳，即使是旁观者也能看得满心欢喜。”

我的眼睛一下子亮了起来，像是明白了大周的思路：“可惜撒网捕鱼有个最大的缺点，就是不知你能不能得到你想要的鱼。”

大周点了点头：“撒网捕鱼，抓到的鱼虽多，但那些都是笨鱼、傻鱼、迟钝的鱼！真正厉害的鱼你是抓不到的。因为狡猾的、敏捷的鱼在你收网之前就早已逃之夭夭了。即使你的网撒得再大，又怎能大过整个海洋？那里都是鱼儿的天地，只要它够敏捷，够狡猾，你就永远别想用网捕捉到它！”

副大队长也终于明白大周的想法：“你的意思是，我们今天就是撒网捞鱼，根本不会有任何结果。”

我顺着大周的话继续说道：“所以，对这些厉害的鱼，我们就要换一种方法，不能用渔网，而必须用钓钩。在钓钩上挂诱饵，然后投放在鱼儿出没的地方，再静静地等待着，决不能主动出击，否则只会把狡猾的鱼儿吓跑！等风平浪静之后，只要这诱饵对味，鱼儿总会咬钩的，那时它便不得不成为你的囊中之物了！”

葛程也点了点头，说道：“这么多年，无论是中国警方还是FBI，用的都是大网捕鱼的方式，即便是抓获到很多人也都是撒旦教的小喽啰罢了，现在要把这个幕后大Boss引出来，不能再用这种方法了。”

副大队长一拍大腿，说道：“我终于知道当年专案组为什么会徒劳无功了。当年大海捞针的排查策略就好比撒网捕鱼。网虽然撒得大，但是有什么用？就像今天的事，花费大量人力物力，连特警都动用了，结果抓的尽是一些妓女，嗑药的，小毛贼，可是正主儿的影子都没见着。像那样一条凶残狡猾的鱼，他看到你大张旗鼓地撒网，早就跑到网外面躲起来了，怎么可能陷落在你的渔网里呢？”

我有些鄙夷地看着他，心中暗骂：难道当年没有抓住凶手的最重要原因不是你的父亲就是专案组的组长吗？

大周说道：“我们的目标不是行刑者，而是他们的教主，行刑者我们抓到过，两年前的恶魔医生就是一个！但是没有用，这种人在这个邪教组织里不知道还有多少个呢。”

葛程拧着眉，看着屋中其他三个人：“我们必须投下诱饵，等待他主动上钩才行！”

我有些疑惑：“可是什么才是诱饵呢？”

“祭品！”葛程说得很简略。

但这两个字却让我深深地打了一个寒战。

“祭品就是女人，或是妓女，如果只是这么简单的话，范围还是太多了。祭品肯定还有其他的共通点才对。”副大队长说道。

我听到副大队长和葛程的对话，气就不打一处来：“你们还真想这样做啊？让一个女孩子只身犯险？亏你们想得出来。一个中国刑警，一个FBI，就会出这种馊主意？”

“你们别闹了！那个视频直播并没有结束！你们看！”葛程突然指着iPad说道。

大周在一旁冷静地说道：“不用看iPad了，这里的屏幕也在同步直播。”

我们这才发现这间包厢中的电视屏幕也亮了起来，灰暗的灯光照射下，一个黑衣人站在屏幕中间，我还能依稀辨认，这就是刚刚举行黑弥撒的房间。

这个黑衣人的身形并不高，可以看出，他的身材跟刚才行刑的那个死神有着巨大的差别，但是他们同样戴着三角形的帽子，脑袋掩盖在帽子下，看不清脸。

“你们不要白费心机了！”黑衣人说话了，他的声音里带有一种金属的回音，显然是伪装过的。

“这是？”我们四个人同时叫了起来。

“我就是你们要找的人！你们找了我十几年，应该累了吧！我也累了！好了，现在我想跟你们玩一个游戏，如果这个游戏你们赢了，我就出来自首，并解散我的组织。”黑衣人的话不紧不慢，显得从容不迫。

“那如果我们输了呢？”我率先发问，但是我不保证他能听到我说的话。

没想到黑衣人竟然回答了，显然这个舞台就是他布置的局：“如果你们输了，你们再也找不到我了，我还会将这个女孩直接送上黑弥撒的祭坛。”说着，黑衣人让出了一个空当，在他的身后一个女孩被绑在了一张椅子上，而她的脚下就是刚刚被切割的女孩的鲜血。

当我看到那个女孩时，脸上肌肉瞬间凝固了：“刘……佳……”我太意外了，在电视里的女孩竟然是刘佳！我立即拨通了刘佳的电话，而电视里竟然响起了刘佳的手机铃声。

是黑衣人接的电话，他把手机放在耳边：“作家，这样跟你说话，是不是更清楚一些呢？”

“你放了她！”我冲着手机里吼道。

此时，大周、葛程、副大队长都已经意识到了事件的严重性，魔王已经展开了报复！

“十天之内，只要你找到她关押的地方计算你赢！否则，十天后我还会在相同的网址上上传一段视频，仍旧是相同的节目。好了，我的话说完了，游戏开始！”黑衣人说完，就想要按动手中的遥控器。

“等等！”此时大周突然拦阻道，“当年的1月19日，是我妈妈用克隆术救了你，让你在黑弥撒的祭坛上重生的！你现在应该学会感恩，而不是助纣为虐。”

黑衣人身体震了一下，手不停地颤抖着，但最终他还是按动了关闭键。

此时，电视屏幕关闭了，而那个网站上，展开了倒计时——9d23h59s！

后记

写《问骨》第一部时，很多读者诟病故事太过于平淡的同时，也有很多人告诉我《问骨》太好看了，我其实一直都是在矛盾和纠结中创作《问骨》第二部的。

当然质疑之声，还不只是针对故事的问题，几乎所有的读者都会问我一句话：“你写的故事到底是不是真的？”

我要告诉大家的是，这是一部算不上报告文学，也算不上小说的作品，多少有些不伦不类。作为悬疑小说作家，我写过很多剧情曲折离奇的侦探小说，不过真正能拿到台面上的，最后只有《问骨》这一本。为什么这么一部语言和格局略显粗犷的作品，却能在读者中引起很大的反响，其实这也是很令我意外的一件事。

后来，我算是明白了这其中缘由，因为我写这本书所依据的材料是无比真实的。真实的东西也许有刺手的毛边，但是却也有穿透纸张的神秘力量。

我写这本书时，几乎翻遍了国内所有能看到的法医案例资料，也和大周等人仔细研讨过案情的编排，我承认，在这部小说里有一些夸张的描写和虚构的人物，但是总体来说，这些都是我和大周所经历的事。

对于这部作品来说，我其实是在写大周，也是在写自己！第一部中大周是主角，我只是他身边的“华生”。而第二部中，我其实是想用一个普通人的视角去审视法医这个职业。医生也许离我们的生活并不远，但是法医呢？也许我们一辈子都遇不到。

而他们的世界又是怎么样的呢？其实这是一个非常值得探讨的问题。如果说法医的心是什么，我觉得他们更偏向于儒家。

儒家宣扬的是一种积极的正能量，他们的志向是济世济民。法医亦如此！我在第一部中已经把法医的技术描写得足够全面，而第二部，我更想体现的是法医的心！那颗面对任何恐怖的尸体，心跳都不会加速的心。但是这颗貌似冰冷的心，却和我们一样都是火热的，他们耐得住寂寞，承担得起误解，淡漠着荣誉，禁得起评说。

这就是我把《问骨》第二部起名为《骨惑》的原因，这个“惑”来自于我们，也来自于法医自己，因为我觉得他们有时连自己也还不清楚他们存在的意义。

现在再来说一个老生常谈的问题，大周是谁？他是不是真实存在的？

回答第一个问题，大周是法医！回答第二个问题，这个世界上的法医都可以称作大周！

我从第一部开始就用这个化名描写了一个令无数女粉丝神魂颠倒的大帅哥。这一部我不敢再对他的容貌有什么过多的描写，因为我想写写这个冷峻的人的内心。大周其实是法医这个职业的缩影，他们身上有着很多的共性，也有着很多共同的烦恼，就像我们每一个普通人一样。

人，生活在生活中。职业锻造出了我们的心理和行为。人性和内心，就是要在那厚厚的土壤中，寻找有可能逝去或行将消失的宝藏，从而发掘生命的意义、价值的取向和人性的美好。

法医也许是个冰冷而枯燥的职业，但是我相信他们内心的宝藏和我们的宝藏同样珍贵。

希望每一个法医都珍惜这份宝藏！

作家